최익현은 조선 후기의 문신 학자 지사(志士). 본관은 경주, 자는 찬겸(贊謙), 호는 면암(勉庵)
이다. 경기도 포천군 심북면 가채리에서 경주 최씨 화숙공파의 27세손으로 태어났다. 1846
년 열네 살 때 화서 이항로의 문하에 입문했다. 스승 이항로는 소년 최익현의 총명을 아끼고
사랑하여 입문하던 다음해에 면암이라는 아호를 지어 내렸다. 1855년(철종 6) 정시문과에
병과로 급제, 성균관 전적, 사헌부 지평, 사간원 정언(正言), 이조정랑 등을 역임했다. 수봉
관, 지방관, 언관 등을 역임하며 강직성을 드러내 불의 부정을 척결하여 관명을 날리고,
1868년(고종 5) 경복궁 중건의 중지, 당백전 발행에 따르는 재정의 파탄 등을 들어 흥선대원
군의 실정(失政)을 상소하여 사간원의 탄핵을 받아 관직을 삭탈 당했다.1873년 동부승지로
기용되자 명성황후 측근 등 반(反)흥선 세력과 제휴, 서원철폐 등 대원군의 정책을 비판하는
상소를 하고, 호조참판으로 승진되자 다시 대원군의 실정 사례를 낱낱이 열거, 왕의 친정(親
政), 대원군의 퇴출을 노골적으로 주장함으로써, 대원군 실각의 결정적 계기를 만들었으나,
군부(君父)를 논박했다는 이유로 체포되어 제주도에 유배되었다가 1875년에 풀려났다.이듬
해 명성황후 척족정권이 일본과의 통상을 논의하자 5조(條)로 된 격렬한 척사소(斥邪疏)를
올려 조약체결의 불가함을 역설하다가 흑산도에 유배되었으며 1879년 석방되었다. 1904년
러일전쟁이 터지고 일본의 침략이 노골화되자 고종의 밀지를 받고 상경, 왕의 자문에 응하
였고 일본으로부터의 차관(借款) 금지, 외국에 대한 의부심(倚附心) 금지 등을 상소하여 친
일 매국도배들의 처단을 강력히 요구하다가 두 차례나 일본 헌병들에 의해 향리로 압송 당
했다.1905년 을사조약이 체결되자 '창의토적소(倡義討賊疏)'를 올려 의거의 심경을 토로하
고, 8도 사민(土民)에게 포고문을 내어 항일투쟁을 호소하며 납세 거부, 철도 이용 안 하기,
일체의 일본상품 불매운동 등 항일의병운동의 전개를 촉구했다. 74세의 고령으로 임병찬,
임락 등 80여 명과 함께 전북 태인에서 의병을 모집, '기일본정부(寄日本政府)'라는 일본의
배신 16조목을 따지는 '의거소략(義擧疏略)'을 배포한 뒤, 순창에서 약 400명의 의병을 이
끌고 관군, 일본군에 대항하여 싸웠으나 패전, 체포되어 쓰시마 섬에 유배되었다. 최익현은
유배지 쓰시마 섬에서 일본이 주는 음식을 먹지 않고 단식하다가 그곳에서 생을 마감했다

소설 1905

신봉승

1933년 강릉에서 출생하여 강릉사범학교, 경희대학교 국어국문학과 및 동 대학원을 졸업하였다. 〈현대문학〉에 시·문학 평론을 추천받아 문단에 나왔다. 한양대·동국대·경희대 강사, 한국시나리오작가협회 회장, 대종상·청룡상 심사위원장, 공연윤리위원회 부위원장, 1999년 강원국제관광EXPO 총감독 등을 역임하였으며, 현재 대한민국 예술원 회원, 추계영상문예대학원 석좌교수로 재직 중이다. 한국방송대상·서울시문화상·위암 장지연상·대한민국 예술원상 등을 수상하였고, 보관문화훈장을 받았다. 저서로는 《대하소설 조선왕조 5백년》(전 48권)·《난세의 칼》(전 5권)·《임금님의 첫사랑》(전 2권)·《이동인의 나라》(전 3권) 등의 역사소설과 시집 《초당동 소나무 떼》·《초당동 아라리》 등과 역사 에세이 《역사 그리고 도전》·《양식과 오만》·《문묘 18현》·《조선의 마음》·《직언》·《일본을 답하다》 외 《TV드라마 시나리오 창작의 길라잡이》, 자전적 에세이 《청사초롱 불 밝히고》 등이 있다.

지은이 신봉승 · 발행인 김윤태 · 발행처 도서출판 선 · 북디자인 디자인이즈
등록번호 제15-201 · 등록일자 1995년 3월 27일 · 초판 1쇄 발행 2011년 2월 25일
주소 서울시 종로구 낙원동 58-1 종로오피스텔 1409호 · 전화 02-762-3335 · 전송 02-762-3371

값 11,000원
ISBN 978-89-6312-041 6 04810 · 전2권 978-89-6312-040 9 04810

소설 1905

上

신봉승 대하역사소설

차례

아름다운 상봉　　　7

배정자의 정체　　　29

비밀결사 '자강회'　　　47

고종의 망명 계획　　　75

두 사람의 여인　　　90

최익현의 상소　　　103

멕시코로 팔려 가는 사람들　　　137

친일 대신을 처단하라　　　175

이토의 계략　　　218

치욕의 을사년　　　279

흔들리는 대한제국　　　310

아름다운 상봉

경기도 포천의 산천은 아름답기 그지없다. 산이 높은 것은 사람들의 기상을 가다듬고 물이 맑은 것은 사람들의 마음을 아름답게 한다. 소나무가 들어찬 산과 구릉은 우아한 곡선을 그리며 들판을 감싸고 있어 예로부터 명현들이 많이 나는 고장으로 이름나 있다. 임진왜란 때 병조판서였던 백사 이항복의 묘소도 여기에 있다.

남쪽 바다에 떠 있는 흑산도를 떠나 온갖 우여곡절을 겪었으면서도 아직은 젊음이 넘쳐나는 문흥식은 문득 걸음을 멈추며 가슴 가득히 맑은 바람을 들이마신다. 목적지에 무사히 당도하였다는 안도감일지도 모른다.

'무사히 계실지……?'

문흥식은 면암勉庵 최익현崔益鉉을 찾아 천 리 길을 마다하지 않고 달려왔다. 그 노정은 험난하기 그지없었어도 마음속에 자리한 면암 최익현에 대한 흠모의 마음은 하나의 신앙이나 다름이 없었기에 포천 땅으로 들어서면서부터 쿵쿵거리며 울려 오는 마음의 고동 소리를 스스로 들을 수가 있는 것도 스승과의 재회가 눈앞에 와 있어서다.

20여 년 전, 면암 최익현이 전라도의 남쪽 바다에 떠 있는 흑산도에 부처付處되었을 때 소년 문홍식은 그를 위기에서 구해 준 인연으로 글을 배우게 되었고, 호연지기浩然之氣를 가슴에 새기는 계기가 되기도 하였다. 그때 문홍식은 아무것도 모르는 바닷가의 소년이었지만 면암 최익현의 인품에 감동을 하였었고, 면암 또한 그를 친손자처럼 아끼고 다독여 주었다. 면암 최익현이 유배에서 풀려나 흑산도를 떠날 때 소년 문홍식에게 포천으로 찾아올 것을 당부하였다. 그날부터 어린 문홍식의 가슴에는 면암 최익현의 모습이 태산교악泰山喬嶽으로 자리하게 되었고, 경기도 포천은 하나의 성지聖地처럼 느껴지는 미지의 땅이 되었다. 소년 문홍식은 아침 일찍 바닷가로 달려 나가 멀리 이어진 수평선을 바라보면서 어디에 있는지도 모르는 포천이라는 지명을 가슴에 새기곤 하였다.

흑산도에서 전라도 목포까지는 바닷길로 백 리다. 거기서 한양까지는 또 얼마나 멀고 험한 길이었던가. 게다가 시절마저도 앞뒤를 가늠할 길이 없다. 일본인 악덕 상인들은 가짜 백동화白

銅貨를 대량으로 뿌려서 인종(종로) 거리의 상권을 유린하면서 조선의 경제파탄을 노골적으로 자행하고 있다. 그 현장에서 문흥식은 조선인 청년들이 일본군 헌병들에게 쫓기다가 피 흘리며 죽어가는 광경을 목격하였고, 그런 와중에서 권총 한 자루를 맡게 되었다. 자신에게 권총을 맡기고 죽음의 길로 들어선 조선 젊은이의 파리하고 결연하였던 모습이 아직도 뇌리에 생생하다. 문흥식은 그때 떠맡았던 권총을 지금도 간직하고 있다. 종이 뭉치에 겹겹이 싸여진 권총을 보리쌀 자루와 함께 간직하였던 탓에 옆구리는 묵직한 두려움이 함께하고 있다.

문흥식은 심호흡을 한다. 꿈에서도 그리던 스승님이 계신 땅 포천은 그를 따뜻하게 맞아 주는 듯 바람까지 싱그럽다. 추수를 마친 너른 벌판은 인적이 드물어도 탑처럼 쌓아 올려진 볏단 덩이가 문흥식의 마음을 훈훈하게 한다. 멀리 마을이 보이자 문흥식의 가슴이 쿵쿵거리기 시작했다. 초가에서는 연기가 모락모락 피어오르고 있다. 한 폭의 그림이나 다름이 없는 조선 농촌의 정겨운 풍경이다.

'……저긴가? 선생님 계신 곳이?'

봇짐을 진 문흥식은 걸음을 재촉한다. 마을 초입에 이르렀을 때 빈 논에서 삿갓을 쓴 채 한가롭게 나락을 줍고 있는 농부 한 사람을 발견한다. 문흥식은 논둑에 서서 큰 소리로 그에게 물어본다.

“저, 말씀 좀 여쭙겠습니다. 면암 선생님 댁을 찾고 있습니다
만……, 어디쯤입니까요?”

농부는 허리를 펴고 일어나 팔을 쭉 뻗는다. 삿갓에 가려 농
부의 얼굴은 제대로 보이지 않았다. 문흥식은 농부의 팔이 가리
키는 방향으로 고개를 돌렸다. 마을 한가운데 자그마하지만 기
품이 감도는 낡은 기와집이 보였다. 문흥식은 고개를 끄덕였다.
면암 선생이 기거하는 곳이라는 생각이 들어서다.

“예, 고맙습니다.”

문흥식은 꾸벅 절을 하고 걸음을 재촉한다. 한참을 가다가 문
흥식은 문득 걸음을 멈추어 선다. 그러고는 왔던 길을 되짚어 달
려간다. 아무리 생각해도 그 농부가 면암 선생님일지도 모른다
는 생각이 들어서다. 문흥식은 논바닥으로 뛰어들며 소리쳤다.

“선생님, 면암 선생님!”

농부는 일손을 멈추고 삿갓을 올리며 문흥식을 바라본다. 아,
몽매에도 찾아 헤매던 면암 최익현, 바로 그분이 눈앞에 서 계신
다. 문흥식은 넙죽 엎드리며 큰절을 올린다. 문흥식의 귀에 근엄
하면서도 다정한 목소리가 들려왔다. 틀림없이 면암 최익현의
목소리였다.

“어서 일어나시게. 대체 뉘신고……?”

문흥식은 고개를 들어 천천히 농부를 올려다본다. 백발이 성
성한 면암 최익현의 얼굴에는 인자한 웃음이 담겨 있다. 왈칵 눈

물이 치밀어 오른다.

"선생님, 접니다. 흑산도에서 올라온 문흥식이옵니다."

면암 최익현은 너무나 놀랍다는 표정으로 급히 다가와 몸을 낮추며 문흥식의 손을 잡는다.

"이런! 네가 정녕 흥식이더냐? 많이도 변하였구나. 네가 말을 아니하였다면 알아보지 못했을 것이야."

"예, 선생님. 오고 싶고, 뵙고 싶었습니다요."

문흥식은 엎드려 울음부터 터뜨린다.

"왔으면 되었다. 그나저나 용케도 찾아왔구나. 어서 일어나거라."

면암 최익현은 문흥식의 손을 잡아 일으켜 준다. 문흥식의 눈물은 멈추지를 않는다.

"서, 서, 선생님!"

면암 최익현은 어린애를 달래듯 문흥식의 등을 토닥거린다.

"허허허, 아무렴 내가 너를 잊었겠느냐. 자자, 그만 되었다. 눈물을 거두어라."

문흥식은 소매로 눈물을 훔쳐 냈다. 그제야 삿갓에 가려 있던 최익현의 얼굴을 제대로 볼 수 있었다. 거의 25년이라는 엄청난 세월을 사이에 두고 다시 보는 얼굴인데도 흰 머리카락이 성성해진 것을 빼고는 마치 어제 본 얼굴처럼 변함이 없다.

"허허허. 오려니 하고는 있었다만……, 한데 뭘 하다가 이제야 와?"

"소생은 하루도 선생님을, 선생님의 가르침을 잊은 적이 없사옵니다."

"네 얼굴은 비록 변했으나 눈빛은 여전하구나. 어서 가자!"

면암 최익현은 문흥식을 다독거리며 논두렁길로 나서서 집 쪽으로 발걸음을 옮겨 간다.

마을로 들어서자 지나가는 사람마다 걸음을 멈추고 최익현에게 깍듯이 예를 올린다. 문흥식에게는 스승의 인품을 확인하는 새삼스러운 감동으로 넘쳐난다.

"오, 고생들 많네……."

면암 최익현은 일일이 환한 웃음과 온화한 음성으로 이웃들을 다독이면서 걷는다. 자애롭고 인자한 참원로의 모습이 아닐 수 없다.

최익현의 집 대문은 활짝 열려 있었다. 가까이 가서 보니 허름한 솟을대문만 덩그렇게 서 있는 낡고 볼품없는 기와집이었다. 면암 최익현의 명성과는 아주 동떨어진 집이라는 생각으로 문흥식의 마음은 편치 않았다.

유림의 거벽이자 위정척사衛正斥邪의 화신인 면암 최익현의 이때 연치 73세. 최익현의 본관은 경주, 자는 찬겸贊謙, 호는 면암勉庵이다. 경기도 포천군 심북면 가채리에서 경주 최씨 화숙공파의 27세손으로 태어났는데, 골격은 범상치 않았고 눈빛은 별과 같았다고 전해진다.

최익현은 1846년, 열네 살 때 화서華西 이항로李恒老의 문하에 입문했다. 스승 이항로는 소년 최익현의 총명을 아끼고 사랑하여 입문하던 다음 해에 면암이라는 아호를 지어 내릴 정도였다.

최익현은 이항로의 우주론을 완벽하게 이해했고, 대의를 위한 일이라면 뒤로 물러설 줄 모르는 직언의 기백도 고스란히 이어받아 스승의 학통과 정신을 대성시켰다고 평가받게 되었다.

최익현은 23세 되던 1855년, 명경과의 순통으로 급제하여 관직에 들었다. 이후 성균관 전적, 사간원 정언, 이조정랑 등 언관의 자리를 두루 거치면서 30세의 나이로 신창현감新昌縣監이 되어 사욕 없는 정사를 펼침으로써 고을 백성들로부터 칭송을 들었다.

3년 남짓한 외직 생활을 청산하고 성균관 직강이 되어 내직으로 복귀했다가 곧 사헌부 장령으로 옮겼다. 사헌부 장령으로 제수되던 1868년, 최익현은 고종의 생부요, 천하의 모든 위세를 아낌없이 펼치던 대원군大院君 이하응李昰應의 실정에 대해 이른바 '시폐時弊 4조'를 지적하는 통렬한 상소문을 올렸다. 이 상소문은 훈구 대신과 온 유림을 경악하게 하였다.

시폐 4조란 무엇인가? 경복궁의 중건으로 인해 야기된 이른바 대원군 실정失政의 핵심인 토목지역土木之役, 취렴지정聚斂之政,

당백지전當百之錢, 사문지세四門之稅 등 네 가지를 말한다. 그 네 가지를 시행한 지 불과 2년밖에 되지 않았지만, 그 폐해가 백성들의 목줄을 조이고 피땀을 앗아 내고 있으니 사농공상士農工商이 모두 죽게 되었다는 뼈아픈 지적이었다.

전하, 경복궁 중건으로 빚어지는 폐단의 첫째가 토목지역이요, 두 번째가 취렴지정, 세 번째가 당백지전, 네 번째가 사문지세인데 이는 양반 사대부와는 애시당초 아무 상관이 없고, 오직 굶기를 밥 먹듯 하는 백성들의 고혈을 짜는 일이오이다. 이를 폐하지 아니하고는 난정에서 헤어날 길이 없사옵고…….

얼마나 통렬한 상소문인가. 대원군의 독선적인 위세에 눌려 있던 사람들에게 그의 퇴진을 공론화한 것이나 다를 바가 없는 상소문이다. 그것은 모든 백성들이 겪고 당했던 일, 소리치고 싶었던 원성을 최익현 특유의 칼날 같은 대문장으로, 도도하게 흐르는 강물과도 같았다.

대원군은 최익현이 올린 시폐 4조에 대한 상소를 보고 대로했다.

"최익현, 대체 이자가……, 대체 이자가 어디서 뭘 하던 자야. 뭘 하던 개뼈다귀가 감히 나의 실정을 이러쿵저러쿵 논한단 말인가!"

영의정 홍순목은 잔뜩 웅크리고 앉아 있었으나, 흥선대원군의 진노와 채근을 감당할 길이 없다. 홍순목은 대원군의 눈치를 살피며 간신히 입을 연다.

"화서 이항로의 문하라 하옵니다."

"화서…… 화서면, 과연 그 스승에 그 제자가 아니더냐!"

"그, 그러하옵니다."

대원군은 잠시 생각을 정리하다가 허리를 곧추세우면서 노성 일갈을 토해 낸다.

"최익현을 중벌로 다스리시오. 전례가 되지 않도록 중벌로 엄히 다스리시오!"

영의정 홍순목은 고개를 움츠리며 기어 들어가는 소리로 말했다.

"유림의 반발이 있을까 심히 염려되옵니다."

탕~, 대원군은 연상을 내려치며 역정을 토해 낸다.

"반발, 무슨 반발! 서원을 철폐한 나요. 최익현을 중벌로 다스리시오!"

여드레 후, 조정에서는 최익현을 돈령부敦寧府 도정都正이라는 한직으로 내쳤다. 그러나 언관의 도리를 다하였음을 가상히 여겨 직급을 정4품에서 정3품으로 올리는 것으로 최익현이 올린 상소에 대한 매듭을 지었다.

면암 최익현은 그 결과에 수긍하지 아니하고 사임 상소를 다시 올렸다. 조선 선비의 당당한 모습을 보이면서 관직에서 물러나자 당시의 사림士林들은 면암 최익현의 강직한 성품에 갈채를 아끼지 않았다.

1873년 8월, 최익현은 승정원 동부승지로 제수되었으나 나가지 않았다. 대신 조정에 팽배한 안일무사가 공익을 무너뜨리면서 백성들을 어육으로 만들고 있음을 통렬하게 지적하는 상소를 올렸다.

신이 산림에 앉아 조정의 형세를 살펴보건대, 실로 울분을 금할 길이 없사옵니다. 벌써 오래전부터 정치의 옛 규범이 무너지니, 조정의 모든 이가 유약해져서 삼공육경三公六卿은 건의하는 일이 전혀 없고, 언관들 사이에는 직언을 피하는 풍조가 만연되어 있사옵니다. 이로 인해 조정에는 속론만이 나도니 정의가 소멸하고, 모함하고 저주함이 번성하여 직사는 물러나고 있사옵니다. 혹독한 세금은 끊일 줄을 모르고 생민은 어육이 되었사옵니다. 사기는 메마를 대로 메말라 공익을 일삼는 것을 꺼리는 바 되고 사익을 일삼는 것을 현명함으로 여기게 되었으니, 이와 같이 부끄러움을 모르는 자들만이 당당하게 득세하는 것이 지금의 조정이옵니다. 전하께오서는 부디 명철하신 혜안으로 시세를 살피시어 이러한 폐단을 없이 하소서.

이 상소는 조정의 실권을 장악하고 있던 훈구 대신들을 격노케 하여 성균관의 권당捲堂(동맹휴학)까지로 문제가 확대되었다. 그러나 그들의 전횡과 무능에 항거하려는 사람들에게는 용기를 일깨우는 충격의 문장이 아닐 수 없었다.

그해 10월, 최익현은 호조참판에 제수되었으나 나가지 않고, 대원군의 세도정치와 실정에 항거하는 상소를 다시 올렸다.

전하께서 즉위하신 이래 행하신 일 가운데 만동묘 철폐는 군신 간의 윤리를 무너뜨렸으며, 서원의 철폐는 스승과 제자 간의 의리를 끊었으며, 여러 국적을 방면하시어 충역의 본분을 흐리게 하였으며, 호전胡錢을 사용하여 중화와 오랑캐의 구분을 어지럽게 하였으니 그 폐해가 이미 하늘과 백성에까지 미쳤사옵니다. 그 위에 토목, 원납의 일이 표리를 이루어 나라의 일을 어지럽혔으나, 이는 모두 전하께서 유충하시어 정사를 이끌지 못하던 날에 생긴 화란이옵니다. 이제 전하께오서는 몸소 만기를 주재하시옵소서. 서무는 삼공육경에게 나누어 맡게 하시되, 공경의 자리에 있지 않고 친열에 속하는 자는 다만 그 지위를 높이고 녹을 후하게 주어 국정에는 관여하지 말게 하소서.

바로 이 상소문이 서슬 퍼런 대원군의 10년 세도에 종지부를 찍게 하면서 고종의 친정親政 체제를 앞당기는 계기가 되었다.

대원군의 전횡에 고초를 당하던 사람들은 열광하였으나 면암 최익현 자신은 이 상소로 인해 고난의 가시밭길로 들어서게 된다.

면암 최익현은 외람되게 국부의 퇴진을 거론했다 하여 사형수 같은 중죄인들이나 가는 의금부의 남간에 갇혔다가 제주도로 유배되었다. 제주도에서의 3년간 유배 생활을 계기로 최익현은 왕도 정치의 명분이 상실된 관직 생활을 청산하고 우국애민의 위정척사의 길을 택하게 되었다. 그때 남긴 아름다운 시가 있다.

우뚝 솟은 한 점의 한라산,
아득한 바다에 떠 있구나.
원성 같은 지도 없어 부끄러울 뿐,
굴자의 궁함이야 어찌 흉이리.
밝은 빛은 봉해의 달을 맞이하고
맑은 향기는 귤림橘林에서 풍겨 오네.
임금과 어버이 먼 곳에 계시니,
한 조각 이 마음 어디다 바치오리.
(이하 생략)

귀양지 제주도에서 돌아온 뒤에도 면암 최익현의 직필은 멈추지 않았다. 배운 자의 실천궁행實踐躬行과 나라를 사랑하는 그의 일편단심은 온 유림의 귀감이었다.

1875년이 저무는 마지막 달에 이른바 명치유신明治維新에 성공한 신생 일본국은 군함 운양호雲揚號를 비롯한 4척의 군함으로 강화도를 쑥밭으로 만들면서 불평등 조약의 체결을 조선 조정에 요구하였다. 무력시위를 겸한 요구였으므로 조선 조정은 울며 겨자 먹기로 응할 수밖에 없었고, 조약의 내용을 수정할 수 있는 국력도 없었다.

마침내 1876년 1월, 신생 일본제국의 강압적인 요구로 강화도조약(병자수호조약이라고도 한다)이 체결된다. 조약의 내용은 일본국의 일방적인 요구를 모두 들어준 것이나 다름이 없었다. 이때 면암 최익현의 연치 44세였다. 포천에서 상경한 면암 최익현은 대안문(대한문의 옛 이름) 앞에 짚자리를 깔아 놓고 '지부복궐상소문持斧伏闕上疏文'을 올렸다. 지부복궐상소는 문자 그대로 자신의 충정을 받아들이지 않을 것이면 몸에 지닌 도끼로 목을 쳐 달라는 강력한 상소를 말한다. 이때 면암 최익현의 곁에는 서슬 퍼런 도끼 한 자루가 놓여 있었다.

매섭게 눈보라가 몰아치는 혹한 속에서도 최익현의 카랑카랑한 목소리는 기세가 꿈틀거리는 것과 흡사하였다.

왜적은 서양 오랑캐와 마찬가지오니 결코 가까이할 수 없사옵고, 이들과 수호하자 함은 나라를 파는 일이요, 짐승을 끌어들여서 사람을 잡아먹게 하는 일이옵니다. 폐하, 강화도조약이 받아들여

진다면 조선은 머지않아서 망할 것이며, 조선의 쌀이 왜적에게
약탈되어 마침내 조선의 백성들은 기근의 고통에서 헤어나지 못
할 것이옵니다.

이 상소문은 최익현으로 인해 권좌에서 물러났던 대원군 이
하응조차 감동하게 했고, 그로 하여금 최익현의 충의가 어느 경
지에 있었는지를 깨닫게 하였다.
대원군은 단출한 술상을 받은 자리에서 최익현을 회상하며
이렇게 말했다 한다.
"그래, 면암이야말로 이 땅의 참선비가 아닌가. 이제 와 생각
하니 그의 혜안이 참으로 놀라울 뿐이로세."
면암 최익현은 의금부 서간에 갇혔다가 흑산도로 유배되었
다. 다시 2년여의 형극의 세월을 보낸 뒤 1878년에 방면되어 향
리로 돌아왔다.
1894년 7월, 동학군의 봉기와 청일전쟁이 발발되려는 와중에
잠시 재집권에 성공한 대원군 이하응은 자신을 물러나게 했던
면암 최익현의 충절을 높이 사서 자헌대부 공조판서에 제수했
다. 그러나 면암 최익현은 출사하지 않았다.
1895년, 조선은 이해 11월 17일을 양력 1월 1일로 정하여 비
로소 양력을 사용하게 된다. 그때까지 사용해 오던 청나라의 연
호 대신 조선이 주권 국가임을 상징하는 건양建陽 원년임을 선포

하는 등의 개혁정책, 이른바 갑오경장甲午更張의 실행을 본격화하면서 단발령이 내려지게 된다. 내무대신 유길준俞吉濬은 면암 최익현을 투옥하면서까지 단발할 것을 강요했으나, 면암 최익현은 일본인들의 사주에 의한 개혁에는 단호히 반대했다.

"내 머리는 자를 수 있을지언정 내 머리카락은 자를 수 없다."

유림에서는 면암 최익현의 결기에 동의를 표했다. 신체발부身體髮膚는 수지부모受之父母이니 불감훼상不敢毁傷이 효의 시작孝之始也이라는 주자학의 도리를 지키기 위해서도 결사적인 반대 의지를 표방하고 나섰다.

고종은 개혁의 불가피함을 알고 있으면서도 최익현의 결기에는 감동하지 않을 수 없었다. 고종은 날로 쇠퇴해 가는 국권을 회복하기 위해서는 면암 최익현의 우국사상과 빛나는 충의가 큰 힘이 될 것임을 확신하고 있으므로 면암 최익현에게 의정부 찬성을 제수했다. 그러나 면암 최익현은 예전과 다름없이 사양 상소를 올리고 입사하지 않았다.

고종은 재차 최익현을 경기도 관찰사로 서용하여 배일사상의 교두보로 삼고자 했으나, 일본 공사 하야시 곤스케林權助의 물불을 가리지 않는 방해 공작과 최익현 자신의 네 차례에 걸친 사임 상소로 뜻을 이루지 못했다.

문흥식은 최익현을 따라 대문 안으로 들어선다. 집 안은 깊은 산속처럼 아무 소리도 들리지 않았다. 두 사람의 발소리만이 정적을 깨뜨린다. 문흥식은 행랑채 댓돌 위에 가지런히 놓인 선비들의 신발을 보고서야 사람이 있음을 짐작하였다.

내당 쪽에서 최익현의 부인 한씨가 나왔다. 문흥식을 보고 반갑게 다가서며 말한다. 또 새롭게 입문하는 문도쯤으로 여겼기 때문이다.

"어서 오시게나."

마치 매일 보는 사람을 대하듯 스스럼이 없다. 문흥식은 황송해서 맨바닥에 넙죽 엎드려 큰절을 올렸다. 한씨의 입가에는 저절로 미소가 그려졌다.

"호호호, 이런 황공할 때가……."

문흥식은 몸을 일으키고서야 자신을 소개한다. 수줍음이 가득한 목소리다.

"안녕하셨습니까. 소생은 선생님께서 흑산도에 유배 오셨을 때 글을 배웠던 문흥식이라 하옵니다."

한씨는 더욱 반색을 하며 문흥식의 두 손을 잡는다.

"아니 세상에……, 바다에 빠진 선생님을 구해 주셨다는 댁의 그 더벅머리 소년이……. 원 세상에……."

문흥식은 얼굴에 웃음을 담으면서 자랑스럽게 말한다.

"예, 그러하옵니다. 그 소년이 바로 저입니다."

그랬다. 최익현이 흑산도로 유배 가 있던 시절, 작은 거룻배를 얻어 타고 석주대문을 구경하러 갔을 때의 일이다. 바다 위로 바위가 솟아 있는 형상이 마치 대문 같다 하여 붙여진 이름인데, 코끼리 바위라고도 하며 구멍 바위라고도 했다. 내내 일기가 불순하여 비바람이 몰아치던 날이 계속되자 최익현은 마음의 울적함을 달래지 못하고 있었는데 언제 그랬냐는 듯이 하늘은 맑게 개고 바람도 잔잔해졌다. 최익현은 거룻배에 올라타고 석주대문을 구경하러 나섰다.

석주대문에 이르렀을 무렵, 갑자기 하늘이 흐려지고 바람이 거세지더니 파도가 일기 시작했다. 파도는 금세 집채만 해지더니 거룻배를 덮쳐 버렸다. 워낙 창졸간에 일어난 일이라 사공이나 최익현 모두 어찌해 볼 겨를이 없었다. 거룻배가 뒤집히는 순간, 최익현은 뱃전에 머리를 부딪혀 의식을 잃고 말았다.

최익현은 가물거리는 의식의 끈을 놓치지 않으려고 아무리 애를 써도 아련히 멀어지는 기력의 꼬리를 잡을 수가 없었다.

'예서 이렇게 끝낼 수는 없다. 이 어지러운 나라와 도탄에 빠진 백성을 두고 이리 허무하게 갈 수는 없다. 왜놈들이 이 나라를 제멋대로 분탕질하도록 놔둘 순 없다. 그럴 순 없어, 그렇게는 아니 돼!'

비몽사몽간을 버둥거리던 최익현이 벌떡 몸을 일으키며 소리친다.

"이놈들!"

최익현의 천둥 같은 소리를 들은 사람들이 달려들었다.

"……오, 이제야 깨어나셨어, 임자!"

면암 최익현은 아득히 먼 곳에서 들려오는 듯한 소리에 정신이 들었다. 누군가의 얼굴이 희미하게 보였으나, 그걸로 그만이었다. 최익현은 의식을 잃고 다시 쓰러졌다. 얼마의 시간이 또다시 흐르고서야 최익현은 눈을 뜰 수가 있었다. 까마득히 먼 곳에서 두런거리는 말소리가 들리는 듯하였다. 그리고 눈앞이 서서히 밝아지면서 흔들리는 호롱불을 뒤로하고 낯선 사람들의 불안한 얼굴이 보였다.

"뉘시오?"

"예, 소인은 이 마을에 사는 문갑수라 하옵니다. 바다에 빠지신 대감을 저와 제 아들놈이 건져 드렸습니다."

"……."

아, 그랬던가. 비바람을 견디지 못하고 뱃전에 쓰러질 때의 참담했던 광경이 뇌리를 스쳐 지나간다. 비로소 최익현은 머리가 부스스한 문흥식의 얼굴에 시선을 멈춘다. 다부져 보이는 소년이었다.

"고맙네. 내 이 신세는 꼭 갚음세."

"아닙니다. 신세는 무슨 신세입니까?"

유배 온 선비가 목숨을 구해 준 섬사람들에게 신세를 갚을 길이 있을 까닭이 있던가. 최익현이 문갑수의 집에서 배소^{配所}(귀양을

사는 집)로 옮긴 다음에도 문흥식은 여러 가지 수발을 들어주었다. 그런 세월이 3년 가까이 흐르는 동안 최익현은 문흥식에게 학문을 가르쳤고, 세상 돌아가는 이치를 일러 주었다. 문흥식의 총명함은 최익현의 가르침을 소홀히 하지 않는다.

'영특한지고……!'

면암 최익현은 소년 문흥식과 함께 바닷가를 거닐면서, 혹은 언덕을 오르면서도 장부가 갖추어야 할 호연지기를 심어 주었다.

"흥식아, 비록 외딴섬에 산다 해도 너는 조선인임에 틀림이 없다. 지금처럼 국운이 쇠퇴하는 때일수록 나라를 떠받칠 동량이 더욱 필요하느니라. 네가 호연지기를 기르고 학문에 정진한다면 나라가 너를 부를 날이 있을 것이니라."

"……!"

문흥식은 가슴을 울리는 고동 소리를 듣는다. 바닷가 소년이 학문에 눈을 뜨면서 세상 보는 눈이 뜨이고, 그로 인해 나라를 알게 된 것은 큰 보람이고도 남는다.

"……그렇다고 부모님 모시기를 소홀히 하여서는 아니 된다. 부모에게 효를 다하지 못하면서 어찌 나라에 충성을 다할 수 있겠느냐? 충과 효는 하나인 게야. 아직 너는 어리고 미숙하니 정진, 또 정진하여라. 그리하여 나라의 훌륭한 재목이 되어야 한다. 혹여 내 가르침이 모자라 다시 만나야겠거든 경기도 포천으로 오너라."

그 바닷가의 더벅머리 소년이 마흔을 바라보는 나이가 되어 꿈에 그리던 포천 땅에 서 있다. 정부인貞夫人(내명부 2품의 존칭) 한씨는 멀리 떨어져 있던 친동기를 만나는 기쁨에 차 있다.

"잘 오셨수. 정말 잘 오셨어요!"

문흥식에게는 처음으로 대하는 한씨의 모습이지만 스승 면암 최익현의 환대나 다름이 없다. 문흥식은 들떠 오르는 기쁨을 가늠할 길이 없다. 그는 옆구리에 끼고 있던 보리쌀 자루를 한씨에게 내밀면서 말한다.

"보리쌀입니다."

"이걸 어쩌나, 귀한 내객인데 양식까지 가지고 오시다니……."

"당치 않으십니다. 선생님 댁에 머물려면 내 먹을 양식은 챙겨 가야 한다는 건 조선 팔도 누구나 아는 일인걸요."

"아무리 그래도 그렇지……."

한씨가 머뭇거리자 문흥식은 주위를 두리번거린다. 문흥식은 행랑채 툇마루에 놓인 쌀독을 발견했다. 문흥식은 한씨로부터 보리쌀이 든 자루를 다시 건네받아 쌀독에 보리쌀을 쏟아 부었다. 포천 면암 최익현 선생 댁을 찾아가는 사람들은 자신이 먹을 양식을 챙겨 가는 것이 불문율처럼 되어 있었다. 문흥식이 운종거리에서 흑산도에서 가지고 온 미역 다발과 보리쌀을 바꾸기 위해 노심초사한 것도 그 때문이 아니었던가.

오랫만에 다시 만난 문흥식의 동태를 흐뭇한 시선으로 지켜보고 있던 최익현이 웃음 담긴 목소리로 말한다.

"어서 들자……."

문흥식은 지켜보고 있는 사람들에게 공손이 허리를 숙여 보이고 최익현을 따라 사랑채의 댓돌을 오른다. 그제야 정부인 한씨도 내당으로 향한다. 한씨가 소매를 걷으며 부엌으로 들어섰을 때 며느리 임씨는 가마솥을 연 채 멍하게 서 있었다. 정갈하기는 하나 여유가 없는 부엌이었다.

"어머님, 행랑에 계신 손님은 몇 분이셨습니까?"

"호남 선비가 넷이고, 충청도에서 오신 분이 다섯이구나. 끼니 전에 가신다는 손님이 계신다고 쳐도……, 겸상 넷은 나가야 할 것 같다. 그리고 참, 흑산도에서 온 손님이 또 한 분 계시다. 불원천리, 그 먼 곳에서 예가 어디라고……, 게다가 보리쌀까지 가지고 오셨지 뭐냐."

그래도 임씨의 표정은 밝아질 기미가 보이지 않는다.

"그러게요. 그런데 어머님, 오늘도 죽을 낼 수밖에 없겠어요."

한씨는 며느리 임씨에게 다가서며 말을 이었다.

"도리 없지, 어찌하겠느냐. 면암 선생 댁에서 문도들에게 죽을 낸다는 거, 세상이 다 알고 있질 않느냐?"

호연지기를 살리려는 선비들은 경기도 포천으로 몰려들었다. 그들은 모두 자신이 먹을 양식을 가지고 왔지만, 그 양식으로 많은 내객들을 감당할 길이 없었다. 어느 해 여름이었던가, 양식이 모자라서 콩죽을 냈다가 선비들이 배탈을 앓았다는 얘기는 온 나라에 알려진 면암 최익현 댁 식량 사정을 말해 주고 있음이 아니겠는가.

배정자의 정체

면암 최익현이 거처하는 큰사랑은 조선 선비의 기상을 드러 내는 데 부족함이 없다. 정돈된 문갑이며 탁자에 놓여 있는 문방 사우는 비록 그것이 값진 것이 아닐지라도 조선 제일의 큰선비 와 기십 년 세월을 함께한 향기를 뿜어내고 있어서다.

문흥식은 다시 큰절을 올리고 단정하게 정좌한다. 면암 최익 현은 열 살 남짓한 소년에서 장골이 되어 나타난 문흥식이 대견 스럽기 그지없다. 행색이야 무지렁이 티를 벗어나지 못했지만 그 눈빛만은 형형한 게 믿음직스럽기까지하다.

"그래, 그간 어찌 지냈느냐?"

문흥식은 바로 대답을 하지 못하고 머뭇거린다.

"집에 무슨 변고라도 있었느냐?"

"……"

문홍식은 아무 대답도 하지 못하고 고개를 떨군다. 최익현은 가슴이 미어지듯 아파진다. 문홍식의 몰골로 보아서는 집안에 큰 변괴가 있었음이 분명해서다.

"부친은 여전히 강령하시고?"

"2년 전에 집을 나가셨습니다."

면암 최익현은 흠칫 놀라 상체를 뒤로 젖히면서 반문한다.

"무슨 연유로?"

"부쳐 먹던 땅뙈기도 빼앗기고, 배도 빼앗기고……, 그나마 남아 있는 초가삼간이라도 지켜 보시겠다면서 뭍으로 나가셨습니다."

"뭐라? 하면, 흑산도에까지?"

왜적의 마수가 미쳤느냐는 물음이다.

"조선 팔도가 어디인들 온전하게 보존이 되오리까. 모두가 죽지 못해 사는 형국이옵니다."

"그래, 그게 지방관의 횡포더냐, 지주들의 횡포더냐?"

"둘 다가 아니겠사옵니까. 지주가 감당할 수 없을 정도로 많은 물세를 거둬들이는 데 대해 관에 고발을 하였사온데, 오히려 관에서 제 아비를 여섯 달 동안이나 가두었고, 그나마 방면할 때도 곱게 보내지 아니하고 곤장을 쳐서 몇 달 동안 거동을 못하게 할 정도였사옵니다. 아비가 거동을 하게 되었을 무렵에는 땅이고 배고 모두 새 전주의 손에 넘어간 뒤였사옵니다."

"저런 고얀 놈들을 봤나. 그래서?"

"땅을 부쳐 먹을 데도 없고 배를 탈 수도 없게 된 아버지는 살길을 찾아본다며 뭍으로 나가셨사옵니다."

"하면……, 그간 어디에 계시는지 기별도 없으셨고?"

"예. 근자에 한성에서 보았다는 풍문이 있고 해서……."

"그러면 한성부터 가 봐야 하질 않겠느냐?"

"그렇지 않아도 한성을 거쳐서 오는 길이옵니다. 한성이 너무 넓어 아비의 이름 석 자만 가지고는 찾을 엄두도 내지 못했사옵니다. 아예 한성으로 뿌리를 옮긴 후에나 찾아볼 작정이옵니다."

"어허, 어쩌다가 그런 일이……. 어찌 되었거나 잘 왔다. 나도 힘닿는 데까지 도와주마."

문흥식의 눈가에 뜨거운 물기가 비친다. 그런 문흥식을 바라보던 면암 최익현의 가슴은 답답해질 수밖에 없다.

"한데, 그 사이 너는 집을 비우고 어디에 가 있었느냐?"

"동학에 들게 되었사옵니다."

"동학?"

면암 최익현은 눈을 질끈 감으면서 중얼거린다.

"네가 선택할 다른 길이 있었다면 그리하였을 것이나……, 네게는 그 길밖에 없기도 하였겠구나."

문흥식은 면암 최익현의 넓은 아량에 힘을 얻은 듯 자신의 속내까지 거침없이 쏟아 낸다.

"보국안민輔國安民, 척왜양이斥倭攘夷의 기치를 높이 든 동학에 이끌려 남접南接에 들었사옵고……, 서장옥·전봉준 밑에 있었사옵니다."

면암 최익현은 그제야 눈을 뜨며 소리 죽여 반문한다.

"농민군에도 참가했더란 말이냐?"

"그러하옵니다. 고부 황토현 전투와 장성 황룡촌 전투에 참가하였으며, 농민군이 전주성을 점령할 때도 함께하였사옵니다. 그 후로 남원 집강소에서 농민을 위해 일하면서 동학을 포교하였사옵니다. 후일 일본군과 관군이 연합한 군대와 결전을 벌였던 우금치 전투에서 간신히 목숨만 건질 수 있었사옵니다. 그 전투에서 농민군의 절반인 2만여 명이 총칼에 맞아 죽었사옵니다."

면암 최익현은 잠시 숨을 멈춘다. 문흥식의 말은 지난 한때의 흘러간 사연이 아니라 망해 가는 나라의 젊은이가 담아내는 그대로 우국충정이기 때문이다.

"동학이면 어떠냐? 나라를 위해 몸을 버린 백성들이 있으니, 그래도 이 나라가 아직 버티고 있는 게 아니겠느냐. 참으로 대견스럽구나."

"그 후로 동학은 지리멸렬하였고, 저는 목포에서 숨어 지냈사옵니다. 그러다 국모가 왜적의 손에 시해되시고 단발령이 내려지는 걸 보고 더 이상 숨어 지낼 수 없다는 생각으로 사람을 모으던 중, 의암毅菴 유인석柳麟錫 선생이 의병을 모집하고 있다는 소식을 듣고 그 휘하로 달려갔사옵니다.”

“오, 의암의 휘하로……?”

의암 유인석 또한 면암 최익현과 마찬가지로 화서 이항로의 문하에서 동문수학한 수재가 아니던가. 유림의 거목으로 명성이 높았던 유인석도 국운이 기울면서 구국전선에 뛰어들었음은 익히 알고 있었으나, 문흥식이 그의 문하에 들었었다는 사실 그 자체가 면암 최익현에게는 마치 유인석을 만난 것만큼이나 기쁜 노릇이었다.

“의암 선생 밑에서 충주관찰사 김규식과 단양군수 권율 등을 벌하였사옵니다. 한때 4천 명을 넘어선 의병군이 모여 다시 한 번 왜적을 물리칠 날을 고대했으나, 결국 실패하고 말았사옵니다.”

의암 유인석은 최익현보다 열 살이나 연하였으나 강직함은 스승 이항로를 그대로 빼닮은 의인이었다.

“의암이라면 능히 그럴 인물이지. 만주 어딘가에 있다고 들었다.”

“예. 소인도 그리 알고 있사옵니다.”

“그래, 그 후에는 어찌 살았느냐?”

문흥식은 면암 최익현의 불같은 시선을 피하며 잠시 생각에 잠겼다가 조심스럽게 입을 연다.

“관의 눈을 피해 목포로 내려갔사옵니다. 흑산도로 돌아갈 작정이었사옵니다. 그런데 거기에도 시생이 하고 다닌 일이 알려져 어머님이 고초를 겪고 있다는 소식을 듣게 되었사옵니다. 하여 오갈 데 없는 처지가 되고 말았사옵니다.”

면암 최익현은 안타까운 마음을 삭이지 못한 듯 문흥식의 손을 잡아서 다독이며 탄식한다.

“그런 사정이면……, 진작 찾아오지 않고…….”

문흥식은 면암 최익현의 세심한 배려에 몸 둘 바를 모른다.

“그래, 도성의 꼴은 또 어떠하더냐……?”

마침내 면암 최익현은 서울의 일을 입에 담는다. 왜적에게 시달리는 조정의 일들은 간혹 들어서 알고 있었지만, 도성 사람들의 고초를 구체적으로 들은 지가 꽤 오래되어서다.

“조선 강토 어디인들 온전한 곳이 있겠습니까만……, 운종 거리의 상권은 이미 말이 아니었고, 백주대로에서 일본군 헌병의 총격으로 멀쩡한 조선 젊은이가 죽어가는 광경도 목격하였사옵니다.”

무슨 소린가. 조선의 젊은이들이 도성 거리에서 일본군 헌병의 총격에 목숨을 잃다니. 그것도 백주 대낮의 운종 거리에서. 면암 최익현의 불끈 쥔 손등에 파란 핏줄이 꿈틀거린다.

“일본군 헌병들이 백주의 도성 거리에서 사람을 쏘아 죽이다니!”

문흥식은 죄를 추궁당하는 사람처럼 주눅이 들면서도 자신이 겪었던 일들을 세세히 입에 담는다.

목포에서 마련해 온 미역 다발을 보리쌀과 바꾸기 위해 문흥식이 운종 거리의 미곡상으로 다가가는 순간 바로 지척에서 소총 소리가 요란하게 울리면서 어지러운 발소리가 들렸다. 문흥식이 급하게 몸을 돌리는 순간 젊은 청년 한 사람이 사력을 다해 달려오더니 문흥식을 세차게 안으면서 함께 길바닥을 나뒹군다. 그리고 다급하게 말했다.

"……잠시만 맡아 주시오!"

준수한 외모의 사내는 두툼한 종이 뭉치를 미역을 싼 보자기에 쑤셔 넣고 다시 몸을 일으킨다.

"부탁합니다."

재빨리 몸을 돌리는 사내의 오른쪽 이마에 상처 자국이 난 것이 보였다. 그리고 얼마 되지 않아 세찬 총소리가 다시 울리면서 젊은 사내는 피투성이가 되면서 길바닥에 나뒹굴고 만다. 달려온 일본군 헌병들은 쓰러진 젊은 사내의 몸뚱이를 짓밟으면서 뭔가를 찾고 있는 듯하였다. 그 순간 문흥식은 미역 다발에 쑤셔 넣어진 종이 뭉치를 당겨 안았다. 일본군 헌병들이 찾고 있는 물건일 것이라는 생각이 들어서다. 그리고 잠시 후, 일본군 헌병들은 피투성이가 된 젊은이의 몸뚱이를 끌고 어디론가 사라져 갔다.

여기까지 말한 문흥식은 그제야 생각난 듯이 봇짐에서 종이 뭉치를 꺼내 펼쳤다. 그리고 최익현의 앞으로 살며시 밀어 놓는다. 권총과 편지를 쏘아보는 면암 최익현의 눈빛에서 불덩이가 쏟아지고 있었다.

"이게 무엇인고?"

"그 젊은이가 제게 떠맡긴 것이옵니다."

면암 최익현이 권총과 편지를 살피고 있는 사이, 아들 최영조가 죽사발과 간장 종지만이 놓인 단출한 겸상을 들고 들어온다. 권총을 발견한 최영조는 강렬한 시선으로 문홍식을 쏘아본다. 그리고 상을 내려놓고 아버지 최익현의 곁으로 다가앉는다. 편지에 씌어진 내용이 궁금해서일 것이리라.

면암 최익현은 편지에서 눈을 떼지 못하다가 혼잣말을 중얼거린다.

"배, 정, 자라……."

면암 최익현은 아들 영조에게 편지를 건네며 물었다.

"너는 이 이름을 들은 바가 있느냐?"

최영조는 편지를 찬찬히 살펴본다. 배정자裵貞子라는 이름 석 자만이 달랑 적힌 편지가 왜 여기에 있는지 이해되지 않는 듯 잠시 머뭇거리다가 이윽고 아버지의 물음에 대답한다.

"배정자란 여인은 본시 양산 통도사의 비구니였다는데……. 지금은 황제폐하의 총애를 받고 있다 들었사옵니다."

면암 최익현은 양미간을 잔뜩 찌푸려 모으며 짜증스러운 표정을 지어 보이더니 퉁명스러운 어조로 입을 연다.

"그 무슨 해괴망측한 소리야. 배불숭유하는 나라에서 비구니가 대궐을 출입하다니!"

최영조는 아버지 최익현의 눈치를 살피며 다시 소상한 말을 이어간다.

"오래전에 통도사를 뛰쳐나와서는 일본에 밀항을 했다고 들었사옵니다."

면암 최익현은 더 못 참겠다는 표정이 되면서 노기를 일렁거린다.

"뭐라!"

최영조의 어조는 조심스럽게 이어질 수밖에 없다.

"워낙 미모가 출중하고 총명한지라, 일본에 가서는 김옥균에게 발탁되었다가 추밀원 의장 이등박문의 보호를 받게 되었는데, 이등박문이 그녀의 후견인이 되면서 전산정자田山貞子라는 일본 이름을 지어 주었다고 들었습니다. 그러다가 조선으로 돌아와서는 일본 공사관의 조선어 통역을 지냈다고 들었사옵니다. 물론 이등박문의 지시에 따른 것이 아니겠사옵니까."

면암 최익현의 놀라움은 이만저만이 아니다. 그래서 버럭 소리를 지른다.

"어찌 그럴 수가 있느냐! 그런 왜녀가 대궐을 무상출입한대서야……. 더구나 황제폐하의 총애를 받는대서야 말이 되는가 말이다!"

"배정자의 일본말이 워낙 유창한데다가 국제정세까지 밝아서 엄비마마께서 폐하의 탑전榻前에 인도하셨다 하옵고, 폐하께서도 일본에 관한 일은 배정자에게 자문을 얻으신다 하옵니다.”

“허어, 이런 망국지변이 있나. 이거야 원……!”

두 사람 사이의 대화를 듣고 있던 문홍식은 자기도 모르는 사이에 주먹을 불끈 쥐었고, 쥔 주먹은 땀으로 흥건하게 젖어들고 있었다. 문홍식의 뇌리 속에서 배정자라는 이름 석 자가 크고 깊게 각인되는 순간이기도 하였다.

면암 최익현의 얼굴은 참담하게 바래지고 있었다. 그러면서도 아들 최영조에게 담담한 어조로 다시 물었다.

“더 아는 것은 없느냐?”

“지금은 육군참령 현영운의 후처라고 들었사옵니다.”

면암 최익현은 고개를 절레절레 저으면서 미궁의 늪으로 빠져들고야 만다.

배정자는 1870년, 김해에서 밀양부의 아전 노릇을 하던 배지홍의 딸로 태어났다. 어릴 때 이름은 분남이었다. 배정자라는 이름은 나중에 이등박문이 직접 지어 준 일본 이름 다야마 사다코田山貞子에서 유래된다.

배정자는 네 살 되던 해에 아버지를 잃었다. 그녀의 아버지는 당시 대원군이 권좌에서 쫓겨난 뒤 불어닥친 숙청 바람에 휩쓸려 대구감영에서 처형되었다. 졸지에 아버지가 죽고 집안이 산

산조각 나자 그녀의 어머니로서는 살길이 막막해질 수밖에 없었다. 아버지가 역적으로 몰려 처형되었기 때문에 어머니는 마음대로 일을 할 수도 없었다. 엎친 데 덮친 격으로, 어머니는 아버지의 죽음에 충격을 받아 눈까지 멀고 말았다.

이에 어머니는 어린 배정자를 데리고 집을 뛰쳐나와 발길 닿는 대로 떠돌아다니며 구걸로 목숨을 부지하였다. 그러니 앞날의 일을 가늠할 수도 없었다. 생각다 못한 어머니는 어린 배정자를 양산에 있는 통도사에 맡겨서 키워 달라고 부탁하게 되었다.

배정자가 12세 되던 해, 이때부터 비구니가 되어 절에서 승려 수업을 받게 되었다. 그러나 외모 반듯하고 성격이 활달한 배정자에게는 비구니가 되어야 하는 운명도, 불가에 속박되는 승려 생활도 체질에 맞을 수가 없다. 어린 배정자는 비구니의 수련을 채 1년도 넘기지 못하고 절을 뛰쳐나오고야 만다. 절에서 나와 떠돌이 생활을 하던 그녀는 곧 밀양 관청에 체포되었다. 죄적에 올라 있는 역적의 딸이었기 때문이다.

그런데 당시 밀양부사 정병하는 배정자의 부친과 알고 지내던 사이였다. 그는 배정자를 방면하고, 당시 무역상인으로 위장해 활동하던 일본인 밀정 마쓰오를 통해 그녀를 일본으로 건너갈 수 있도록 주선해 주었다.

이렇게 하여 배정자는 15세 되던 해에 일본으로 건너가게 되었다. 일본에서 배정자는 갑신정변 실패 후 망명해 있던 개화파

인물 안경수를 알게 되었다. 안경수와의 만남은 이후 배정자의 일생에 커다란 전환점이 되었다.

안경수는 배정자를 역시 일본에 망명 중이던 김옥균金玉均에게 소개하였고, 김옥균은 그녀를 일본국 정계의 실력자 이토 히로부미伊藤博文에게 소개하게 된다. 배정자에게는 실로 인생의 항로를 바꾸는 일대 전환점이 된 셈이다. 배정자의 미모와 재주를 발견한 이토 히로부미는 그녀의 쓰임새를 발견하게 되었다.

배정자에 대한 이토 히로부미의 배려는 참으로 놀라워서 사람들은 두 사람 사이를 연인 이상으로 확대해 보는 경우도 허다하였다. 이토 히로부미는 세간의 풍설은 아예 무시한 채 배정자의 거처를 은밀하게 정해 주고, 불어 · 중국어 등을 가르치는 가정교사를 배치해 그녀에게 외국어를 익히게 하는 등, 국제정세를 이해할 수 있도록 가르쳐 나간다. 뿐만 아니라, 승마 · 수영 · 사격 등을 수련하게 하여 국제적인 매너까지 몸에 익히게 하였고, 심지어 변장술까지 익히게 할 정도로 정성을 쏟았다.

"동양 평화는 일본이 주도해야 한다. 모든 아시아인은 일본인이 지배해야 한다. 언젠가 너에게는 이에 대한 막중한 소임이 주어질 것이니라."

이미 근대화된 일본제국을 만들어 내는 데 성공하였고, 세계로 뻗어 나가기 위한 불굴의 의지를 불태우고 있던 이토 히로부미는 배정자에게 다야마 사다코라는 일본 이름까지 지어 주면서 자신의 사상과 신념을 뿌리내리게 하면서 또한 자신의 분신과 같은 역할을 주지시켰다. 영리한 배정자는 불우했던 자신의 지난날을 보상 받기라도 하듯 이토 히로부미를 아버지라 부르면서 그의 수족이 되어갔다.

이토 히로부미에게 세뇌된 배정자는 1894년, 24세의 나이에 그의 밀정으로 조선에 파견되었으나 부산에서 한성으로 오는 도중 체포되었다. 이때 배정자는 김옥균이 어윤중魚允中, 김홍집金弘集 등에게 보내는 편지와 안경수의 밀서를 지니고 있었기 때문이다. 관헌의 조사를 받는 과정에서 김옥균의 편지와 밀서가 발각되면서 심한 고초까지 겪었다.

당시 김옥균·안경수 등을 비롯한 망명 개화파는 역적으로 몰려 있었고, 배정자는 그 역적의 연락원으로 귀국한 꼴이 되었다. 결국 첫 번째의 귀국은 실패로 끝났지만, 배정자는 이토 히로부미의 양녀라는 신분을 내세워 위기를 간신히 넘기고 일본으로 되돌아갈 수 있었다.

일본으로 돌아온 배정자는 고영근高永根을 만나면서 다시 밀정으로 파견되는 기회를 잡을 수 있었다. 고영근은 명성황후 시해 사건에 깊이 관련되어 일본으로 도주해 있던 우범선禹範善(우장춘 박사의 아버지)을 일본에서 암살한 자객이다. 당시 일본 경찰은 고영근을 붙잡아 그를 정략적으로 이용하려는 계책을 꾸미고 있었다. 일본의 처지에서 볼 때 고영근은 살인범이 분명하지만, 조선에서 볼 때는 국모의 살해범에게 철퇴를 내린 의인이었고 더구나 고종황제의 절대적인 비호를 받고 있는 인물이어서 이용 가치가 충분했다.

배정자는 고영근의 신임장을 가지고, 당시 서울에 부임하던 일본 공사 하야시 곤스케林權助의 통역으로 다시 조선 땅에 들어서게 되었다. 물론 이토 히로부미의 엄명이 있었기에 가능한 일이다. 배정자에게 부여된 임무는 일본제국의 조선 침략에 장애가 되는 친러 세력을 조선 조정에서 몰아내는 일이었다.

조선에 들어온 배정자는 주로 일본 공사관을 거점으로 활동했다. 그러다가 1903년, 당시의 세도가였던 엄비의 조카사위 김영진과 이용복을 만나게 되었고, 또 이들을 통해 엄비와 교류할 수 있게 되었다.

배정자는 화려한 의상, 세련된 매너, 유창한 일본어를 구사하며, 국제정세를 물 흐르듯 입에 담으면서 엄비에게 접근하였다. 고루하기까지 한 조선 풍속과 엄격한 왕실 법도에 시달리고 있던 엄비의 처지로는 배정자의 출현이 환상과도 같았다.

"마마, 일본에는 서양 문물이 들어와 있사옵니다. 여자아이들도 나이가 차면 학교에 가야 하옵니다."

"여아도 학교에……?"

"뿐만이 아니옵고, 상급학교에 가면 서양 말도 배우게 되옵니다."

"저런 별천지가 있나!"

엄비는 배정자의 말을 들을 때마다 감탄에 감탄을 거듭한다. 또 그것은 혼자 듣기에는 너무도 아까운 새로운 세계이기도 하였다.

"폐하, 다야마 사다코라는 아이를 인견해 보소서. 세계의 문물 정서를 손바닥 들여다보듯 하옵고, 이등 공작의 양녀라서 그런지 일본국의 정세까지도 모르는 것이 없는 듯하옵니다."

"오, 그런 아이가 있던가……."

마침내 고종황제도 배정자를 인견하게 된다. 그녀가 입은 서양 드레스는 황홀하기까지 하였고, 그녀가 입에 담는 식견은 언제나 새롭고 경이로웠다. 특히 그녀의 입을 통해 알게 되는 일본국에 관련된 정보는 어느 대신의 보고보다도 새로운 것이었고, 이토 히로부미를 비롯한 일본 정부를 움직이는 사람들의 성품을 들을 때는 조선의 미래가 열리고 있다는 착각으로 가슴이 설레기까지 하는 지경이었다.

여기까지 듣던 면암 최익현은 '어험' 하고 큰기침으로 아들 최영조의 말문을 막으면서 구겨진 종이에 싸여진 권총을 집어 들었다.

"서둘러 이 총의 임자를 찾아야 하지 않겠느냐. 필시 배정자를 죽이려던 총이기에 하는 소리야!"

"……!"

운종 거리에서 부딪힌 청년, 그의 모습이 다시 뇌리를 스치면서 지나갔다. 무심히 길에서 만났더라면 눈길 한번 주지 않고 지나갔을 평범하고 선량한 얼굴을 한 청년이었다. 쫓기는 몸이면서도 자신감에 넘치던 모습이 아니었던가. 그리고 오른쪽 이마에 새겨진 상처 자국도 생생하게 살아난다. 분노와 절망, 두려움으로 뒤범벅이 되어 있던 눈빛……. 총상을 입었던 청년의 몸은 헌병들의 고문에 시달리면서 피투성이가 되었을 터이다.

문흥식이 그 청년의 최후를 그려 보고 있을 때 최익현의 목소리가 다시 들렸다.

"네가 무사했다 하여 모두가 무사할 것이란 생각은 금물일 것이니라! 당장 네가 찾고자 하는 네 부친의 소식도 모르지 않느냐? 종로에서 총에 맞아 죽은 젊은이가 너일 수도 있고, 네 부친일 수도 있고, 또한 이 늙은이일 수도 있지를 않겠느냐!"

"……!"

문흥식은 주르르 눈물을 흘리고 말았다. 면암 최익현의 말은 타이르듯 다시 이어진다.

"그러니 나 하나의 무사함에 안심하지 말고 모두가 무사할 수 있는 방책을 찾아야 하질 않겠느냐. 나라가 백성들의 울타리가 되어 주지 못하니 네 부친도 고향을 등질 수밖에 없었을 것이니라. 부친을 찾는 일도 급하지만 먼저 나라를 찾는 일에 나서는 것이 너에게 주어진 소임일 것이야. 나라의 도리가 찾아지면 네 부친께서도 스스로 집을 찾을 것이기에 하는 소리니라. 알아듣 겠느냐?”

“명심하겠사옵니다, 선생님!”

“어서 들자.”

면암 최익현은 문흥식과 똑같이 죽으로 끼니를 대신한다. 그 태산교악과도 같은 면암 최익현의 모습은 적어도 문흥식에게는 신앙이나 다름이 없었다.

문밖에서 문객의 소리가 들려왔다. 젊은 목소리였다.

“선생님, 손님이 오셨습니다.”

최영조가 일어나 나갔다. 최익현은 권총을 다시 종이에 싸서 문흥식에게 밀어 주면서 말했다.

“아무래도 이 총을 지니고 있는 게 네 소임일 것 같다.”

문흥식은 가슴이 철렁 내려앉는 걸 느꼈다. 떨리는 손으로 종 이에 싼 권총을 집었다. 손에 예사롭지 않은 기운이 느껴지면서 도 아주 익숙하다는 생각도 들었다. 마치 제 물건을 다시 찾은 것처럼.

무슨 일일까. 방으로 황급하게 돌아온 최영조의 표정은 어두 워 보였다. 최영조는 침착하게 다시 자리에 앉았다. 그러나 목소 리는 떨려서 나왔다.

“아버님, 한성에서 상인이가 왔습니다. 창준이가 부친상을 당했답니다!”

면암 최익현은 몸을 곤추세웠다.

"왜, 무슨 일로?"

"왜인들의 만행이라 들었사옵니다."

"……!"

면암 최익현의 노안이 일그러진다. 문흥식의 말만 들어도 왜인들의 난동은 격노하고도 남을 일이었다. 그런데 또 사랑하는 제자의 아버지가 그 못된 자들에 의해 목숨을 잃었다면 분노하지 않을 수가 없다. 최익현은 몸을 일으키며 노기를 토한다.

"출타 차비를 서둘러 다오."

"아버님, 밤이 이슥하옵니다."

"아니다. 서둘러 가 보아야 할 곳이니라."

이미 칠십을 넘긴 면암 최익현이다. 또 그의 명성으로 보아도 이름 없는 한 문도의 아버지가 세상을 떠났다 하여 몸소 상가에 달려갈 필요가 있겠는가. 아들 최영조를 대신 상가에 보낸다 해도 아무도 탓할 사람이 없을 것인데도 스스로 문상을 가겠다고 나서는 면암 최익현의 제자 사랑은 참으로 아름답기 그지없지를 않던가.

비밀결사 ‘자강회’

도성의 남문인 숭례문을 나서면 곧 공덕리로 넘어가는 오르막길을 만나게 된다. 만리재라 불리는 언덕길에는 수양버들이 길가에 늘어서 있어 밤이면 귀기를 느끼게 된다는 곳이기도 하다. 그 중턱에 이창준李彰俊의 집이 있다. 밤이 깊은 탓인가, 아니면 울분 때문인가. 상가喪家인데도 곡소리조차 들리지 않는다.

좁은 마당에는 차일이 바람에 펄럭이고 있었고, 그 한쪽에 거적을 깔고 술상을 받은 문상객들은 아무 말 없이 막걸리 사발만 비우고 있다. 행색은 모두가 초라하여 막일을 하는 사람들로 보였다. 그럴 수밖에 없다. 망자亡者 이국일李局馹이 마포나루의 뱃사공이었던 점을 감안한다면 문상을 와 준 것만도 고마워해야 할 처지가 아니겠는가.

“죽여야 했는데……, 그 왜놈의 새끼를 그 자리에서 때려죽여야 했는데……!"

누군가가 불쑥 뱉어 내자 마당은 갑자기 노기로 술렁거린다. 말없이 막걸리 잔을 비우던 사람들이 그 말에 동조하듯 울분을 토하기 시작한 때문이다.

"그래, 사지를 찢어서라도 죽여야 했어!"

"지금이라도 늦지 않았어. 까짓 거 한바탕 치른다 한들 죽기 밖에 더하겠남!"

말투를 보아서는 이국일이 살해된 현장인 마포나루에 있던 사람들이 분명하다. 아무래도 소란스러워질 기미가 돌자 상주 이창준이 이들의 앞으로 다가와서 정중히 허리를 굽힌다.

"고맙습니다. 찾아 주신 은혜 잊지 않겠습니다."

그 순간 문상객들은 모두가 화들짝 놀라듯 숙연해진다. 참혹하게 버려진 아버지의 시신을 확인하기 위해 마포 강가로 달려 왔을 때 이창준의 모습이 생생하게 떠올라서이다. 그때 이창준의 모습은 조선 젊은이의 기상이나 다름이 없질 않았던가.

사건의 전말을 간략히 적어야겠다. 노老사공 이국일은 노량나루에서 손님을 태우고 한강을 건너고 있을 때 늦게 당도한 일본군 헌병들이 배를 돌리라고 고함을 질러 댔다. 그러나 이국일은 손님을 태우고 이미 나루를 떠났던 터라 배를 돌릴 수가 없기도 하였지만, 마음 한구석에 도사리고 있는 왜인들에 대한 사무친 원한 때문에 일부러라도 배를 돌릴 수 없었다는 편이 옳다. 마포나루에서 손님을 내리고 이번에는 노량진으로 건너갈 손님을 태우고 있을 때 뒤늦게 강을 건너온 일본군 헌병들이 노사공 이국일에게 뭇매를 가하기 시작하였다.

"돌아오라면 돌아와야지, 이 늙은 사공 놈아!"

처음 몇 차례를 저항 없이 맞아 주던 이국일이 더는 못 참겠다는 듯 대장으로 보이는 장교에게 맷돌 같은 주먹을 날렸다. 비틀하며 쓰러졌던 헌병 중위 미야자와는 몸을 일으킴과 동시에 권총을 뽑아 들었다. 그러나 이국일의 노여움은 가시질 않았다.

"쏠 테면 쏴라, 이놈……!"

이국일이 분노한 눈빛을 이글거리며 다시 미야자와 중위에게로 다가서자 그의 권총이 불을 뿜으면서 총탄은 이국일의 어깨를 관통한다. 이국일이 비틀하는 순간 다른 헌병 한 사람이 38식 장총의 개머리판으로 이국일의 가슴팍을 호되게 후려친다. 이국일은 울컥 핏덩이를 토하면서 땅바닥을 굴렀고, 일본군 헌병들이 피투성이가 되어 쓰러진 이국일의 몸뚱이를 가차 없이 짓밟기 시작한다. 이국일은 다시 몇 번 꿈틀거리며 검붉은 핏덩이를 울컥울컥 토하면서 의식을 잃은 채 깨어나지 못했다.

시신은 거적을 쓴 채 죽은 그 자리에 버려졌고, 무슨 영문인지 일본군 헌병 한 사람이 시신을 감시하듯 지키고 서 있다. 망자의 가족에게까지 해를 끼칠 모양이었다. 승석僧夕 무렵이 되자 조선인 청년 세 사람이 숨 가쁘게 달려왔다.

“좀 지나갑시다!”

서슬 퍼런 청년 세 사람은 시신을 둘러싸고 있는 사람들 사이를 사납게 헤집기 시작한다. 일순, 정적이 주위를 감쌌다. 시신을 지키고 있던 일본 헌병이 장총을 들이대며 청년들을 제지했기 때문이다.

“지카스쿠나(가까이 오지 마라)!”

세 사람의 조선 젊은이 중 키가 제일 큰 윤민호尹民浩가 앞으로 나섰다. 많아야 스물하나나 스물둘쯤 되어 보이는 앳된 얼굴이다.

“창준 형님, 저 자식, 말로는 안 되겠는데요.”

이십 대 중반의 이창준이 팔을 들어 윤민호를 제지했다. 이창준의 눈에서 불꽃이 튀고 있었다. 가장 어려 보이고 체격이 작은 박상인朴尙寅이 윤민호의 팔을 잡으면서 말한다.

“넌 가만있어. 창준 형님이 알아서 하실 테니까.”

“이게 어디 보고만 있을 일이냐!”

윤민호는 박상인의 팔을 뿌리치며 고함을 질렀다. 계속 쏘아보고 있는 이창준과 금방이라도 달려들 것 같은 윤민호의 기세에 헌병은 기가 죽는 모양이었으나, 그래도 지켜보는 눈을 의식했음인지 뒤로 물러서지는 않았다.

이창준은 얼음처럼 차갑고 낮게 말하며 한 걸음 다가갔다.

“물러서라!”

헌병은 주춤거리며 뒤로 물러나는 듯하였다. 사람들은 약속이라도 한 것처럼 이창준에게로 시선을 모았다. 이창준은 얼굴을 찌푸렸다가는 다시 허망한 웃음을 입가에 담곤 하면서 헌병을 쏘아보고 있다. 일촉즉발의 순간이나 다름이 없다. 윤민호가 나서며 이창준의 어깨를 감싸 안았다.

"형님, 거적을 걷을까요?"

이창준은 세차게 고개를 저으면서 윤민호를 밀어냈다.

"형님, 이러고만 있을 겁니까? 시신을 확인해 봐야죠. 아직 확실한 것도 아니지 않습니까?"

이창준은 눈을 지그시 감으며 숨을 골랐다. 잠시 후 이창준은 눈을 크게 뜨고 긴 숨을 내쉬면서 머뭇머뭇 거적 쪽으로 다가갔다. 이창준은 몸을 낮추어 거적에 손을 댔다. 이창준의 양미간이 심하게 일그러진다. 이윽고 이창준은 입술을 꼭 다문 채 거적을 걷어 올린다. 순간, 여기저기서 원성이 쏟아져 나왔다.

"저런 세상에나……."

"이런 쳐 죽일 놈들이 있나!"

"사람을 어떻게 저리 만들어 놔!"

거적 아래 누워 있는 사람은 분명히 이창준의 아버지 이국일이었다. 파랗게 굳어진 망자의 얼굴은 찢어진 왼쪽 관자놀이에서부터 핏덩이가 엉긴 채 부어올라 있었고, 턱에서 목덜미까지도 아직 마르지 않은 핏덩이가 더덕더덕 엉켜 있었다.

"아버지, 크으으흐!"

이창준의 입에서 쥐어짜는 듯한 신음 소리가 새어 나왔다. 비록 사공 노릇을 하며 살아오긴 했어도 남한테 해코지 한 번 안 한 아버지였다. 엄하긴 해도 자식을 극진히 아끼는 아버지였다. 가난했지만 떳떳하게 살아온 아버지. 그런 아버지가 어찌 이렇게 처참한 몰골로 누워 있단 말인가. 이창준은 정말 믿기지 않는 현실 앞에 눈물을 쏟아 낼 기력도 없었다. 소문에 아버지를 죽인 놈이 일본 헌병장교 중위라고 했다.

"으악, 으하하하!"

마침내 이창준은 하늘을 향해 실성한 사람처럼 큰 소리로 비명을 토해 낸다. 한참을 웃다가 아버지의 목에 팔을 두르고 가슴으로 끌어당겼다. 싸늘한 시신에 엉겨붙은 핏덩이는 얼음보다 차가웠다. 그 차가운 기운이 오히려 이창준의 가슴에 불을 당겼다.

이창준은 아버지의 시신을 다시 똑바로 눕혀 놓고 천천히 몸을 일으켰다. 주위에 있던 사람들이 이창준 쪽으로 조금씩 다가왔다. 그들은 이국일의 시신과 그의 아들 이창준의 모습을 번갈아 볼 수밖에 없다. 일촉즉발의 긴장감이 돌고 있어서이다. 아니나 다를까, 이창준은 어쩔 줄 모르는 헌병에게로 천천히 다가서기 시작한다. 헌병은 장총을 앞으로 겨누며 뒷걸음질을 한다. 이창준이 한 발 내딛으면 헌병은 두 발 뒤로 물러났다. 헌병 뒤에 있던 사람들도 뒷걸음질을 했다.

다급해진 헌병은 악을 쓰듯 소리쳤다.

"지카스쿠나^(가까이 오지 마)!"

헌병은 장총을 들어 이창준의 가슴팍을 겨눈다. 그러나 분노로 가득 찬 이창준의 표정에는 아무 변화도 없다. 이창준은 점점 헌병 가까이 다가서고 있다. 장총을 믿었을까, 너무 겁이 났던 것일까? 헌병은 제자리에 동상처럼 굳게 선 채 움직이지 못한다. 그러나 장총이 창준의 가슴팍에 닿을 때까지도 헌병은 방아쇠를 당기지 못했다.

이창준은 총신을 쥐고 총구를 자기 가슴에 찔렀다. 헌병은 발악하듯 소리를 질렀다.

"놔라! 반항하면 쏜다!"

이창준은 눈을 부라리며 헌병을 노려본다. 이창준의 눈에서 이글거리는 분노에 헌병은 숨이 막히는 모양이었다.

"놓으란 말이다!"

이창준은 이를 갈며 소리 죽여 말했다. 일본말이었다.

"가에레, 가에레 바카야로^(돌아가라, 돌아가라 개새끼야)!"

헌병은 험담을 쏟아 내는 이창준의 입을 뚫어지게 쳐다보기만 할 뿐 달리 취할 동작이 없는 모양이었다. 이창준은 헌병이 들고 있는 총신을 잡아 낚으며 다시 한 번 악을 쓰듯 소리친다.

"돌아가란 말이다! 이 개새끼들아!"

헌병은 휘청거렸다. 그러나 이내 자세를 바로 세우며 총구를 이창준의 가슴에 다시 겨눈 채 뒷걸음질을 하기 시작한다.

"너희 땅으로 돌아가란 말이다!"

이창준이 금방이라도 잡아먹을 듯 성큼 다가가자 헌병은 얼떨결에 몸을 웅크리다가 방아쇠를 당겼다.

탕!

풍선처럼 팽팽한 긴장을 뚫고 총알은 허공을 가르며 하늘로 날아갔다. 총의 반동에 놀라 제풀에 뒤로 벌렁 자빠진 헌병은 휑해진 눈으로 이창준을 바라본다.

"그놈의 이름이 무어냐? 내 아버지를 죽인 그 헌병 중위의 이름이 뭐냔 말이다!"

헌병은 엉덩이를 땅에 댄 채 뒤로 기어간다. 손에 총이 들려 있다는 것조차 잊어버린 모양이었다. 윤민호가 달려와 헌병의 총을 밟았다. 그제야 헌병은 총을 잡으려고 발버둥 쳤다. 윤민호는 헌병의 면상을 세찬 주먹으로 갈겨 버린다.

"민호야!"

박상인이 달려들어 윤민호의 팔을 잡았다.

"일을 키우지 말자."

"놔, 이거 못 놔!"

이창준은 몸을 구부리며 입에서 피를 흘리고 있는 헌병의 얼굴을 양손으로 감싸 쥐었다.

"그놈의 이름이 뭐냔 말이다!"

“미, 미야자와……”

“미야자와……?”

미야자와라면 한자로 궁택宮澤으로 적어야 하는 성씨다.

“그놈 지금 어디 있느냐!”

“헌병대에……, 제발 살려 주시오.”

이창준은 일그러진 헌병의 얼굴을 밀어 놓는다.

“총도 주어라.”

“형님!”

“주라는데도!”

윤민호는 총을 밟고 있던 발을 떼었다. 헌병은 얼른 총을 집었다. 이창준은 몸을 돌려 아버지의 시신으로 향했다. 그리고 통한의 설움을 쏟아 놓는다.

“아버지이, 으흐흐!”

그 태산준령과도 같았던 이창준이 문상객들에게 피를 토하듯 사정하고 있다.

“뒷일은 저희들이 알아서 하겠습니다. 아무 걱정들 마시고 생업에 임해 주시기를 바랄 따름이옵니다.”

고개를 숙이는 이창준의 모습에 내객들은 감동하지 않을 수가 없다. 강가에서 보았던 이창준의 모습은 분노의 덩어리였는데, 굴권제복을 한 상주의 모습이 된 이창준은 또 다른 사람의 모습으로 변해 있었기 때문이다.

차일이 쳐진 마당과 조금 거리를 둔 행랑 쪽에서는 한 떼의 젊은 문상객들이 모여 울분을 토하고 있다.

"창준 형님 아버님을 죽인 일본 헌병 놈은요, 사람을 죽이고도 버젓이 활보하고 다닌답니다."

"경무청에서는 그런 놈을 잡아들여 족치지 않고 뭘 하노?"

"경무청이고 뭐고 간에 일본 놈들한테는 치외법권인가 뭔가가 있다질 않던가. 그래서 아무리 큰 죄를 지어도 거리를 활보할 수 있다는 게야!"

"개나 갖다 주라지. 그놈의 치외법권……!"

"일본 놈들 만행이 어디 어제오늘의 일인가. 나라에서 못된 짓하는 일본 놈들을 다스리지 못한다면, 우리라도 활빈당이 될 수밖에……!"

"목소리 낮춰. 일본 놈들 밀정이 여긴들 없으려고!"

"일본 놈 밀정? 오냐, 좋다. 어디 있음 나와 보라고 해! 나와서 나를 붙잡아 가 보라고 해!"

윤민호와 박상인은 묵묵히 젊은 문상객들의 울분을 듣고 있을 뿐이다. 그들이라고 가슴이 끓어오르지 않을 까닭이 없질 않겠는가. 큰일을 앞두고 섣불리 흥분해서는 안 된다는 걸 누구보다 잘 알고 있었기에 듣고만 있을 뿐이다.

윤민호가 박상인의 손목을 슬머시 끌어 사립문 쪽으로 데려간다.

"상인이, 장 선생님이 오실 때가 지난 것 같은데……. 무슨 일이라도 생긴 게 아닐까?"

박상인은 주위를 둘러보며 목소리를 낮췄다.

"불길한 생각일랑 하질 말어. 곧 오실 거야. 은영 누님이 모시러 갔잖아. 그건 그렇고, 왜 기태한테서는 여태 연락이 없는 거야?"

"그러게. 별일이 없어야 할 텐데."

"기태가 아직 부고를 듣지 못한 모양이야. 그렇지 않고서야 나타나지 않을 리가 없잖나?"

"그렇기는 하지만……, 기태의 처지도 섣불리 몸을 드러낼 계제가 아니지. 막중대사를 앞에 두고 있으니까……."

박상인이 먼저 저만치 담 모퉁이를 돌아 나오는 위암韋庵 장지연張志淵을 발견한다.

"어, 저기 오시네."

황성신문사皇城新聞社 사장 장지연은 곁에 바짝 붙어 있는 김은영金恩英과 무슨 얘긴가를 긴요히 나누며 걸어오고 있다. 윤민호와 박상인이 달려가 머리를 숙인다.

"어서 오십시오."

위암 장지연은 뒤를 힐끗 돌아다보며 말했다.

"고생들이 많구먼."

"고생은요. 저희들 심려는 마시고 들어가십시오. 수상한 자가 나타나면 신호가 오게 되어 있습니다."

"음, 먼저 들어감세. 나중에 보세."

사립문 안으로 장지연이 들어서자 윤민호가 박상인에게 말한다.

"난 좀 둘러보고 오겠네. 자네가 여길 맡아."

윤민호는 빠른 걸음으로 담장을 따라 어둠 속으로 사라진다. 박상인은 윤민호가 사라진 반대쪽을 살피며 손을 흔들었다. 어둠 속에서 좌우로 흰 천이 흔들렸다. 이상이 없다는 신호였다.

위암 장지연의 뒤를 김은영이 따랐다. 장지연은 문상객들 사이를 빠르게 가로질러 빈소로 들어선다. 문상의 예를 마친 후, 이창준은 사람들 눈을 피해 위암 장지연을 작은방으로 인도했다. 위암 장지연은 아랫목에 앉자마자 한숨부터 내쉬었다.

"왜 기태한테서 아직 연락이 없는 거야. 무슨 변고라도 생긴 게 아닌지 걱정이구먼. 만약 기태한테 불길한 일이 생기기라도 했다면……."

이창준의 눈가에도 불길한 기미가 스쳐 지나간다.

"선생님, 너무 심려 마십시오. 전 기태를 믿습니다."

"그래. 물론 기태를 믿어야지. 그건 그렇고, 자강회 사정은 좀 어떤가?"

자강회自强會는 이창준을 중심으로 하는 한성의학교 학생들의 학술 모임이었다. 한성의학교는 20세에서 30세까지 다양한 연령층의 젊은이들이 모여 의술을 배우는 학교였기에, 윤민호와 박상인은 이창준의 학교 1년 후배지만 나이는 열 살 가까이 차이 났다. 1년 전, 「황성신문」 주최로 열린 애국청년국민토론회에서 이창준은 외세를 물리치고 자주적인 국가를 만들어 가는 것은 청년의 몫이라는 면암 최익현의 연설을 듣고 깊은 감명을 받으면서 조직을 개편하여 비밀결사와 같은 모임으로 다시 태어나게 하였다. 또한 애국 청년 단체의 필요성을 역설하는 위암 장지연의 열정에도 자극 받아 조직의 지도자로 모셨고, 송기태와 김은영 등과 같은 젊은 학도들을 자강회에 가입하게 하여 행동대원으로 뛰게 하였다.

당시 송기태宋基泰는 상공업학교를 다니고 있었고, 김은영은 우편학당을 다니고 있었다. 몇몇 청년들이 자강회에 가입하게 되면서 자강회의 성격 또한 단순한 학술 모임에서 구국을 염원하는 비밀결사의 형태로 바뀌었다. 국권 침탈의 위협이 현실화됨에 따라 자강회는 점차 지하조직화, 점조직화 되어갔다. 일본 세력을 몰아내기 위해서는 이론보다는 실천을 앞세운다는 행동 강령을 정해야 했다. 그리고 가장 먼저 세운 계획이 배정자(친일의 대표적인 인물)부터 제거하는 것이었다.

그 일을 위해 이창준은 만주 땅 여순旅順에 가서 무기를 구해 왔다. 여순은 한때 이창준이 머물렀던 곳이다. 이창준의 아버지 이국일은 원래 전라도 나주 사람으로, 몰락한 양반 집안 출신이었다. 그는 지방 관리의 폭정과 혹독한 세금에 분노한 농민들과 함께 민란에 가담했다. 민란이 실패로 끝나자 이국일은 가족을 이끌고 청나라로 건너가 여순에 정착했었다.

여순에서의 처음 몇 년 동안은 땅을 개간하느라 고생했지만 그 후로는 안정을 찾았다. 그러나 청일전쟁이 터지고 여순으로 일본군이 진격해 오면서 이국일의 집안은 다시 풍비박산이 되었다. 미처 피난을 가지 못한 이국일의 집으로 들이닥친 일본군이 어머니가 보는 앞에서 이국일의 딸을 강간하는 만행도 목격하였다. 충격을 이기지 못한 딸은 목을 매어 자살하였고, 이국일의 처도 딸을 지켜 주지 못한 죄책감에 시달리다 비상을 마시고 목숨을 버렸다.

그런 참화를 겪은 후, 이국일은 모국인 조선 땅으로 돌아가기로 결심했다. 그 모두가 나라를 바로 세우고 일본 세력을 몰아내지 못한 까닭이라 여겼기 때문이다. 길림무관학교吉林武官學校에 다니던 이창준 역시 아버지의 뜻을 따라 조선으로 돌아왔다. 가산을 처분해 조선으로 돌아온 부자는 한성 마포나루에 터를 잡고 때를 기다렸다. 이국일은 사공 노릇을 하며 생계를 꾸려 갔고, 이창준은 길림과 한성을 오가며 동지를 규합했다. 한성의학교가 설립되었다는 소식을 들은 이창준은 주저하지 않고 입학했다. 앞으로 겪게 될 일에 의술이 도움이 될 거라는 판단 때문이었다.

"자강회는 기태와 연락이 두절되어 뒤숭숭합니다."

위암 장지연은 입맛을 다신다. '배정자 제거'라는 모처럼의 계획이 수포로 돌아가는 것이 아쉬워서다.

"기태 군이 고의로 잠적한 건 아닐 테고……."

"절대 그럴 사람이 아닙니다."

이창준 역시 답답하긴 마찬가지였다. 송기태는 상인 집안에서 태어났으나 어려서부터 한학을 배웠고 무술도 배워 영민하면서도 날래고 강인했다. 배정자를 민족의 이름으로 처단하자는 말이 나왔을 때, 그 일을 맡겠다고 맨 먼저 나선 사람이기도 했다.

밤이 이슥해졌다. 문상객도 거의 떠나거나 잠자리를 찾아들었다. 개 짖는 소리만이 간혹 들릴 뿐이었다.

만리재 오르막길의 수양버들 가지가 새벽바람에 출렁인다. 동이 트고서도 한참이 지났을 무렵, 세 사람의 인적이 흔들리는 버드나무 가지를 스치듯 지나간다. 앞장선 사람이 최영조, 그 뒤를 면암 최익현과 그를 부액하듯 가까이에 문흥식이 따르고 있다.

어젯밤과는 달리 텅 빈 마당으로 내려서던 상주 이창준은 눈앞에서 일어나고 있는 광경 때문에 온몸이 굳어진다. 최영조의 뒤로 면암 최익현이 들어서고 있었기 때문이다. 어찌 놀랍고 황송한 일이 아니던가. 조선의 고위관직을 두루 거쳤고, 조선 사림의 귀감으로 우뚝한 면암 최익현이 몸소 문상을 올 줄이야 어찌 짐작인들 했던가. 이창준은 황공해진 가슴을 쓸어내리면서 면암 최익현에게 달려가면서 울음부터 토해 낸다.

"선생님……!"

"아무렴은……, 내 상심이 너만이야 하겠느냐만, 대체 왜적들의 방자한 소행을 어찌하면 좋겠느냐!"

이창준은 흐느낌이 담긴 비장한 어조로 대답한다.

"모든 게 저희들의 불찰입니다."

면암 최익현은 고개 숙인 이창준에게로 따뜻한 눈길을 주면서 말을 이었다.

"나라도 지켜 주지 못하는 불행을 어찌 너희가 지킬 수 있겠느냐? 너희 탓이 아니다. 또 네 탓도 아니니라. 자학하지 마라."

"선생님……."

면암 최익현이 상청喪廳에 들어 문상의 예를 갖추고 나자 위암 장지연을 비롯한 자강회의 조직원들이 들어와 당대의 거인 면암 최익현에게 정중한 예를 올리고 정좌한다. 면암 최익현은 먼저 장지연의 노고를 치하한다.

"위암의 노심초사는 잘 들어서 알고 있어요."

어금니를 악물고 있던 장지연은 답답한 심경을 토로했다.

"갈수록 왜적들의 만행이 악랄해지고 있습니다. 이젠 땅을 빼앗기고 재물을 빼앗기는 것은 다반사가 되었고, 위조 백동화의 유통으로 종로의 상권이 무너지고 있질 않습니까. 게다가 이렇듯 억울한 죽음도 이어지고 있고요……."

이창준은 비통한 어조로 화두를 돌린다. 송기태의 일을 상기시키기 위해서다.

"그 음모의 한가운데 배정자라는 요물이 있기 때문이 아니겠습니까."

면암 최익현은 깜짝 놀라면서 숨결을 가다듬었다. 문흥식이 가져온 권총과 함께 보았던 편지에 씌어 있던 이름이 배정자였기 때문이다.

"지금, 배정자라 했느냐?"

면암 최익현의 반문이 오히려 이창준을 당황하게 한다.

"그렇습니다만……."

그제야 면암 최익현은 실마리가 풀리는 듯 온 얼굴에 웃음을 담는다.

"허허허. 일이 그렇게 되었구나……. 하나 그런 중차대한 일을 경거망동해서야 쓰겠느냐?"

이창준은 최익현의 말뜻을 알아듣지 못했다. 면암 최익현은 그제야 문흥식에게로 시선을 돌린다.

"내가 챙기라 한 물건, 여기 꺼내 놓아라."

문흥식이 봇짐에서 종이 뭉치를 꺼내 이창준의 앞으로 밀어 놓았다. 종이 뭉치에서는 권총 한 자루와 편지가 나왔다. 물론 편지에는 '배정자'라는 석자가 선명하게 적혀 있다. 이창준과 위암 장지연은 숨이 막힌다. 송기태의 필적이 분명했기 때문이다. 이창준은 얼른 종이 뭉치를 다시 싸 치우면서 면암 최익현에게 묻는다.

"이게 어찌하여 선생님 손에……."

"하늘이 자네들을 돕고 있음이야. 하나 이 사람의 미역 보따리에 이 물건을 쑤셔 넣고 달아난 청년은 왜병들의 총에 맞아 죽었어. 그것도 운종 거리 한복판 백주 대로에서! 위암은 이 땅의 여론을 꾸려 가면서 어찌 그 일을 몰랐는가?"

위암 장지연은 놀란 눈을 껌벅이며 주위를 둘러보며 입을 연다.

"사흘 전 종로에서 일본 헌병의 총에 맞아 죽은 조선 청년이 있었다는 말은 듣고 있었습니다만……, 일본군 장교의 집을 털던 도둑이었다고 들었습니다."

면암 최익현은 혀를 차면서 답답해하였고, 마음이 급해진 이창준은 문흥식의 얼굴을 쏘아본다. 이 권총과 편지가 어찌하여 당신의 수중에 있느냐고 묻고 있음이 아니겠는가.

그제야 문흥식은 사건의 전말을 입에 담기 시작한다.

"시생은 흑산도에서 올라온 문흥식이라고 합니다. 삼가 문상의 말씀 여쭈어 올립니다."

"감사합니다. 한데 어찌 된 일로……?"

문흥식은 그때 겪었던 일을 세세히 입에 담기 시작한다.

여기는 운종 거리^(지금의 종로). 올망졸망한 가게가 줄지어 있다 해도 한성에서 가장 번화한 거리요, 아직은 조선 상권이 굳건한 거리이기도 했다.

'아무리 세상이 뒤숭숭해도 그렇지. 운종의 명성은 어디로 간 거야?'

문흥식은 얼떨떨한 얼굴로 사방을 두리번거리면서 느릿한 걸음으로 미곡상을 찾아 두리번거리며 겨드랑이에 낀 마른 미역 다발이 자꾸 흘러내려 걸음을 멈추고 추스르곤 하였다.

바로 그때 길 건너편에서 호루라기 소리가 매섭게 들려왔다. 동시에 골목에서 황급하게 뛰어나온 청년이 문흥식에게로 줄기차게 돌진해 왔다.

"어, 어……!"

눈 깜짝할 사이에 청년과 부딪친 문흥식은 길바닥에 나동그라졌고, 문흥식을 덮친 청년은 미역 다발 사이에 종이로 싼 두툼한 물건을 쑤셔박아 놓으면서 말했다.

"잠시만 맡아 주시오……."

그리고 청년은 벌떡 일어나서 반대 방향으로 달려가기 시작한다. 그리고 신경질적인 호루라기 소리에 뒤이어 두 대의 사이드카가 골목길에서 달려 나왔다. 배 모양으로 생긴 사이드카의 좌석에서 엉거주춤 몸을 일으킨 헌병장교가 죽기 살기로 호루라기를 불어 대는 것이 보였다. 뒤이어 귀청을 찢는 듯한 총소리가 울리면서 달려가던 청년이 길바닥에 나동그라진다.

"아, 저……, 저 사람 보게!"

달려온 사이드카에서 뛰어내린 일본군 헌병장교가 피투성이
가 된 청년에게 무자비하게 발길질을 가하였다. 청년은 아무 반
항도 없이 속수무책으로 이리 구르고 저리 구르곤 하였다. 문흥
식은 자신에게 맡긴 물건에서 기인되었을지도 모른다는 생각으
로 재빨리 몸을 피했다가, 일본군 헌병들이 사라진 다음 그가 쓰
러졌던 곳에 가 보았으나 길바닥에 붉은 피가 낭자하게 배어 있
었을 뿐이었다.

문흥식이 말을 마치자 방 안은 숨소리조차도 들리지 않을 정
도로 긴장감에 휩싸여 간다. 운종 거리에서 일본군 헌병들의 총
탄에 쓰러진 젊은이가 송기태일 것이라는 짐작이 들어서다.

"선생님, 기태가 분명합니다."

윤민호의 비명 같은 지적에 위암 장지연은 길게 한숨을 내쉬
며 천장을 올려다보았다.

"아까운 목숨이야. 너무나 아까운……."

위암 장지연 또한 송기태의 죽음으로 확신하고 있는 모양이
었다. 어찌 장지연뿐이랴. 좌중의 모든 사람들이 하나같이 송기
태의 불행했던 순간을 애통해하고 있는 것으로 보였다. 그러나
박상인은 한마디 더 토를 달았다.

“혹시 총에 맞은 사람의 얼굴은 기억하고 계십니까?”

문흥식의 대답은 확신에 차 있다.

“기억하다마다요. 얼굴빛은 파리하였고……, 오른쪽 이마에 상처 자국이 있었습니다.”

“…….”

순간 좌중은 숨을 멈춘다. 오른쪽 이마에 상처 자국이 선명했다면 송기태가 분명해서다. 조직의 동지이자 다정한 친구 한 사람이 중차대한 임무를 수행하기 위해 목숨을 버리기로 맹세를 했다고 하더라도, 실제로 목숨을 잃는 불행을 당한다면 그 설움은 가늠할 수 없는 것이 인지상정이다. 온 방 안은 침통하게 가라앉는다. 그런 충격의 시간이 얼마나 흘러갔을까. 마침내 이창준이 울분을 삼키면서 그러나 냉정하게 입을 연다.

“저분의 말씀을 듣고 나니 모든 게 정리가 됩니다. 저희 부친을 살해한 일본 헌병들이 기태를 사살한 게 분명합니다. 영등포로 나갔던 헌병들이 나룻배를 타고 마포나루로 건너가 종로에서 기태를 체포하려 했던 게 틀림없습니다. 나룻가에 있던 사람들 말로는 일본 헌병대 사이드카 두 대가 몹시 서둘렀다고 했습니다. 저분이 본 사이드카도 두 대였습니다. 두 사건이 일어난 시간으로 따져 봐도 딱 맞아떨어지지 않습니까? 동일한 놈들의 소행이었습니다.”

위암 장지연도 주먹을 불끈 쥐면서 결기를 토해 냈다.

"단정을 내릴 순 없지만 자네 말에 일리가 있네. 신문사에 들어가는 대로 그놈들이 누구인지부터 알아봐야겠네."

"알아보실 것도 없습니다. 그놈은 미야자와라고 하는 헌병 중위입니다. 그것보다는 그놈들이 어떻게 기태를 추적했는지 알 수가 없습니다. 기태에게 권총을 준 게 며칠 안 되었고……, 또 암살을 결행할 날도 아직 멀었는데 말씀입니다."

위암 장지연은 단정적이면서도 그러나 조심스럽게 말했다.

"정보가 새어 나간 게 분명해……!"

이창준은 믿기지 않았다. 아니 믿을 수가 없었다.

"그럴 리 없습니다. 절대 그럴 리 없습니다. 우린 모두 피를 나눈 동지들입니다. 필시 다른 연유가 있을 것으로 압니다."

방 안은 다시 침묵의 늪으로 잠겨든다. 조국의 사정이 참담해서였고, 또 자신들의 결기가 너무도 무력해서가 아니겠는가. 김은영이 자세를 고쳐 앉으며 결기를 토해 냈다.

"슬픔에 잠겨 좌절할 것이 아니라, 기태 씨 시신이라도 찾아야 하지를 않겠습니까!"

문흥식은 김은영이 곡물상집 따님임을 순식간에 알아본다. 물론 김은영도 문흥식이 곡물상에 들렀던 사람임을 알아보고 그제야 흠칫한다. 이번에는 윤민호가 무릎걸음으로 면암 최익현에게 다가오며 간절하게 진언한다.

"선생님, 말씀해 주십시오. 기태가 왜놈들의 총탄이 박힌 채

암매장되었다면……, 저희들이 당연히 시신이라도 찾아야 하질 않겠사옵니까!"

박상인도 애원하는 듯한 목소리로 부연한다.

"선생님! 폐하께서 계시는 궁궐까지도 일본군들에게 짓밟히고 있다면 누구라도 나서서 기울어진 국운을 바로잡아야 하지를 않겠습니까!"

윤민호는 굳이 흥분을 억누르려 하지 않았다.

"선생님, 말씀해 주십시오. 대체 여기가, 대체 여기가 어느 나라 땅이옵니까!"

면암 최익현은 결연하게 자리에서 일어선다. 아들 최영조가 최익현을 따라 일어서면서 만류의 말을 입에 담았다.

"아버님, 고정하십시오."

"아니다. 저들의 결기가 식어서는 아니 될 것이니라."

면암 최익현은 방문을 열고 툇마루로 나섰다. 방에 있던 이들도 최익현을 따라나섰다. 마당에 꿇어앉아 있던 젊은이들이 툇마루 아래로 다가선다. 면암 최익현은 그들의 결기에 찬 면면을 둘러본 후 입을 열었다. 그의 목소리에는 처연한 기운이 가득 차 있었다.

"여기는 분명히 조선의 하늘, 조선의 땅이니라. 왜적들로 인해 아버지와 동지를 잃는 울분이 있다 해도, 폐하께서 엄연히 용상에 계시는 조선 땅이 아니더냐!"

면암 최익현의 목소리는 젊은이들의 가슴에 칼날처럼 꽂혔다.

"아무리 드센 광풍이 휘몰아친다 하여 어디 숲이 지더냐? 숲은 바람을 안고 다시 일어나는 것이 천하의 이치인 것을 안다면 경거망동을 삼가고 때를 보는 것이 너희 젊은이들의 소임일 것이니라."

윤민호가 한 걸음 앞으로 나서며 면암 최익현을 올려다보면서 항변한다.

"하오시면 저들의 만행을 보고만 있어야 하오리이까?"

면암 최익현은 몸을 낮추어 윤민호의 얼굴을 똑바로 바라보며 말했다.

"곧 너희들의 충정이 꽃필 날이 올 것이니라. 그때 이 늙은 내가 너희들의 앞장을 서고, 그래서 너희와 함께 죽으면 될 것이 아니겠느냐."

면암 최익현의 볼을 타고 한 줄기 눈물이 흘러내렸다. 그 눈물은 모두를 숙연하게 했다. 가슴에서 가슴으로 이어지는 뜨거운 불길과도 같았다.

"너희가 나라를 안다면……, 너희가 정녕 나라를 안다면 경거망동을 삼가고 때를 만드는 것이 소임임을 한시도 잊어서는 아니 될 것이니라!"

면암 최익현의 문상은 그렇게 끝이 났다. 상가에 남은 젊은이들은 송기태의 죽음 때문에 흔들려 오는 마음을 가늠하지 못했다. 면암 최익현이 돌아가자, 상주 이창준은 윤민호와 박상인 그리고 김은영을 작은방으로 은밀하게 불렀다.

"기태의 일은 누군가가 밀고한 것이 틀림없는 것 같다. 그렇다면 우리 자강회도 무사하지 않을 것이다. 각자 몸조심하도록 해라."

박상인도 소리를 죽여 말했다.

"그렇잖아도 면암 선생님이 오실 무렵, 수상한 자가 집 주위를 어슬렁거리다 갔습니다."

윤민호는 안타깝다는 투로 말했다.

"내가 잡아 족치자고 했는데, 상인이가 반대를 해서……."

김은영이 조심스럽지만 단호한 어조로 의견을 제시한다.

"일단 그럴듯한 이유를 들어 공개적으로 자강회를 해산하는 게 좋지 않을까요?"

"……!"

"감시하는 자가 붙어 있다면 행동에 제약을 받게 되지 않겠어요? 만약 첩자가 자강회에 있다면 해산하는 이유도 헌병대에 전해질 것이고요."

"아무래도 그래야겠다. 그리고 당분간 서로 접촉을 하지 말자."

"그건 좀……."

이창준은 좌절의 한숨을 짓고 있는 김은영을 물끄러미 바라보며 물었다.

“왜?”

“아니에요, 그렇게 해요.”

“상인도 민호도 찬성하는 거지?”

“예.”

이창준은 문흥식에게서 받아 둔 권총을 꺼내 윤민호에게 밀어 놓으며 말했다.

“그리고 민호야, 이 총은 당분간 네가 보관해라.”

윤민호는 기다렸다는 듯이 총을 집어 들며 힘주어 말한다.

“그러지요.”

그리고 잠시 뒤 이창준은 무겁게 토해 낸다.

“민호와 상인이는 잠시 나가 있어라. 은영이와 좀 상의할 말이 있구나.”

윤민호와 박상인은 피식 웃으며 자리에서 일어났다. 그리고 윤민호는 김은영을 힐끗 보면서 농담조로 건넨다.

“누구는 좋겠네.”

김은영의 볼이 붉게 달아올랐다. 이윽고 두 사람만 남게 되자 이창준은 김은영에게로 고개를 돌렸다.

“고맙다. 네가 없었으면 문상객 대접이며, 그 많은 일을 어떻게 감당했겠냐?”

김은영은 고개를 들지 못했다.

“아버지 장례가 끝나면……, 나는 당분간 여순에 가 있을 생각이다.”

김은영은 고개를 바짝 들었다. 그녀의 눈빛이 흔들리고 있음이 완연하다.

“갑자기 여순에는 왜요?”

“할 일이 생기질 않았느냐. 먼저 아버지의 원수를 갚고 나면 당분간 몸을 피해야 할 것이고……, 기태의 일이 잘못된 것이 오히려 내게는 약이 되었구나. 기태의 몫까지 갚아 주어야겠다.”

“…….”

김은영의 눈에 눈물이 맺혔다. 이창준은 머지않아 미야자와 헌병 중위를 죽이는 것으로 아버지와 친구 기태의 원수를 갚고 몸을 숨길 각오를 하고 있음이 아니겠는가. 김은영은 깊게 숨을 들이쉬고 이창준의 뜻에 동조한다. 비장한 각오가 아닐 수 없다.

“그러세요. 하지만 너무 오래 머무실 생각은 말아요.”

“그래. 그리고 민호와 상인이한테는 따로 말하지 않을 작정이다. 자강회 해산 건은 은영이가 말을 꺼낸 만큼 네가 알아서 잘 처리해 주기 바란다.”

“그럴게요.”

“일을 마무리 짓고 나면 장지연 선생께만은 말씀드리고 떠나마. 너희들 뒤를 봐주실 거다.”

“예.”

김은영은 가만히 머리를 숙여 이창준의 가슴에 기대었다. 이

창준은 김은영의 머리를 두 팔로 감싸 안으며 천장을 올려다본
다. 천장에는 아버지와 어머니, 그리고 목을 맨 여동생의 얼굴이
차례로 스쳐 지나갔다. 이창준은 눈을 부릅뜨고 입술을 깨물며
김은영을 으스러지게 안았다. 그리고 젖은 목소리를 토해 냈다.
　"사랑한다, 은영아."

고종의 망명 계획

경운궁에는 추적추적 겨울비가 내리고 있다. 기와에 떨어지는 빗소리는 적막한 밤을 더욱 스산하게 만들어 가고 있다. 탁지부대신 겸 내장원경 이용익李容翊과 민영휘閔泳徽는 잔뜩 긴장한 채 잰걸음으로 어둠을 헤치고 있다. 이용익이라면 내장원경을 맡아 황실의 재정을 담당하고 있는 실세 중의 실세. 용암포 사건이 벌어지자 러시아에 용암포를 조차하자는 데 앞장섰던 친러 대신의 대표주자나 다름이 없다. 민영휘 또한 이용익에게 뒤질세라 친러 정책을 이끌고 있는 사람이다. 이용익은 민영휘의 느린 걸음이 마땅치 않았는지 벌써 여러 번째 눈짓을 보내면서 중얼거리고 있다.

"허어, 참……!"

두 사람은 전각 안으로 들어선다. 상궁 나인들이 깊게 허리를 굽히는 것도 이들의 영향력을 알고 있는 탓이다.

"마마, 탁지부대신 드셨사옵니다."

서양식으로 꾸며진 엄비嚴妃의 응접실은 넓고 화려하다. 엄비는 왕자 은垠(후일 영친왕으로 불림)의 생모이다. 본래 나인內人(궁녀)으로 출발하여 고종의 지밀상궁至密尙宮(왕이나 왕비를 가까이 모시는 상궁)이 되어 선망의 대상이 되었고, 특히 아관파천俄館播遷(고종이 러시아 공사관으로 피신한 것) 때 유일하게 고종을 모셨던 탓에 고종의 극진한 신임과 사랑을 받게 되어 왕자 은을 생산하면서 당당히 비빈妃嬪의 서열에 올라 있는 여인이다.

고종황제도 엄비의 응접실에 들어 있었다. 이용익과 민영휘를 만나는 일을 사사로운 일처럼 눈속임하기 위해서다. 의논해야 할 사안이 중차대하고 은밀한 내용이라면 불가피한 노릇이 아닐 수 없다.

엄비가 몸소 문을 열어 그들을 맞아들인다.

"어서 오세요."

이용익과 민영휘는 엄비에게 고개를 숙여 보이고 고종황제의 앞으로 나아가 깊게 허리를 굽힌다. 고종황제는 아무 말 없이 어수를 들어 그들을 의자에 앉게 한다. 파격의 은전이 아닐 수가 없었다. 이용익은 그동안 러시아 공사와 은밀하게 추진해 온 밀계라면서 고종황제로 하여금 잠시 노령露領 블라디보스토크에 다녀오시기를 엄비를 통하여 건의한 바가 있었다.

고종황제는 그 건의를 확인하고, 보다 구체적인 사안을 살피기 위해 이들 두 사람을 엄비의 응접실로 불렀던 터이다.

"짐에게 외유를 하라 하였다는 게 사실인가……?"

이용익은 놀라워하면서도 자세를 고쳐 앉는다. 엄비를 통하여 진언하였던 내용이 고종황제를 통해 확인되는 순간이라 너무도 감격스러워서다.

"그러하옵니다, 폐하."

고종황제는 잠시 대답을 미루면서도 이용익의 얼굴에서 시선을 놓지 않는다. 아직은 믿을 수가 없는 황당한 진언이라는 생각에서다. 잠시의 공백이 있고 나서야 고종황제는 두 사람에게 반문을 하듯 다시 입을 연다.

"경들은 진실로 짐이 이 땅을 벗어날 수 있다고 보는가?"

당연하지 않은가. 대한제국의 정부에는 고문이라는 이름으로 일본인 고위관직들이 일을 돕고 있다. 그러나 그들은 하나같이 일본제국의 정탐꾼이나 다름이 없었고, 또 일본국 공사관에서는 대한제국 정부의 동향을 수시로 점검하면서 그 대응에 고심하고 있는 판국이다. 고종황제의 반문은 그와 같은 앞뒤의 사정이 감안된 신중하고도 날카로운 반응이다. 그러나 이용익의 대답은 성사 이후의 성과를 입에 담고 있다.

"폐하, 폐하께서 블라디보스토크까지만 가실 수 있다면 러시아 황제를 만날 수 있다고 하옵니다."

“러시아 황제를……?”

“그러하옵니다. 폐하께서 블라디보스토크에 당도하시면 러시아 황제께서 몸소 찾아와 회담에 임하시겠다는 러시아 공사의 확약이 있었사옵니다.”

“……!”

이 얼마나 놀라운 일인가. 고종황제도 두근거리는 가슴의 고동을 억제하지 못한다. 만에 하나라도 자신이 러시아 황제를 만나서 조선의 위급한 처지를 설명하고, 아시아의 평화를 논의한 공동성명이라도 발표할 수 있다면 세계의 이목을 받기에는 부족함이 없다. 그러나 어찌 그런 엄청난 일을 쉽게 예단할 수가 있던가.

“러시아 황제와의 회담을……, 믿어도 되겠는가?”

고종황제의 의구심을 나무랄 수는 없다. 이용익도 그와 같은 고종황제의 반응을 수없이 가정해 왔던 터이다. 그러므로 이용익의 목소리는 확신에 찰 수밖에 없다.

“그러하옵니다. 러시아의 힘을 빌리지 아니하고서는 일본국의 침략야욕을 물리칠 수가 없음을 유념해 주소서.”

이용익의 간함에 이어 민영휘도 간곡한 목소리로 진언한다.

“폐하, 지금으로선 러시아와 평화협정을 체결하는 것이 나라를 구하는 최선의 길이옵니다. 결단을 내려 주소서, 폐하.”

“결단을……?”

고종황제는 중얼거리면서도 자신의 속내를 밝히지 않는다. 엄비는 고종황제의 용안을 살피면서 말을 자제하고 있었지만, 황제의 결단에 비상한 관심을 모으고 있음이 역력하다. 그녀가 겪었던 근자의 여러 정황에서 벗어나기 위한 방도는 고종황제가 블라디보스토크에 가서 러시아 황제를 만나는 일만이 당면한 난제를 해결하는 첩경임을 믿고 있어서다.

명성황후가 왜인들에게 무참히 살해된 을미년의 사변 이후, 고종황제는 일본의 영향 아래 있는 친일 내각에 둘러싸여 있었다. 대한제국의 정부부서에는 일본인 고문 등이 있어 국가기밀마저도 일본국에 고스란히 전달되는 등 이미 망국의 기로에 들어서 있었다 해도 과언이 아니다. 백성들이 분노하는 것은 당연하다. 전국 각지에서 민란이 일어나 조정의 무능함을 질타했고, 의병이 일어나 일본인과 일본인 거류지, 일본 군용시설을 습격하는 사태가 벌어지고 있는 것도 그 때문이다.

김홍집金弘集을 두령으로 하는 개화정부는 단발령斷髮令을 내렸었다. 사실 고종황제는 단발령을 탐탁지 않게 여겨 차일피일 미루기까지 했었다. 그러나 일본 공사와 유길준俞吉濬·조희연 등 친일 세력의 강압에 못이겨 단발령을 내릴 수밖에 없었고, 자신의 상투를 먼저 잘라서 시범을 보이기까지 했었다. 고종황제의 상투는 정병하鄭秉夏가, 왕세자의 상투는 유길준이 잘랐다.

신체발부는 수지부모요, 불감훼상이 효의 시작이라는 유학의 기강이 송두리째 무너지는 것을 유림들은 두고 볼 수가 없었다. 백성들의 분노는 하늘을 찔렀다. 단발령은 불에 기름을 붓듯 반일감정을 부추기게 되었다. 국모를 시해하고 단발령을 내린 친일 내각과 그 배후를 조정한 일본 공사관은 백성들의 분노의 표적이 되었다.

고종황제는 이미 허수아비에 불과했다. 그는 친러 대신들의 사주를 받아 왕세자와 함께 야밤을 틈타 경복궁을 빠져나가기로 했다. 러시아 공사 베베르와 이범진李範晉, 이완용李完用, 이윤용李允鎔 등 친러 세력의 음모에 말려든 때문이다. 고종황제는 엄비의 도움을 받아 궁녀들이 타는 가마를 타고 후문으로 겨우 탈출해 러시아 공사관으로 도주하는 치욕까지 감내하지를 않았던가.

고종황제는 공사관에 도착하자마자 총리대신 김홍집 등을 비롯한 친일 대신을 모두 역적으로 몰아서 파직했다. 김홍집과 정병하는 체포되어 종로에서 처형된 후 분노한 백성들로부터 돌과 몽둥이질을 당했다. 그들의 시체는 한동안 길에 내버려져 있기까지 했었다. 유길준과 조희연 등은 일본 공사관으로 피신했다가 일본으로 망명했다.

누구보다 가까이서 고종을 보필해 온 엄비로서는 무엇보다 고종의 권위를 세우는 일에 적극적이었다. 일본과 러시아, 둘 중

하나를 택해야 한다면 적대감이 없는 러시아를 택하는 것이 당연하다고 생각하고 있다.

이용익 역시 고종황제의 절대 신임을 받고 있다. 이용익은 북청의 물장수로 일생을 마칠 운명이었으나, 명성황후가 임오군란壬午軍亂으로 장호원에 피신해 있을 때 고종은 이용익의 빠른 발을 이용해 연락책으로 발탁했었다. 그 공로로 이용익은 벼슬길에 나서게 되었고, 장삿속에 밝고 치부에 능한 재주가 인정되어 황실의 재정을 총괄하게 되었다. 더구나 명성황후의 정치자금을 조달하게 되면서는 내장원경의 요직까지 차지하게 되었다. 명성황후가 시해된 후에도 조정과 황실의 재정은 모두 그의 수완에 의지하게 되었다.

이용익은 조용하면서도 힘에 넘치는 목소리로 고종황제의 심기를 다시 뒤흔들고 나섰다.

"폐하, 나라의 명운이 촌각에 달려 있사옵니다. 통촉해 주소서."

민영휘도 질세라 간곡한 목소리로 고한다.

"그러하옵니다, 폐하."

여기까지 조심스러운 표정으로 듣고만 있던 엄비가 마침내 입을 열어 고종황제를 설득하는 데 동조한다.

"지난번 아관파천 때도 러시아는 폐하의 힘이 되어 주었사옵니다. 일본의 세력을 물리치는 방도는 러시아의 도움을 청하는 길이 유일하옵니다. 통촉하소서."

"……끔!"

고종황제는 신음을 토하며 몸을 일으켜 천천히 창가로 옮겨 간다.

'이역만리 블라디보스토크까지, 일본의 방해를 받지 않고 무사히 갈 수 있을 것인가? 그리고 가서 러시아 황제와 평화협정을 맺으면 진정으로 일본 세력을 물리칠 수가 있을지, 그래서 일본 세력을 이 땅에서 물러나게 한 후에는……, 러시아가 또 어떻게 나올 것인가. 일본처럼 침략의 야욕을 드러내지 않는다는 보장이라도 있는가. 정녕 외세를 등에 업지 아니하고는 이 나라를 지탱할 수 없는가?'

창가에 선 고종황제의 용안은 어지럽게 흔들리고 있다. 실제로도 엄비에게는 그렇게 보였다. 엄비는 이용익에게 눈짓을 보낸다. 물론 더 간곡하게 주청해 보라는 채근이었다.

"폐하, 화급한 일이옵니다. 결단을 내려 주소서."

"……!"

고종황제는 다시 탁자로 돌아오면서도 끝까지 찬반의 여부를 입에 담지는 않았다. 그러나 정황만으로 살핀다면 찬성 쪽으로 가까이 다가섰다고 볼 수밖에 없다. 성공 여부를 숙고하는 기미는 있었어도 반대의 어의를 내색하지 않았기 때문이다. 그러나 이용익과 민영휘는 갈등하고 있는 황제의 뒷모습을 안타깝게 바라보기만 했다.

　잠시 조선반도의 정세를 중심으로 한 당시의 국제정세를 살펴보기로 한다.

　1897년 10월, 고종은 1년 반이 넘는 러시아 공사관 생활을 마감하고 경운궁慶運宮(지금의 덕수궁)으로 환궁하여 대한제국大韓帝國이라는 새로운 체제를 선포하고 황제 즉위식을 거행했다. 일본군의 경복궁 점거, 명성황후 시해 사건으로 심신의 고달픔을 떨쳐 내지 못하던 고종은 경복궁으로 돌아가는 대신 러시아, 영국 등 열강들의 공사관이 주위에 모여 있는 경운궁을 자신의 주 궁으로 선택했다.

　고종황제가 러시아 공사관에서 머무는 동안 러시아 외무대신 로바노프와 일본 외무대신 야마가타 사이에 조선을 양국의 공동 보호 아래 둔다는 의정서가 체결되었다. 이 의정서의 비밀조항에는 조선의 유사시 러일 양국은 같은 수의 군대를 파견하기로 하며, 충돌을 방지하기 위해 양국 군대의 작전 지역을 그어 정하기로 한다는 내용 등도 포함되어 있었다.

　뿐만 아니었다. 야마가타는 로바노프에게 한반도에서 북위 38도선을 경계로 작전 구역을 분할하자는 제안까지 하지를 않았던가. 그러나 러시아의 거부로 이 제안은 받아들여지지 않았다. 당시 러시아는 고종황제를 보호하며 탁지부 고문관에 알렉세예프를 앉혀 조선의 재정권을 손아귀에 넣고 각종 이권을 챙기는 등 조선을 실질적으로 지배하고 있었기 때문에 굳이 조선을 반으로 나눌 이유가 없었다. 열강들도 그 뒤를 이어 이권 획득 쟁탈에 나섰다. 본격적으로 조선에 대한 경제적 수탈이 진행되었다.

러시아와 일본의 긴장은 1895년 청일전쟁에서 일본이 승리함으로써 더욱 팽배해지기 시작했다. 부동항^{不凍港(얼지 않는 항구)}을 찾아 남진정책을 펴고 있던 러시아는 프랑스, 독일과 힘을 합쳐 일본을 견제했다. 그 결과 일본이 전리품으로 챙겼던 요동반도를 내놓게 되었다.

이를 계기로 러시아는 청으로부터 여순^{旅順}과 대련^{大連}을 조차^{租借}했다. 일본은 청을 누르고도 러시아, 프랑스, 독일 등 3국의 간섭에 굴복하여 동아시아 외교무대 전면에서 물러날 수밖에 없었다. 그 자리를 러시아가 차지했다. 조선은 이런 흐름에 편승하여 친러시아 정책을 표방하게 되었다. '아관파천'도 이런 맥락에서 이루어졌다.

그러나 세계 곳곳에서 러시아의 남진정책을 막아 온 영국도 가만히 있지 않았다. 1902년, 영일동맹조약이 체결되었다. 이 조약의 주요 내용은, 청국에서 영국의 이익과 조선에서 일본의 이익이 침해당한 경우 양국의 이익을 보호하기 위한 필요한 조치를 취한다는 내용이었다. 즉, 러시아가 양국의 이익을 침해하면 공동으로 대처하겠다는 조약이었다. 당시 영국은 남아프리카에서 보어전쟁을 치르느라 발이 묶여 있어 동아시아의 문제를 일본에 맡길 수밖에 없었다.

1903년으로 들어서면서 한반도를 둘러싼 국제정세는 급물살을 타기 시작했다. 용암포 사건이 촉발되었다. 1900년, 청에서 일어난 의화단 사건을 빌미로 출병한 러시아는 만주에 병력을 주둔시켰다. 러시아는 청을 압박하여 만주를 러시아의 보호령으로 삼으려고 했다.

한반도를 완충 지대로 삼아 만주를 지배하려는 러시아와, 한반도를 교두보로 만주에 진출하려는 일본의 야욕이 팽팽하게 맞선 셈이다. 의화단 사건 당시 일본은 서구 열강들로 편성된 연합군의 선봉에 섰다. 1만 2천여 명의 병력을 투입한 일본은 북경을 점령하는 전과를 올려 세계를 놀라게 했다.

용암포 사건은 이미 러시아가 압록강 유역의 목재 채벌권을 사들여 압록강 목재회사를 설립할 때부터 예견된 일이었다. 압록강 하구의 용암포는 압록강 유역에서 베어 낸 목재의 집하지였다. 이미 만주에 진출해 있던 러시아는 용암포의 이권을 보호한다는 빌미를 내세워 군대를 보내고 조선의 용암포를 조차해 줄 것을 요구했다.

영국과 일본은 러시아의 용암포 진출 목표가 경제적 이권 보호에 있는 게 아니라 한반도로 진출하기 위한 군사적 거점을 마련하는 데 있다고 보았다. 그래서 두 나라는 러시아가 요구한 용암포 조차를 반대했다.

이 사건으로 인해 일본 내에서는 러시아와의 전쟁 불가피론이 대두될 정도로 상황이 급박해졌다. 일본이 철도 부설권을 따내고도 1902년까지 지지부진하던 경부선 철도 공사에 박차를 가하게 된 것도 이런 배경에서였다. 445킬로미터에 달하는 경부선은 1905년 1월에 개통되었다. 한성과 의주를 잇는 경의선은 1904년 초에 착공하여 채 1년도 못 되어 거의 완공 단계에 이르렀다. 러일전쟁으로 물자수송이 다급해지는 것을 걱정한 일본은 499킬로미터에 달하는 경의선京義線(서울과 신의주를 잇는 철도)을 사전답사와 측량을 생략한 채 탁상에서 노선을 정한 뒤 바로 공사를 강행했을 정도였다.

당시 대한제국 내각은 친러파가 득세하고 있었다. 그들은 러시아와 일본 사이에 전쟁이 벌어지면 러시아가 승리할 것으로 확신하고 있는 사람들이다.

열강들이 힘겨루기를 하는 동안, 나라 안 사정은 날로 피폐해졌다. 개항 이후 대외무역은 미곡 수출과 면직물 수입에 치우쳤다. 특히 비싼 영국제가 아니라 값싼 일제 면직물이 물밀 듯이 들어오면서부터 주요 무역국이 일본으로 바뀌었다. 면직물과 미곡의 교환에 편중된 무역 구조는 조선 경제에 심각한 타격을 입혔다.

싼 면직물로 인해 자생적인 면직물 생산은 중단되었고, 확대 일로에 있는 미곡 수출로 인해 지주들의 이익은 커져 갔다. 지주들은 미곡을 팔아 챙긴 이익을 다시 토지를 사들이는 데 투자했다. 이에 따라 소작농으로 전락하거나 땅을 잃은 농민이 급격히 늘어났다. 농민의 몰락은 나라의 근간을 뒤흔드는 몰락의 길이나 다름이 없다. 엎친 데 덮친 격으로 흉년이 계속되어 극심한 식량난까지 야기되고 있었다.

그뿐만이 아니었다. 화폐를 주조하는 전환국에서는 재정 악화를 이유로 막대한 양의 백동화를 주조해 유통시켰다. 황제가 특정인에게 상납을 받고 백동화 주조를 허락해 주기도 했으며, 외국인을 중심으로 백동화를 주조하는 사례까지 빈번했다. 특히 일본에서 대량 유입된 위조 백동화는 화폐경제 기반을 뒤흔들어 놓았다. 시중에 나도는 백동화의 3분의 2가 위조라는 보고가 있을 정도였다.

이런 지경에 이르자 백성들도 백동화의 소유를 꺼렸고, 황실과 관청조차 상납금을 일본 돈으로 받는 지경에 이르게 되었다. 백동화의 범람은 물가상승으로 이어졌다. 그렇잖아도 수입 기반을 빼앗긴 백성들은 생존마저 위협받게 되었다. 그러나 백동화가 황실과 국가재정의 큰 몫을 차지하고 있었기 때문에 근본적인 대책이 나오지 못했다.

그러한 상황 속에서 일본은 일본 상인과 농민들에게 개항장뿐만 아니라 방방곡곡으로 활동무대를 넓힐 수 있도록 지원을 아끼지 않았다. 특히 대한무역 창구였던 오사카 출신 일본인 상인들은 매점매석, 전당포업, 약장사, 인신매매 등 돈이 되는 일이라면 가리지 않았다. 그들의 계획적인 위조 백동화 유포도 대한제국의 금융시장을 마비시켜 경제를 질식시키려는 일본제국의 악랄한 계략의 일환이었다.

조선이라는 나라, 아니 대한제국의 국권은 이미 사라지고 없다. 입에 담기 민망하지만 망하는 날을 기다리고 있는 정황과 조금도 다름이 없는 형편이다.

고종황제는 탄식과도 같은 한숨을 쏟아 내면서도 입을 열지 않는다.

지금 당장에라도 블라디보스토크로 달려가 러시아 황제를 만나 조선독립을 결의하고, 따라서 일본제국의 세력을 조선반도에서 몰아내면서 대한제국의 영원한 독립을 선언하고, 당당히 세계의 일원으로 나서고 싶은 것이 고종황제의 심중임을 모르는 사람이 있을까. 그런데도 넓은 응접실은 적막 속에 잠겨 있다.

마침내 이용익은 눈물이 담긴 진언으로 고종황제의 심중을 뒤흔들어 놓는다.

"폐하, 얼마간의 위험이 따르는 일임을 간과할 수는 없사오나, 이 일이 나라의 앞날과 폐하의 큰 업적으로 남는다면 조종의 영혼인들 어찌 기뻐하지 않으리까. 설혹 어렵고 까다로운 조건이 있다 하더라도 폐하의 결단 하나로 나라의 백년대계가 열린다면 마땅히 결단하셔야 할 일인 줄로 아옵니다. 신등의 충정을 통촉하소서."

엄비, 이용익, 민영휘 등의 간절한 시선이 침통한 고종황제의 용안에 머물러 있다. 그리고 얼마의 시간이 흘렀을까, 이윽고 고종황제의 결기에 찬 옥음이 울린다.

"경들에게 맡기리라. 한 치의 누루도 용인될 수 없음을 명심하라."

아, 마침내 이런 날이 오는가. 엄비의 얼굴에는 감격의 눈물이 흘러내렸고, 이용익·민영휘는 의자에서 일어나 허리를 굽혔다.

"폐하, 성은이 망극하옵니다."

조선왕조가 창업한 이래 임금이 나라 밖으로 나간 일은 아직 없다. 고종의 내심에는 서구의 문물을 다시 체험하면서라도 조선의 미래를 설계하리라는 꿈이 피어나고 있다. 러시아 황제를 만나서 조선의 미래를 약속받을 수가 있다면 조선 땅에 들어와 착취를 일삼는 왜인들을 남김없이 추방할 수가 있다면, 얼마간의 위험은 감수할 수밖에 없지를 않겠는가.

대한제국 황제의 꿈은 그렇게 익어 가고 있었다.

두 사람의 여인

화려한 양장 차림의 배정자가 김 상궁의 인도를 받으며 엄비의 처소로 가고 있다.

고풍스러운 전각들 사이로 밍크 목도리를 두른 화려한 양장 차림의 배정자의 모습은 한 폭의 그림과도 같았다. 그러나 배정자를 스쳐 지나가는 신료들의 눈빛은 곱지가 않다. 침략국의 두령 이토 히로부미의 양녀라는 소문에, 일본국 공사관의 통역이라면 일본제국의 첩자일 수밖에 없지를 않겠는가. 그러나 어찌하는가. 그녀가 입궐하면 엄비의 둘도 없는 말벗이 되었고, 고종 황제의 거처도 자유롭게 출입하는 처지이고 보면 함부로 대할 수가 없다.

배정자의 차림새는 조선 여인들과는 전혀 다른 모양새인데도 화려하고 귀티가 돈다. 더구나 그녀의 곁을 스치고 지나가면 서양 향수가 뿜어내는 향내가 사람들을 현혹하게 하는 지경이다.

저만치 멀리 보이는 전각 쪽에서 황제의 포드 자동차가 경적을 울리며 다가온다. 일본국 정부에서 고종황제를 위로한다는 구실로 선물한 자동차가 우리나라 자가용 자동차의 1호가 되는 셈이다. 배정자는 정지한 자동차로 빠르게 다가가서 양손을 가지런히 모으고 허리를 숙였다. 자동차에서 내린 엄비는 친딸을 대하듯 다정하게 배정자의 어깨를 감싸 안으며 치하의 말을 입에 담는다.

"만난 지가 오래되었고나. 어서 오너라."

"마마, 문후 여쭈옵니다."

배정자는 서양식으로 고개만 숙이는데도 밉지가 않다. 엄비는 배정자의 의상을 훑어보면서 상찬의 말을 아끼지 않는다.

"호호호. 너를 보면 네가 선물로 준 서양 인형이 생각나는구나. 너는 어쩜 볼 때마다 이리도 다르느냐?"

"마마, 과찬의 말씀 거두어 주소서."

"호호호. 네 모습이 하도 아름다워 조금 전에도 조정 대신들의 넋을 빼놓지를 않았느냐."

"마마, 누가 들을까 염려되옵니다."

"호호호. 들으면 대수라더냐. 네가 입궐하는 날은 이 나라의 황실에 서양 문물이 들어오는 날이 아니더냐."

"황공하옵니다"

엄비는 배정자의 어깨를 토닥거리며 음성을 낮추었다.

"내 오늘은 긴히 할 말이 있어 너를 불렀고나. 어서 안으로 들자꾸나."

배정자는 전에 없이 들떠 있는 엄비의 속내를 살피면서 조심스럽게 그녀의 뒤를 따른다. 그러면서도 긴히 해야 할 말이 무엇인지를 곰곰이 생각해 본다. 두 사람은 조금 빠르다 하는 걸음으로 엄비가 상용하는 응접실로 든다. 고종황제와 마주하였던 대접견실에 비해 규모는 작았어도 나무랄 데 없는 품격을 갖추고 있다.

"잡인들의 근접이 있어서는 아니 될 것이니라!"

어느새 엄비의 목소리는 싸느랗게 바래져 있다. 배정자는 엄비가 좌정한 둥근 대리석 테이블을 사이에 두고 마주 앉는다. 곧 금박으로 장식한 본차이나 찻잔에 담긴 커피가 나왔다. 커피도 찻잔도 모두 배정자가 선물한 것이었다. 배정자는 은제 스푼으로 몇 번 커피 잔을 저으면서 커피 향을 즐긴다.

"어쩜 커피를 마시는 모습까지 그리 고우냐?"

"마마, 부끄럽사옵니다."

"그건 그렇고……, 내가 오늘 너를 기다리고 있은 것은……."

엄비의 얼굴에서 웃음기가 가시는 것을 보면서 배정자는 긴장한다. 전에 없이 근엄한 표정이었기에 배정자는 커피 잔을 내려놓고 의자를 당기며 자세를 고쳐 앉는다.

"사다코……, 이 일은…….”

엄비는 뜸을 들이듯 말을 끊었다. 배정자는 뭔가 중요한 당부나 의논이 있을 것만 같아서 숨이 막혔다.

"아니다. 그냥 가타부타 대답만 하면 될 것이니라……. 너는 블라디보스토크가 어디에 있는 땅인지를 알고 있느냐?"

배정자의 얼굴에 핏기가 가신다. 블라디보스토크라니? 무슨 연유로 엄비의 입에서 러시아 땅인 블라디보스토크라는 말이 나오는가. 조선에서는 왕궁을 일러 구중궁궐이라고 한다. 마치 험한 산에 겹겹이 둘러싸인 은밀한 곳이라는 뜻일 것이리라. 그 은밀한 구중궁궐에서 러시아에 있는 도시의 이름이 거론되는 까닭이 무엇인가. 그것도 왕비나 다름이 없는 엄비의 입에서 블라디보스토크가 거론되는 것을 배정자가 알 까닭이 없었기에 궁금증은 더해질 수밖에 없다. 그러나 대답하지 않을 수가 없다.

"함경도 북쪽에 있는 러시아의 항구인 줄로 아옵니다."

"호호호, 총명하기도 하지. 너는 정말로 모르는 게 없고나."

"과찬의 분부시옵니다, 마마."

엄비는 잠시 뜸을 들인다. 배정자의 대답 여하에 따라 사태가 달라질 수도 있을 것이기 때문이다.

"호호호, 네 사정이 어떨지 모르겠다만……, 나와 함께 블라디보스토크에 다녀와 줄 수가 있겠느냐?"

"……!"

얼마나 놀라운 일인가. 배정자의 뇌에는 몇 가지 가상이 빠르게 스쳐 지나간다. 물론 고종황제의 망명일 수도 있을 것이라는 생각도 번개처럼 스쳐 지나간다. 그러나 교활한 배정자는 평상을 유지할 정도로 태연하다.

"왜, 아니 되겠느냐?"

"마마, 그것이 아니옵고……."

"아니면 무엇이라는 게야."

배정자는 잠시 뜸을 들인 다음, 자신의 소임에 임하듯 화제의 본질을 거론한다.

"마마께오서 블라디보스토크에 가신다면……, 폐하께오서도 함께 가셔야 하옵는데……."

배정자에 대한 신임에만 매달려 있었던 탓인가, 마침내 엄비는 입에 담아서는 아니 될 극비의 밀계를 입에 담고야 만다.

"당연한 일 아니냐! 폐하께서도 네 지혜를 빌리고 싶다는 윤허가 계셨느니라. 호호호……, 난생처음 나라 밖에 나가 보다니……."

배정자는 숨이 넘어갈 듯한 긴장감을 용케 참아 내면서도 자신의 교활함에 만족하고 있음을 자신 있게 드러내 보인다.

"쇤네에게는 다시없는 광영이옵고……, 쇤네를 믿어 주시는 마마의 은혜가 오직 망극할 따름이옵니다. 고맙사옵니다."

배정자는 상체를 숙여서 자신을 믿어 주는 엄비의 불찰에 감격한다.

"한 가지 당부할 일은, 아직 누구도 모르는 일이니 네 혼자만 알고 있어야 할 것이며……, 따로 전갈이 있을 때까지 은밀하게 떠날 차비를 갖추고 기다리도록 하라. 알겠느냐?"

"명심, 명심하겠사옵니다. 마마."

"호호호, 고맙다. 이제야 시름을 덜게 되었구나."

엄비는 일본어에 능숙하고, 세계의 정세에도 눈뜨고 있는 배정자를 앞세운다면 국경을 넘는 일은 물론 블라디보스토크에 도착한 다음도 큰 불편 없이 일을 진행할 수 있을 것이라는 안도에 젖었다. 그러나 배정자가 이토 히로부미의 정인이요, 일본국 공사관의 밀정이라는 사실을 까맣게 모르고 있었다면 이 밀계가 철저하게 일본 공사관에 알려지고, 그로 인한 방해공작이 얼마나 잔인하게 진행될 것인지에 대해서도 전혀 짐작하지 못하는 불운을 불러들이고 있었음이 아니겠는가.

눈발이 날리는 겨울 날씨가 계속되는데도 벌써 며칠째 이창준은 일본군 헌병대 근처를 배회하고 있다. 아버지의 원수이자 동지 송기태의 목숨을 앗아간 일본군 헌병 중위 미야자와에게 철퇴를 내리기 위해서다. 그러나 미야자와 중위는 출동할 때가 아니면 헌병대 밖으로 나오는 일이 없다. 미야자와 중위를 죽이려면 헌병대로 들어가거나 그가 부하와 함께 출동할 때를 기다릴 수밖에 없다. 어떤 경우든, 운 좋게 미야자와 중위를 제거하였다고 하더라도 도망갈 퇴로가 만만치 않다.

'함께 폭사를 해야 하나……'

거사에 성공하였다고 하더라도 현장에서 체포된다면 그 고초를 피할 길이 없다. 일본군 헌병들의 고문을 이기지 못하고 목숨을 잃은 조선의 지사, 의병들 그리고 꽃다운 청년들은 또 얼마나 많던가.

이창준은 문득 길림무관학교의 교수이자 게릴라전의 권위자였던 장정국張鼎國 대령의 가르침을 떠올려 본다. 그는 언제나 인간의 성숙을 조건으로 대사에 임하기를 강조하곤 하였다.

"인간정신의 형성은 수많은 연륜이 쌓여야 이루어지는 것이며, 거기에 또 뼈아픈 실패와 감격의 성공을 두루 경험하고서야 자신도 모르게 다가온다는 점을 명심해야 한다!"

장정국 대령의 가르침은 인간정신의 성숙이 승전의 요건임을 언제나 강조하였다. 또 불가피한 테러를 감행한다 하더라도 사회정의에 호소할 수 있어야 하고, 그런 신념이 결집되기 전에는 행동으로 옮기지 말 것을 누누이 충고하면서 이창준의 우국충정을 격려하곤 했었다.

"침투는 준비다. 준비가 완벽하지 않으면 어떤 침투도 성공하기 어렵다. 스스로 완벽하다는 판단이 없을 때는 행동으로 옮겨서는 안 된다."

　이창준의 지도력은 장정국 대령의 가르침에 따르고 있었으므로 언제나 신중하게 발휘되곤 하였다. 그러므로 자강회의 진로 또한 신뢰를 기반으로 하였고, 준비되지 않은 행동을 자제함으로써 회원들의 희생을 막을 수 있었지 않았던가.

　이창준은 일본군 헌병대의 정문을 바라보면서 손을 들어 옆구리를 더듬어 본다. 둔탁한 물체가 만져진다. 사제폭탄이다. 두툼한 겨울 외투 속에 어깨띠를 두르고 사제폭탄을 매달아 놓았다. 권총은 외투 주머니에 있어 언제라도 뽑아 들 수가 있다.

　미야자와 중위가 사이드카를 타고 출퇴근하는 것이 몇 번 목격되었으나 언제나 무장을 하고 있었고, 사이드카의 속도 또한 만만치가 않아서 섣불리 달려들 수가 없었다. 이창준은 속수무책까지는 아니더라도 행동으로 나서기가 만만치 않음을 울분에 담아서 씹어 삼키고 있었다.

　'들어가자. 청사로 들어가 해치우자!'

　위험을 감수하더라도 청사로 들어가는 것이 최선이라는 생각이 든다. 이창준은 외투 주머니에 손을 넣어 권총의 손잡이를 잡아 본다. 싸느란 한기가 느껴진다. 때를 같이하여 하늘에서는 부슬부슬 함박눈이 내리기 시작한다. 수천수만 마리의 나비 떼가 춤을 추듯 출렁거리는 눈앞의 광경은 문자 그대로 장관이 아닐 수가 없다. 잠깐 사이인데도 일본군 헌병대의 마당을 새하얗게 변하게 한다. 마침내 이창준은 긴 코트에 중절모를 눌러쓴 차림으로 헌병대 정문을 향해 뚜벅뚜벅 걸어간다. 정문을 지키는 위병이 이창준의 앞을 가로막았다.

"무슨 일이오?"

"미야자와 중위를 만나러 왔다."

이창준은 유창한 일본어로 대답한다.

"잠깐 기다리시오."

천우신조던가, 위병이 이창준의 아래위를 훑어보고 있을 때 미야자와 중위가 헌병대 현관에 모습을 드러냈다. 위병은 괜한 수고를 덜게 되었다 싶었는지 현관을 향해 소리쳤다.

"중위님을 찾아오신 손님입니다."

이창준은 코트 주머니에 손을 찔러 넣은 채 뒤꿈치를 들어서 아는 체하는 동작을 취한다. 그 동작에 안심을 했는지 미야자와 중위는 손을 들어 보이면서 소리쳤다.

"들어오라고 해!"

그러고는 현관 안으로 들어가 유리창 너머로 이창준이 다가오는 것을 지켜보고 선다. 이창준은 가슴 깊이 숨을 들이마시면서 저벅저벅 현관 쪽으로 걸음을 옮긴다. 흰 눈이 쌓이는 헌병대의 빈 마당에 이창준의 발자국이 선명하게 그려진다. 현관으로 연결되는 계단을 오르면서 이창준은 일부러 과장된 동작으로 외투에 쌓인 눈부터 털어 낸다. 미야자와 중위는 조금은 의아한 시선을 굴리며 현관문을 열어 주면서 풀쑥 뱉어 낸다.

“우리가 아는 사이인가……, 처음 보는 얼굴이군.”

이창준은 목소리를 깔면서 태연히 대답한다. 본토박이나 다름이 없는 능란한 일본어였다.

“잘 아는 사이지.”

미야자와 중위는 뜨악한 표정을 지어 보이면서도 여유만만하게 대꾸한다.

“허허허. 그래, 무슨 일로 나를 찾아왔나?”

“너를 죽이러 왔지……!”

미야자와 중위는 두 팔을 약간 벌리며 가소롭다는 듯이 웃는다.

“나를……, 허허허?”

그러나 채 말이 끝나기도 전에 미야자와 중위의 주먹이 이창준에게 날아들었다. 이창준은 가볍게 피하면서 웃는다.

“오, 제법이군.”

미야자와 중위는 흐트러졌던 몸을 추스르며 고개를 돌려 복도를 향해 비명 같은 소리를 질러 댄다.

“오이, 누구 없나. 어서 나오라!”

여러 방문이 열리면서 일본군 헌병들이 달려 나온다.

“네놈은 마포 강가에서 내 아버지를 죽였지!”

이창준은 미야자와 중위를 향해 방아쇠를 당긴다. 총탄은 미야자와 중위의 어깨를 관통하면서 피 기둥을 솟게 한다. 하얗게 칠해진 청사의 벽면은 순식간에 빨간 핏빛으로 물든다. 미야자와 중위는 상체를 꺾으며 털썩 무릎을 꾼 자세가 된다. 그제야 복도로 나왔던 일본군 헌병들이 이창준을 에워싸기 시작하였다. 총성을 듣고 뒤늦게 뛰어나온 헌병들은 총을 들고 있기도 했다. 이창준은 무릎이 꺾인 미야자와 중위의 머리에 권총을 들이대면서 마지막 한마디를 다시 뱉어 낸다.

"이건 송기태의 몫이다!"

총소리와 함께 미야자와 중위의 머리가 반토막으로 갈라지면서 다시 피 기둥이 솟구쳐 올랐다. 그때야 총칼을 뽑아 든 미야자와 중위의 동료, 부하들이 이창준을 조이듯 밀려든다.

"쏘지 마라. 산 채로 잡아라!"

누군가가 소리치자 일본인 헌병들이 주춤거린다. 이창준은 천천히 외투의 단추를 푼다. 그의 어깨에서 내려진 검은 띠에는 마치 수통과도 같은 모양의 사제폭탄이 매달려 있다.

"보이느냐, 폭탄이다. 허허허……, 길동무가 많이 생겨서 좋군."

이창준은 사제폭탄을 꺼내 손에 들면서 비웃음을 흘린다. 일본군 헌병들은 주춤주춤 뒤로 물러설 기미를 보인다. 이창준은 사제폭탄의 안전핀을 뽑아 던지고 몰려서는 일본군에게로 굴리듯 던진다. 사제폭탄은 파란 불꽃을 튕기면서 굴러간다. 일본군 헌병들이 경황없이 달아나는 것을 보면서 이창준은 헌병대 청사의 현관문을 향해 돌진하였다.

쾅! 이창준이 청사의 마당으로 굴러 떨어지는 것과 동시에 사제폭탄이 터지면서 화염이 일었고, 바람을 일으키듯 터져 오르는 포연과 함께 깨진 유리창이며 벽돌 조각이 자욱하게 퍼져 올랐다. 이창준이 몸을 굴리면서 달아나기 시작하자 총소리를 듣고 위병소에서 나와 있던 위병들이 이창준을 향해 발사하기 시작한다. 이창준은 눈 속으로 몸을 굴리면서 위병을 향해 권총을 쏘아 대며 퇴로를 열어 간다.

머칠째 살펴 두었던 골목길이라 조금도 낯설지가 않았다. 이창준은 외투를 벗어 던지면서 달린다. 그리고 중절모까지 벗어 던진다. 전혀 다른 사람으로 변해 버린 이창준은 몇 가닥의 골목길을 달려서야 큰길로 나선다. 걸음을 늦추어야 의심 받질 않는다. 이창준은 가쁜 숨을 몰아쉬면서도 애써 걸음을 늦춘다. 이창준의 몸뚱이를 감싸 줌인가, 함박눈은 온 천지를 순백의 절경으로 그려 가고 있었다.

'아버님!'

'기태야!'

이창준의 얼굴은 눈을 맞으면서도 아직은 땀투성이이다. 마음에 맺힌 응어리가 풀어지는 희열이 아니고 무엇이겠는가. 그는 조선 민중의 사무친 한을 짊어지고 눈 덮인 하얀 길을 걷고 있다. 내일이면 일본군 헌병대의 청사가 폭파되었다는 소문이 파다하게 퍼질 것이다. 황성신문사의 사장 위암 장지연 선생은 자신이 저지른 일을 알 것이고, 또한 김은영도 기뻐할 일이 아니겠는가.

이창준의 얼굴에는 어느새 뜨거운 눈물 줄기가 흘러내리고 있었다.

최익현의 상소

함박눈은 벌써 며칠째 거침없이 내리고 있다. 정초에 내리는 눈을 서설이라 했던가.

면암 최익현은 해가 바뀐 뒤로도 사랑채에 칩거하다시피 했다. 이창준의 상가에 다녀온 이후로는 그나마 생기를 돋우었던 터이라 식솔들까지도 밝은 얼굴들을 지어 보였었다. 이창준의 장부다웠던 늠름함과 윤민호, 박상인, 김은영 등의 맑은 얼굴에 그려진 우국충정이 면암 최익현의 마음에 조선의 미래를 담을 만한 젊은 인재들로 각인되어서다. 언젠가 그들과 마주 앉아 무너져 가는 이 땅의 기개를 바로 일으키고, 거리낌 없이 하늘을 떠다니는 호연지기를 그들의 가슴에 심어 주리라고 다짐하지를 않았던가.

그들에 의해 주도되고 있던 자강회가 해체되었다는 소식을 접하면서 면암 최익현의 심경은 암담함을 넘어서는 충격에 빠져들었다. 나라의 사정은 날로 암담해지는데 조선의 미래를 짊어질 젊은이들이 스스로 좌절을 선언하고 나선다면 어찌 되는가.

'그래, 불가피한 사정이 있었겠지.'

면암 최익현은 애써 자위하는 쪽으로 생각을 가다듬어 본다. 언젠가 그들과 다시 만난다면 보다 더 절실한 생각들을 토로해 보기로 하자. 그리고 큰 한숨을 놓는다.

아직은 이른 새벽인데도 면암 최익현은 주섬주섬 의관을 정제한다. 그리고 희붐하게 밝아 오는 미닫이 창문을 활짝 열었다. 날은 여전히 눈발이 흩날리는 스산한 새벽이다. 한기가 뼛속까지 스며드는 듯하다.

"게 누구 없느냐?"

행랑채 문이 덜컥 열리더니 웃옷을 걸치며 문흥식이 다급하게 달려온다.

"선생님, 기침하셨사옵니까?"

"너도 잠을 못 이루었던 게로구나. 어서 들어오너라."

문흥식은 옷고름을 제대로 동여매고 스승의 거처로 들었다. 고색이 짙으면서도 품격을 더하는 문방구에 가지런하게 책들이 놓여 있었고, 연상 위에는 잠시 전까지 읽었음직한 『춘추春秋(중국의 역사책)』가 놓여 있었다.

"앉아라."

면암 최익현은 눈을 지그시 감은 채 자리에 앉아 있다. 열린 창문에서 눈발이 날아들었다.

"선생님, 창문을 닫을까요?"

면암 최익현은 미동도 하지 않으면서 중얼거린다.

"되었다. 너는 먹을 갈아라. 정성을 다해 갈아야 할 것이야."

문흥식은 문갑 상자를 면암 최익현의 곁으로 옮겨 놓으면서 청화연적靑華硯滴을 들어서 마른 벼루에 물을 뿌린다. 그리고 먹을 갈기 시작한다. 스승의 체취가 묻어나는 듯한 묵향이 가슴을 설레게 한다. 면암 최익현은 미동도 않고 앉아 있다. 그런 큰 선비의 모습을 태산교악이라 했던가. 스승 최익현의 모습은 범접할 수 없는 큰 산과도 같았다.

"선생님, 먹을 갈았사옵니다."

면암 최익현은 천천히 눈을 뜨고 붓을 집어 들었다. 그리고 마음속에서 꿈틀거리는 자신의 소회를 유장悠長한 문장으로 빚어내기 시작한다.

폐하, 신 최익현은 돈수백배頓首百拜하고 삼가 아뢰옵니다. 신이 산림 속에 앉아 조정의 형세를 살펴보건데, 실로 울분을 금할 길이 없사옵니다. 오래전부터 정치의 옛 규범이 무너지니, 조정의 여러 신하가 탐욕만을 일삼고, 백성들을 돌아보지 않으니 왜국의 도적들이 몰려와 가짜 백동화를 유통하는 지경이옵니다. 저들 왜적들이 매점매석하여 물자의 유통을 병들게 하고, 종로의 조선 상권이 무너지는데도 정승과 판서들은 건의하는 일이 없고, 간관과 승지는 직언을 피하는 풍조가 만연되어 있사옵니다.

면암 최익현의 뇌리에는 종로의 상권이 무너지면서 문을 닫는 상점들이 늘어 가는 광경이 선명하게 떠올랐다. 철도 부설하는 현장에서, 벌목하는 산중에서 허기로 쓰러져 가는 조선 민중들의 참담한 몰골이 끊임없이 떠오르고 있다.
울분에 찬 최익현의 붓대는 그의 비분강개보다 더 힘차게 뻗어 가고 있었다.

땅을 잃은 농부들과 바다를 잃은 어부들은 갈 곳을 잃었고, 왜적들의 노예가 되어 실로 금수만도 못한 삶을 꾸려 가면서 빚은 산더미처럼 늘어나 쉴 곳을 찾지 못하고 있사옵니다. 폐하, 저들 가련한 백성들에게 광명을 주지 않고서야 어찌 나라를 다스린다 하오리까. 원컨대 친일 대신들을 물리치시고 직언하는 신하를 가까이 두신다면 눈이 뜨이고 귀가 열려 세상일을 바로 보실 수 있을 것이옵니다. 그리하여 하루속히 나라에 든 큰 도둑을 물리쳐 주시오소서, 폐하!

면암 최익현의 상소문은 언제나 도도하였다. 나라에 어려움이 닥칠 때마다 면암 최익현은 간절하지만 직설적인 대문장으로 고종황제는 물론 재야의 유림들을 감동하게 하였다. 그러나 그 내용이 지극히 옳았어도 현실은 이미 그것을 수용할 수 없는 지경에 와 있는 것이 문제였다.

면암 최익현의 상소문은 언제나 아들 최영조에 의해 의정부에 전달되었고, 의정부에서는 그 상소문이 불러들일 후유증을 잘 알면서도 승정원承政院(지금의 대통령 비서실)으로 전하지 않을 수가 없다. 그 또한 면암 최익현의 영향력이 아니겠는가.

고종황제는 면암 최익현의 상소문을 읽을 때마다 가슴을 고동치게 하는 결기를 느끼곤 했다. 그러나 최익현의 진언을 받아들이기엔 국내외의 정세가 너무도 꼬여 있었다. 개화를 서두르는 것이 근대국가로 발돋움하는 지름길이었으나, 유림을 중심으로 하는 보수 세력들을 설득하지 않고서는 그 또한 불가능한 일이 아니겠는가.

"흠……, 이 일을 어찌해야 되는가?"

고종황제는 오직 참담할 뿐이다. 상소문을 읽으면서 면암 최익현의 충정으로 가득한 고언에 동조하면서도 그의 진언과 직언을 실행에 옮길 수가 없다. 고종황제의 무능이라기보다는 일본과 러시아 등 조선을 향해 밀어닥치는 외세를 물리칠 힘이 없었기 때문이다.

'면암을 곁에 두어야 했던 것을…….'

고종황제의 용안이 참담하게 일그러진다. 그는 면암 최익현을 곁에 두고 싶었다. 신임하는 승지와 내관들을 은밀하게 포천으로 보내 조정에 입사하여 위정척사의 기틀을 세워 주기를 얼마나 간곡하게 당부하였던가. 그러나 그때마다 면암 최익현은 먼저 친일 세력들을 물리쳐 줄 것을 진언하면서 다가와 주지를 않았다. 그런 까닭으로 고종황제는 면암 최익현의 상소문을 읽으면서 그와 똑같은 울분에 젖곤 하였어도 지금은 속수무책일 수밖에 없다.

깊은 수렁과 같은 늪으로 빠져드는 고종황제의 모습을 지켜보고 있던 시종무관장侍從武官長 민영환閔泳煥은 손수건으로 눈물을 훔치고 있다.

"폐하, 다야마 사다코 입시옵니다."

배정자의 출현은 고종황제를 편안하고 즐겁게 한다. 배정자가 들려주는 세계정세와 일본국의 사정은 언제나 신선하였기에 구름 위를 떠가는 환상을 경험하기도 하였었다. 그러나 배정자에 대한 고종황제의 신임이 깊은 수렁과도 같은 함정임을 어찌 짐작이나 했던가. 은밀하게 진행되던 노령 블라디보스토크로의 여행이 배정자에 의해 일본 공사관에 알려지고, 일본 공사 하야시 곤스케의 방해로 그 뜻을 이루지 못하고 있는데도 고종황제와 엄비는 오히려 배정자에게 미안한 생각을 가지고 있었다면 얼마나 놀라운 일인가. 그 모두가 조선 조정의 신료들보다도 더

넓게, 더 깊이 있게 아는 배정자의 식견 때문이었다. 고종황제는 그녀를 만나고 나면 뭔가 새로운 것에 눈뜨고 있다는 만족감을 즐기곤 했었다.

"오, 어서 들라 이르라."

김 상궁의 인도로 고종황제의 서양식 응접실에 들어서는 배정자의 모습은 황홀해 보일 만큼 아름답다.

"허허허, 어서 오너라. 너를 본 지 오래되었구나."

"문후 여쭈옵니다."

배정자는 치마를 약간 벌리고 무릎을 살짝 굽히며 고개를 숙이는 서양식 절을 했다. 예법에는 어긋났지만 고종황제의 눈에는 귀엽기 그지없다. 민영환이 가리킨 자리에 배정자가 앉자마자 고종황제가 말을 꺼냈다.

"오늘은 아주 긴요하게 알아볼 일이 있어 너를 불렀느니라."

배정자는 고종황제 앞에서도 두려워하거나 눈치를 살피는 기색이 전혀 없다. 살짝 고개를 숙이며 앵두 같은 입술을 열었다.

"하문하여 주오소서."

고종황제에게는 배정자가 하는 짓 하나하나가 새롭고 예뻐만 보인다.

"시종무관장도 앉지 않고."

"예, 폐하."

민영환은 대답을 해 놓고도 의자에 앉지 않는다. 대신 한 걸음 물러나면서 허리를 숙여 보인다. 고종황제는 한 발 물러서는 민영환의 의중을 헤아리고 있었던 탓에 다시 앉으라고 채근하지 않는다.

고종황제는 탁자에 약간 다가앉으며 예사롭지 않은 목소리로 하문한다.

"일본국이 노서아를 상대로 전쟁을 할 것이라는데……, 너도 아는 바가 있느냐?"

배정자의 눈에 생기가 돌기 시작한다. 고종황제가 하문하지 않았어도 배정자가 먼저 입에 담아야 할 중차대한 사안이었기 때문이다. 배정자는 입가에 미소를 담으며 차분한 목소리로 대답했다.

"폐하, 일본국이 러시아와 개전하는 것은 동양의 평화를 위해서 불가피한 일인 줄로 아옵니다."

고종황제는 의외의 대답에 당황해하는 기색을 보이면서 다시 반문한다.

"노서아와 일본은 서로 국교를 맺고 있는 나라가 아니더냐?"

배정자는 고개를 끄덕였다. 그러고는 고종황제를 똑바로 바라보며 대답한다.

"그렇기는 하오나 교전은 불가피하다고 들었사옵니다."

"불가피하다……?"

"일본국은 2월 6일에 러시아에게 국교단절을 통보할 것이옵고, 2월 10일에 선전포고를 할 것이옵니다.”

어찌 놀랍지 않은가. 배정자가 일본국 정부의 방침을 조선 정부에 통고하는 것과 같은 확신에 찬 어조로 말하자, 고종황제는 황당해하는 표정이 역력하였다. 서로 수교하자는 조약을 맺은 나라끼리 전쟁을 한다는 것도 가당치 않았지만, 일본과 같은 작은 나라가 러시아와 같은 큰 나라를 상대로 어찌 일방적인 선전포고를 할 수 있다는 말인가.

“무엇이라, 일본이 선전포고를⋯⋯?”

배정자는 더욱 확신에 찬 목소리로 대답한다.

“그러하옵니다.”

고종황제는 민영환을 건너다보았다. 시종무관장은 어찌 생각하느냐는 반문이 담긴 시선이었다. 그러나 민영환은 회의적인 안색을 지어 보였을 뿐, 아무 대답도 하지 못한다.

“믿기지 않는 일이야. 조그만 섬나라인 일본이 어떻게 강대국인 러시아와 일전을 벌인단 말인가. 시종무관장의 생각은 어떠한가?”

고종황제는 대답을 채근하듯 민영환에게 다시 하문했다. 민영환은 일찍이 특명전권대사로 러시아 황제의 즉위식에 참석하고 돌아오는 길에 일본과 미국·영국을 둘러보았고, 또한 영국·독일·프랑스·러시아·이탈리아·오스트리아 등 6개국 특명전권공사의 자격으로 유럽을 순방한 적이 있었으므로 그나

마 조정 내에서는 국제정세를 두루 이해하고 있는 신하이기도
했다.

"신 또한 지금 일본국의 힘으로는 불가능하다고 사료되옵
니다."

배정자는 안타깝다는 시선으로 민영환을 바라보면서 입을 연
다. 고종황제를 지근에서 받들고 있는 중신들의 국제 감각이 이
래서야 되겠느냐 싶어서였다.

"일청전쟁을 시작할 때도 마찬가지가 아니었습니까. 누가 감
히 일본이 청국을 이길 것이라고 짐작인들 했사옵니까. 그러나
결과는 어찌 되었사옵니까? 게다가 이번엔 영국과 미국이 일본
을 돕고 있사옵니다. 더구나……, 지금 러시아는 독일과 프랑스
의 도움조차도 받을 수 없는 처지에 놓여 있지를 않사옵니까!"

민영환은 배정자의 뺨이라도 후려치고 싶은 충격에서 헤어나
지를 못한다. 배정자가 입에 담고 있는 여러 정황이 설혹 사실이
라 하더라도 일국의 황제 앞에서 그런 무례한 어조를 구사할 수
가 있는가. 그러나 그녀의 말을 논리적으로 부정할 수 없는 것이
안타깝기 그지없다. 고종황제의 처지도 민영환의 생각이나 다
를 바가 없다. 종횡무진으로 입에 담고 있는 배정자의 말에 자신
감이 넘쳐흐르고 있다면 그 정황이 사실일 수가 있지 않겠는가.
정말로 배정자의 말대로 러시아와 일본 간에 전쟁이 벌어지고,
유럽의 여러 나라들이 일본의 편이 되어 준다면 전쟁의 결과는

당연히 일본이 유리하게 된다. 그렇다면 조선의 처지는 또 어찌 된다는 말인가. 그때 배정자의 입에서 실로 엄청난 말이 다시 튀어나왔다.

"폐하, 그 안에 대한제국은 러시아와 국교를 단절해 주셔야 할 줄로 아옵니다."

"말을 삼가라!"

급기야 민영환의 대성일갈이 터져 나왔다. 고종황제라 하여 어찌 심기가 편한 순간이겠는가. 그러나 자신의 식견으로는 배정자의 변설을 반박할 수가 없다. 고종황제는 민영환에게 눈짓으로 대신 대답하라 일렀다. 민영환은 한 발 앞으로 나서며 배정자에게 말했다. 싸늘한 목소리였다.

"우리 대한제국은 이미 러시아와 일본 간에 전쟁이 벌어질 경우를 대비해서 엄정하게 중립을 지킬 것을 내외에 선포하지 않았느냐! 주권국가의 뜻이 그러하다면 일본도 러시아도 그 뜻을 받아들이는 것이 국제관행인 것을 정녕 모른다는 말이더냐."

배정자는 고개를 흔들면서 어이없다는 표정을 지었다. 그리고 민영환을 무시한 채 고종황제에게 바로 고했다. 그 또한 일방적인 통고나 다름이 없는 내용이었다.

"폐하, 아뢰옵기 송구하오나, 2월 9일부터 일본군은 인천항에 상륙할 것이옵고, 한성을 향해 진군하였다가 곧바로 신의주를 거쳐 요동반도로 진격할 것이옵니다. 군대의 수송은 물론, 물자 운반에 이르기까지 모두가 조선 땅에서 이루어지는데, 러시아와의 국교를 단절하는 것이 당연하질 않사옵니까?”

배정자의 언동은 무례하기 짝이 없었다. 마치 일본국 공사가 조선 정부에 일방적으로 통고하는 무례한 행태와 조금도 다름이 없어서다. 고종황제는 치밀어 오르는 노기를 애써 눌러 참으며 숨을 골라야 했다.

‘어림없는 소리. 일본이 어찌 러시아를 상대로……!’

고종황제는 이미 친러 대신들로부터 일본과 러시아 사이의 일전이 불가피하다는 사실을 들어서 알고 있었다. 시베리아 철도 개통과 요동반도의 요새화, 그리고 4만 7천여 명에 이르는 러시아 관동군의 위용으로 미루어 전쟁은 러시아의 대승으로 끝날 것으로 확신하고 있었고, 또 전쟁이 난다 하더라도 승전한 러시아군의 힘으로 일본 세력을 몰아낼 수 있을 것이라고 믿어 의심치 않았던 판국이다.

그러나 배정자는 고종황제를 회유할 수 있는 절호의 기회로 보고 있었기에 뒤로 물러설 수가 없었다.

“폐하, 그리고 또 한 가지는, 3월 17일에는 일본국 추밀원 의장 이토 히로부미 각하께서 내한하십니다. 그땐 이미 러시아가 패전의 수렁으로 빠져 있을 것임도 유념하소서!”

“이젠 네가……!”

고종황제의 용안에 노기가 일었다. 아직 일본국 공사관에서도 아무 통첩이 없는 이토 히로부미의 방한 일정이 배정자의 입에서 거침없이 흘러나오다니, 그렇다면 이토 히로부미는 일본국 공사관과 별도로 배정자라는 통로를 조선에 열어 두고 있었음이 아니겠는가.

"……끔."

고종황제는 신음을 토해 낸다. 배정자는 마치 소임을 다했다는 듯 의기양양하게 고종황제의 탑전楊前을 물러난다. 고종황제는 그녀가 사라진 문 쪽을 바라보며 시름 깊은 한숨을 놓는다. 시종무관장 민영환도 민망해진 심기를 추스를 수가 없다.

고종황제는 간신히 심회를 가다듬고 민영환에게 하문한다.

"일본의 태도가 너무도 강경하지 않던가?"

민영환으로서도 동의하지 않을 수 없었으나, 지금은 고종황제의 심기를 달래는 것이 최선일 수밖에 없다.

"배정자의 말대로라면 일본군의 전력이 예상을 훨씬 뛰어넘는 것으로 보이옵니다만, 아무리 그렇기로 일본 같은 작은 나라가 어찌 러시아를 이길 수 있으리까. 폐하, 이 같은 사정을 러시아 공사에게 통첩하는 것이 선린善隣하는 길인 줄 아옵니다."

"옳은 말이야. 며칠 전 이지용, 민영길, 이근택 등이 일본과의 비밀군사동맹을 주청했을 때부터 눈치를 챘어야 했어. 그때 일본은 이미 전쟁 준비를 다 끝냈던 게 분명하지 않은가."

사실이 그렇더라도 지금으로서는 후회막급이다. 러시아 쪽의 사정을 더 깊이 알아 두었다면 이 같은 난감함을 겪지 않았을 수도 있지를 않던가. 그러나 민영환의 진언은 달랐다.

"그렇지 않고서야 어찌 그런 일을 주장할 수 있었겠습니까만……, 하오나 폐하께서 불윤하신 것은 백번 옳았던 일로 사료되옵니다. 일본이 러시아를 선공한다 해도 승산이 있을 까닭이 없기 때문이옵니다."

일본제국이 러시아를 상대로 전쟁을 일으킨다면 어떤 경우에도 승산이 없을 것이라는 확신을 어찌 나무랄 수가 있겠는가. 또 그래야만 대한제국이 그들의 속박에서 벗어날 수가 있지 않겠는가. 비로소 고종황제는 흐뭇한 표정을 짓는다.

"옳은 말이야. 그때 내장원경 이용익의 힘이 컸었지. 역시 우리의 우방은 러시아지, 일본이 아니야……."

고종황제의 안도에 민영환의 얼굴도 밝아진다. 고종황제의 심기가 편해야 국정의 균형을 유지할 수 있기 때문이다.

"필시 일본국의 망상은 제 무덤을 파고 있을 것이옵니다. 심려 놓으소서."

고종황제는 고개를 끄덕이며 용안 가득 웃음을 담았다. 그러면서도 배정자를 좀 더 다독이지 못한 것이 아쉽기만 했다. 그래도 배정자가 있었기에 때로는 일본국의 내정까지 들여다볼 수가 있지를 않았는가.

1904년, 러시아와 일본은 일촉즉발의 상황에 놓이게 되었다.

1900년 러시아가 만주를 점령하자 일본은 러시아를 가상 적국으로 삼고 작전계획과 군사력을 꾸준히 증가시켰고, 1902년 겨울에는 눈이 많은 만주지역에서의 전투에 대비하여 아오모리靑森지역에 있는 팔갑전산八甲田山에서 내설耐雪 훈련을 하다가 1개 중대가 일시에 동사하는 참변을 겪으면서도 러시아와의 전쟁에 만전을 기하고 있었다.

1903년 러시아는 용암포에 군대를 파견하는 한편, 8월에 극동총독부까지 설치해 남진정책을 노골적으로 드러냈다. 러시아의 위협에 놀란 일본은 주전론과 반전론으로 국론이 갈라지는 기미를 보였다. 단독으로 싸워서는 러시아에 승산이 없다고 생각한 일본은 여러 차례 러시아에 대해 교섭을 시도해 보았으나 러시아의 반응은 너무 냉담했다. 이로써 반전론은 세력을 잃고 주전론이 득세하게 되었다.

이미 일본은 청일전쟁의 승전으로 받은 전쟁배상금 3억 5천만 원 중 반이 넘는 2억 2천만 원과 연간 세출액의 반을 상회하는 금액을 8년간에 걸쳐 군비확장에 투입해 왔다. 무려 17억 원이 넘는 어마어마한 거금이 군함의 건조와 수입, 대포와 탄약의 제조 그리고 병력의 증강에 사용되고 있었다.

뿐만 아니라, 일본은 아프가니스탄에서 러시아와 분쟁 중이던 영국에 교린의 손을 내밀었다. 러시아의 남진을 경계하던 영국은 8억 원의 전비를 일본에 차관 형식으로 빌려 주었다. 거기다 러시아의 만주 진출에 불만을 가진 미국에서도 엄청난 규모의 차관을 제공받았다. 대세가 주전론으로 완전히 기운 것도 이같은 주변의 변화가 있었기에 가능했다.

1904년 2월 4일, 일본은 어전회의에서 러시아에 대해 국교단절, 선전포고를 결의했다. 2월 6일, 일본은 러시아에 대해 일방적으로 국교단절을 선언하였고, 2월 8일, 일본 해군의 연합함대가 요동반도 남단의 여순항에 정박 중이던 러시아 함대를 기습공격하면서 러일전쟁의 막이 올랐다. 당시 여순항에는 러시아의 전함 7척, 순양함 6척, 구축함 15척이 있었다. 게다가 여순의 요새화된 포대의 지원에 힘입어 기습공격을 당했음에도 불구하고 러시아는 3척의 군함만 피해를 입었을 뿐이었다. 그러나 일본 해군 제2수뢰정대水雷艇隊의 히로세 다케오廣瀨武夫 중좌가 여순 외항으로 통하는 좁은 항로에서 애함과 함께 가라앉아 죽는 장렬한 산화로 여순항 안에 갇힌 러시아 군함들은 고립무원의 고철 덩어리가 되고 말았다. 막강했던 러시아의 극동함대가 무용지물이 됨으로써 황해 바다는 일본 해군의 앞마당이 되고 말았다.

대한제국은 2월 8일, 러일전쟁이 발발했다는 소식을 접하자마자 즉각 전쟁에서 엄정 중립을 지킬 것을 공식적으로 선포했다. 그러나 일본은 같은 날 인천항에 정박 중이던 러시아 태평양함대 소속 전함 2척을 격파했고, 다음 날 새벽 일본 육군 선발대를 상륙시켜 한성으로 진격하였다. 황해의 제해권을 차지한 일본은 당초 육군을 한반도 남해안에 상륙시켜 육로로 북상하려던 계획을 변경하여 인천에 바로 상륙, 진격하는 것으로 전비와 시간을 절약하는 두 가지 효과를 얻게 되었다.

일본제국은 인천에 상륙한 육군 병력을 서울을 거쳐 경의선 철도를 이용하여 만주로 진격하도록 했다. 상황이 급박해지자 러시아는 불가피하게 압록강을 주 방어선으로 삼을 수밖에 없었다. 일본은 2월 10일이 되어서야 정식으로 러시아에 선전포고를 했다.

1904년 2월 12일, 러일전쟁의 서전을 승리로 장식한 일본군이 기세를 드높이며 만주로, 만주로 진격하고 있을 무렵, 조선 주재 일본 공사 하야시 곤스케는 집무실 창가를 서성이고 있었다. 그의 얼굴은 초조하고 답답해 보였다. 하야시 공사는 이리저리 사방을 서성이며 혼잣소리로 중얼거리기도 했고, 때로는 불같은 화를 내질러서 공사관 직원들을 불안하게 하고 있었다. 개전 초의 상황이 아직은 불확실한데 서울 한복판에 러시아 공사관이 건재하여서다.

똑똑똑! 다급하게 노크 소리가 들렸다. 하야시 공사는 문 쪽을 바라보며 침을 꿀꺽 삼켰다. 그리고 의자에 와 앉으며 소리쳤다.

“들어와!”

참사관 하기와라가 급히 들어왔다. 하기와라는 뛰어왔는지 숨을 헐떡거렸다. 답답해진 하야시 공사는 벌떡 자리에서 다시 일어나며 소리쳤다.

"어떻게 됐어!"

하기와라 참사관은 가쁜 숨을 몰아쉬며 급하게 말했다.

"러시아 공사 파블로프가 공사관을 폐쇄하고 인천으로 도주하였다고 합니다."

하야시 공사는 그제야 크게 웃으며 손뼉을 쳤다.

"이젠 됐어. 지금 즉시 헌병대에 연락하여 이용익을 체포하여 일본으로 압송하도록 해!"

"예?"

하기와라는 어안이 벙벙했다. 이용익은 대한제국의 탁지부대신(지금의 기획재정부 장관)이다. 대체 무슨 명분으로 대한제국의 대신을 체포할 수가 있으며, 무엇을 근거로 일본으로 압송할 수 있는가.

"이용익이라면 탁지부대신을 말씀하시는 것입니까?"

"몰라서 묻는가. 당장 실행하라니까!"

"공사님!"

"헌병대에서 그 사유를 알고 있을 테니까 당장 작전 개시하라고 전하라니까!"

"옙!"

하기와라 참사관은 쏜살같이 방을 나갔다. 그제야 하야시 공사는 의자에 털썩 앉으며 등을 뒤로 젖혔다. 그리고 중얼거렸다.

"이용익……, 너도 이젠 끝장이다!"

대안문(대한문의 옛 이름) 앞으로 일본군 헌병들의 사이드카가 몰려들었다. 사이토 준이치 헌병 중좌가 사이드카에서 뛰어내리면서 함께 온 헌병들에게 손짓을 했다. 착검한 헌병들은 빠른 몸놀림으로 대안문의 협문 앞에 진을 친다.

사이토 중좌는 왕방울 같은 눈알을 굴리면서 대안문의 협문을 주시하고 있다. 삐걱하고 대안문의 협문이 열리면서 훈장이 주렁주렁 달린 신식 관복 차림의 대한제국 탁지부대신 이용익이 느긋하게 걸어 나오는 것이 보였다. 사이드카 근처를 서성이던 사이토 중좌가 동작을 멈추었다.

"저자다. 체포하라!"

착검한 헌병들이 이용익에게로 달려들었다. 이용익은 재빨리 뒷걸음질을 하며 전후좌우를 살폈다.

"게 누구 없느냐!"

대안문을 지키던 수비대 병사 몇이 달려 나왔지만, 착검한 일본군 헌병들의 서슬 앞에서는 힘을 쓸 수가 없었다. 궐문 밖에서 대기하고 있던 이용익의 수하들 역시 이미 헌병들에게 제압당한 상태였다.

이용익은 너무나 뜻밖의 일이라 당황했지만 이내 평정심을 되찾았다. 이용익은 앞을 막고 선 헌병들을 꾸짖었다.

“무엄하구나. 썩 물러서지 못할까!”

사이토 중좌는 헌병들의 뒤에 선 채로 콧방귀를 뀌었다.

“당장 체포하라는데 뭘 꾸물거리고 있나!”

헌병들이 이용익에게로 달려들면서 양팔을 잡아서 꺾는다.

“이런 못된 것들이 있나, 감히 너 따위가. 당장 물러서라 일럿느니라!”

명색이 한 나라의 대신이 아니던가. 게다가 고종황제의 각별한 신임을 받고 있다. 그러므로 이용익의 호통은 의연하고 당당하였다. 헌병들이 그의 기세에 눌리는 기미를 보이자 사이토 중좌가 들고 있던 지휘봉으로 군복 바지를 툭툭거리며 이용익의 앞으로 다가섰다.

“잘 들어라. 대한제국 탁지부대신 이용익을 체포한다!”

“이런 못된 놈이 있나. 네놈들은 네 나라의 대신들에게도 그런 무례한 언동을 쓰느냐? 당장 물러서지 못할까!”

사이토 중좌는 무엄하게도 이용익의 턱밑을 지휘봉으로 찌르면서 소리쳤다.

“네놈이 조선의 황제폐하를 블라디보스토크로 망명시키려는 밀계를 도모하지 않았느냐. 이래도 모르겠느냐!”

“……!”

이용익은 혼미해지려는 심신을 나누기 위해 가슴 가득히 찬 바람을 삼켜 넣었다.

“너를 체포하여 일본국으로 압송한다. 서둘러라!”

헌병들이 이용익의 양손을 비틀면서 잡아끌었다. 이용익은 안간힘을 다해 발버둥치면서 멀뚱멀뚱 구경만 하고 있는 조선 수비대를 향해 소리를 질렀다.

“네 이놈들, 뭣들 하느냐! 너희가 나를 모른다 하겠느냐. 당장 와서 나를 구하라. 일국의 대신이 끌려가고 있느니라!”

“각하, 각하!”

헌병들에 둘러싸인 채 무릎을 꿇린 이용익의 수하들만이 울음과도 같은 고함을 질렀으나, 끌려가는 상전을 살려 낼 방도는 없었다.

“어서 서둘러라. 서두르라니까!”

사이토 중좌의 목소리가 초조해지기 시작했다. 팔이 비틀린 채 사이드카로 끌려가는 이용익은 대안문을 향해서 있는 힘을 다해 소리쳤다.

“폐하, 폐하!”

아무리 소리쳐도 소용이 없다. 일국의 시임時任 대신이 일본군 헌병들에게 끌려가도 공식적인 항의도 못하던 시절이었다.

탁지부대신 이용익이 일본군 헌병대에 압송되었다는 소식을 접하고서야 일본 공사 하야시 곤스케는 외출 채비를 서둘렀다. 조금 전, 전문으로 접수된 이토 히로부미의 편지를 배정자에게 전하기 위해서였다.

배정자는 갑작스러운 하야시 곤스케의 방문이 마음에 걸린다. 게다가 하야시 공사는 그 어느 때보다 정중하고 예의 바른 태도를 보이고 있었기 때문이다.

"호호호. 오늘은 어쩐지 좋은 예감이 아니네요."

배정자는 탁자를 사이에 두고 하야시 공사와 마주 앉으면서 심각하게 화두를 열었다. 하야시 공사는 뜬금없이 만주에서 벌어지고 있는 러일전쟁의 전황을 장황하게 늘어놓는다. 배정자는 아무리 생각해도 하야시 공사의 속셈을 알 수가 없었다.

"오늘은 무척 피곤하네요. 쉬려던 참이었어요."

배정자는 우회적으로 용건이 무엇인지를 물었다.

"뭐, 그렇게 피곤하시다면야……."

하야시 공사는 한없이 즐겨 보려던 속내를 접을 수밖에 없었다. 그는 서류 가방을 열고 편지 한 통을 꺼냈다. 그것을 보는 순간 배정자의 가슴에 서늘한 기운이 스쳐 갔다. 하야시 공사는 능글맞은 미소를 지으면서 배정자에게 편지 한 통을 건넸다. 배정자는 소파에 기대어 커피 잔을 든 채 꼼짝도 하지 않았다.

"무슨 문건이죠?"

하야시 공사의 입가에 비웃음이 흘렀다. 승리를 만끽하는 웃음이라고 배정자는 간파했다.

"사다코 상을 만주로 떠나게 하라는 이토 각하의 긴급 훈령이오."

"만주……?"

배정자가 들고 있는 커피 잔과 잔 받침이 부딪치며 딸가닥거리는 소리를 냈다. 배정자는 상기된 얼굴로 편지를 집어 들었다.

"떠나라니? 지금 만주는 전쟁 중이 아닌가요?"

하야시 공사의 앞이라면 무슨 일이 있어도 냉정하고 태연하였던 배정자도 오늘만은 그렇게 되지를 않는다.

"그렇지요. 예상 밖으로 많은 희생이 되풀이되는 전황입니다."

"그걸 아시는 각하께서……, 이 배정자에게 만주로 가라니요. 무슨 까닭이랍니까?"

하야시 공사는 음흉하고 능란한 사람이다. 그는 배정자에게 상체를 숙여 보이며 안타깝다는 투로 말을 이어간다.

"전쟁터라면 어디든 고생을 하게 마련이 아니겠습니까. 싸우는 군인이나 적정을 정탐하는 밀정이나 고생하기는 다 마찬가지일 것으로 압니다만……, 이토 각하께서 사다코 상의 능수능란한 수완을 믿으시고 친히 명령을 내리신 것으로 압니다. 다시 말하면 사다코 상은 대일본제국의 국민 중에서도 선택 받으신 분이시지요."

밀정이라니, 이자가 정말……, 누구더러 밀정이래. 배정자의 입술이 파르르 떨렸다. 찻잔을 집어 들어 하야시의 면상을 후려치고 싶은 것을 배정자는 가까스로 참고 있다.

"이토 각하께서 조선에 오신 후에 떠나겠다고 회신하세요!"

"출발을 확인하여 보고하라는 별도의 지시도 계셨습니다."

"……!"

배정자의 얼굴이 심하게 일그러지는 것을 보면서 하야시 공사는 몸을 일으킨다.

"사다코 상, 건투를 빌겠습니다. 그럼……."

하야시 곤스케는 뒤도 돌아보지 않고 뚜벅뚜벅 방을 나간다. 하야시 공사의 발소리가 배정자의 가슴에 텅, 텅 못을 박듯 울린다. 배정자는 분을 참지 못하고 벌떡 일어나 하야시가 사라진 쪽을 향해 거칠게 커피 잔을 집어 던졌다. 커피 잔은 응접실의 문틀에 부딪혀 박살이 났다. 방문을 나섰던 하야시가 다시 응접실로 들어와 선다. 그는 사방에 흩어진 커피 잔의 조각들을 천천히 살피고 나서 새삼스럽게 고개를 숙여 보였다. 그리고 여유만만하게 손을 흔들며 다시 나갔다.

배정자는 치밀어 오르는 분노로 치를 떨었다.

'무언가 잘못되었어. 하야시 공사의 농간이 분명해.'

하야시 곤스케를 향한 배정자의 분노는 좀처럼 가시질 않았다. 그렇다고 출발을 미루면서까지 이토 히로부미가 경성에 도착하기를 기다릴 형편도 아니었다. 어쩌면 자신이 만주로 가야 하는 것은 작전명령의 일환일 수 있겠다는 생각도 들었다.

'정녕 떠나야 하나……!'

배정자는 온 방 안을 서성이며 궁리에 궁리를 거듭해 본다.

자신을 궁지로 몰아넣기 위해 하야시 공사가 멋대로 꾸민 일이
라고 생각할 일이 아님이 분명하다. 그가 두고 간 편지는 전문電
文을 받아쓴 것이기 때문이다. 그렇다면 지체 없이 떠날 수밖에
없지를 않겠는가. 배정자는 떠나기 전에 할 일이 무엇인지를 골
똘히 생각해 본다.

배정자는 외출 채비를 한다. 어느 때보다 화려하게 차려입고
거울 앞에 선다. 경운궁으로 들어가 고종황제에게 작별인사를
올리자면 장중한 차림이 좋겠다. 검정 드레스에 깃털이 달린 모
자를 쓰기로 한다. 배정자는 장갑까지 챙겨 들고 집을 나선다.

경운궁은 도성 한가운데 있어도 구중궁궐이다. 2월인데도 아
직 추위가 풀리지 않고 있다. 배정자는 언제나처럼 김 상궁의 인
도를 받으면서 고종황제의 서양식 응접실로 인도된다. 배정자
의 심경은 복잡하기 그지없다. 자신을 만주로 떠나게 하는 이토
히로부미의 속내를 짐작할 수가 없어서다. 그런 처지에서 고종
황제에게 작별을 고하는 것이 어쩐지 의구심을 남기는 것 같아
서다.

배정자가 고종황제가 상용하는 서양식 접견실 앞에 이르자
내시 김한주가 반가운 손님을 맞듯 허리를 굽혀 보이고 입시를
아뢴다.

"다야마 사다코 입시옵니다."

접견실의 문이 열리면서 궁내부대신 이재극이 나와 서며 말

한다.

"드시오."

"고맙습니다. 궁내부대신 각하."

배정자는 접견실로 들어서면서 고종황제의 용안부터 살폈다. 러일전쟁으로 인해 심기가 미편할 것이라는 생각 때문이다. 예감은 적중했다. 고종황제는 아무 말 없이 어수를 들어 보였다. 앉으라는 뜻일 것이었다.

"폐하, 하직 문안 여쭙고자 배알을 청하였사옵니다."

배정자가 화두를 급하게 몰고 가자 고종황제는 고개를 번쩍 들면서 놀라워했다.

"하직이라니, 대체 어디로 간다는 것이냐?"

배정자는 목소리에 슬픔을 담았다. 고종황제의 심기를 흔들어 볼 속셈이어서다.

"추밀원 의장 이토 각하의 분부를 받자옵고 만주로 떠나게 되었사옵니다."

"만주라니, 거기는 전쟁터가 아니더냐?"

배정자는 고개를 조아리며 탄식처럼 대답한다.

"그러하옵니다."

"이렇게 딱한 변이 있나. 전세가 일본 쪽에 아주 불리하다고 듣기는 했다만……, 네가 만주로 가야 할 만큼 불리하다는 말이더냐?"

아, 이게 무슨 소린가. 전세가 불리하다니. 일본 공사관의 분위기도 위축되어 있다고 들었는데, 그것이 전세가 불리한 탓이었다면 고종황제가 들떠 있는 것이 당연하다.

"폐하, 전세가 불리하다니요?"

"그렇지 않은가. 일본은 지금 빚을 내어 전쟁을 하고 있다는데, 전비가 모자라는 전쟁을 어찌 이길 수가 있겠느냐."

"……!"

배정자의 얼굴이 바래지기 시작했다. 지켜보던 궁내부대신 이재극이 입을 열어서 부연했다.

"폐하께서는 일본과 노서아의 관계를 아주 소상히 아시고 계시네. 이번 전쟁에서 일본이 패한다는 것은 온 세계가 모두 알고 있는 일이 아닌가."

배정자는 완강하게 고개를 가로저으면서 정색을 한다.

"폐하, 폐하께서는 잘못 아시고 계시옵니다."

고종황제는 의아해진 시선을 배정자의 얼굴에 못 박으면서 반문한다.

"잘못이라니, 대체 무엇을 잘못 알고 있다는 것이야?"

배정자는 애절하고 간곡한 목소리를 다듬고 또 다듬어 가면서 말한다.

"머지않아 일본국 추밀원 의장 이토 각하께서 경성으로 오실 것이옵니다. 전세가 불리하다면 그 어른께서 무슨 여유로 예까지 오시겠사옵니까. 이토 각하께서 여기에 오시는 것은 대한제국과 일본 간에 새로운 협약을 체결하기 위해서인데……, 그 협약은 러일전쟁에서의 승전을 전제로 한 것이옵니다."

"뭣이라, 승전을 전제로 한 협약을……?"

고종황제는 당황해하는 기색을 감추질 못했다. 그는 이재극에게 구원을 청하듯 헛기침까지 했다.

"폐하, 다시 한 번 진언드리옵니다만……, 그때까지만이라도 신료들로 하여금 언행에 각별히 조심하도록 엄명을 내려 주소서."

이재극의 얼굴에도 당황해하는 빛이 역력했다. 고종황제는 배정자의 진의를 알고자 했다.

"새로운 협약이라니, 사다코는 그게 무슨 협약인지를 알고 있느냐?"

배정자의 대답은 상상을 초월하고도 남았다.

"아시아에 새로운 기운을 불어넣는 거대한 발걸음이옵니다. 각별히 유념하소서."

고종황제는 어수를 이마에 올렸다. 갑자기 밀려드는 불안감 때문이었다. 러일전쟁이 발발했을 때, 일본군 헌병대는 대한제국의 탁지부대신을 불법 체포해 일본으로 압송한 일까지 있었다. 그때 고종황제가 일본국 공사관에 시종무관장 민영환을 보내 엄중 항의했다가 오히려 큰 곤혹을 치르지 않았던가. 하야시 공사는 고종황제의 블라디보스토크 여행 계획을 '황제의 망명 사건'으로 확대하면서 민영환을 몰아세웠다. 고종황제의 응분한 해명이 있어야 사건을 매듭지을 수 있겠다는 하야시 공사의 오만을 무마하기 위해 얼마나 많은 비굴을 자초했던가.

"아시아의 새로운 기운이라 했더냐?"

"그러하옵니다. 조선의 왕실에 더 불미한 일이 있어서는 아니 될 것으로 아옵니다."

배정자는 고종황제를 막다른 골목으로 내몰고 있다는 자신감에 젖었다. 하야시 공사에게 당한 분풀이를 고종황제에게 고스란히 돌려준 꼴이나 다름이 없다. 그러나 마음까지 즐거운 것은 아니었다. 만주로 떠나야 한다는 좌절감……, 그 좌절감은 쉽사리 지워지지 않을 것이라는 불길한 생각이 드는 것을 어찌하랴.

경운궁에서 물러난 배정자는 갈 곳을 잃었다. 어디 승마장으로 달려가 말을 달리고도 싶었고, 사격장으로 달려가 총이라도 쏘아보고 싶은 생각이 들었다. 비록 나무로 만든 표적일지라도 그 심장에 구멍을 내고 싶은 생각으로 배정자는 입술을 깨물었다.

봄을 시샘하는 막바지 추위가 맹위를 떨치고 있다.

경기도 포천 쪽에도 일본이 러시아를 물리치고 조선을 집어삼킬 것이라는 소문이 돌았다. 땅만 의지해 살아온 선량한 사람들은 모두가 면암 최익현을 찾아와 이제부터의 살길을 묻곤 했다. 면암 최익현은 그 해괴한 풍설의 진원지를 알고 싶었다.

"아무래도 도성엘 다녀와야겠구나."

면암 최익현은 상기된 얼굴로 출타 채비를 서두르고 있음이 분명하다.

"아버님, 지금은 때가 아니옵니다. 좀 더 향배向背를 두고 보시지요."

최영조의 만류는 간곡했다. 그는 아버님의 강직한 성품을 알고 있었기에 이번 외출만은 막고 싶었다. 행여라도 상서롭지 못한 일이 생길까 두려워서다.

"아니다. 그렇지가 않아. 국운이 뒤틀리는 것을 알았으면 맨몸으로라도 막아설 줄 아는 것이 신하의 도리요, 참선비가 취해야 할 결기가 아니겠느냐."

"아직 날씨가 불순한데, 노구를 이끄시고 어디로 가신단 말씀이옵니까?"

면암 최익현은 옷고름을 매만지다 잠시 손을 멈췄다.

"내 일신은 이미 오래전부터 이 나라와 이 백성들의 것이었느니라. 목숨이 붙어 있는 날까지 내가 해야 할 일을 외면할 수 없느니라."

"아버님! 이러시다가 병환이라도 얻으시면 어쩌시려고요?"

면암 최익현은 옷을 툭툭 털면서 카랑카랑하게 대답했다.

"일본이 노서아와 싸워서 이긴다면, 우리는 나라를 잃게 될 것이 아니겠느냐. 나라를 잃은 후에 내 몸이 성해 무엇하겠느냐. 이 늙은이가 궐문 앞에 꿇어앉아 폐하의 어의를 돌릴 수만 있다면, 백성들이 또한 나와 뜻을 같이할 것이기에 내가 가는 것이야.”

면암 최익현은 비장한 심정으로 방을 나선다. 최영조는 아버님의 뒤를 따르면서 부연했다.

“아버님, 아직은 아무것도 드러난 것이 없사옵니다.”

면암 최익현은 걸음을 멈추고 뒤돌아본다. 그리고 조용히 아들 영조를 타일렀다.

“너는 어찌 비가 내린 후에 장독을 닫으려 하느냐? 세상 돌아가는 형국을 제대로 살펴보고 있으면 큰일이 닥치기 전에 대비할 수도 있지를 않겠느냐. 세상의 이치가 이러하거늘, 너는 어찌하여 큰일이 닥쳤는데도 그 큰일이 무엇인지조차 모르고 있단 말이야?”

“……!”

문흥식은 서사書舍의 댓돌을 내려서다가 마당에 선 노스승 최익현을 맞았다. 그는 괴나리봇짐을 지고 있었다. 이미 면암 최익현의 연통을 받고 있었음이 분명하다. 내당 쪽 중문에 정부인 한씨와 임씨가 걱정스러운 얼굴로 서 있었다. 면암 최익현은 다가서는 아들 영조에게 손을 들어 보이며 말했다.

“따라올 것 없다.”

“아버님…….”

최영조는 이미 시작된 아버지 최익현의 의지를 말릴 수 없다는 것을 누구보다 잘 알고 있다. 최영조는 힘없이 문흥식에게로 다가서며 당부한다.

"조심하여 모시게."

"심려 마십시오."

면암 최익현은 문흥식에게 재촉하듯 헛기침을 했다. 내당 쪽 중문에 서 있던 정부인 한씨와 임씨는 언제나 그랬던 것처럼 정중하게 허리를 굽혔다. 면암 최익현은 말없이 대문을 향해 발걸음을 옮긴다. 대문에는 행랑채에 머물고 있는 젊은 선비들이 나와 있었다. 약관의 애제자 정시해鄭時海가 허리를 숙이며 목청을 높였다.

"도대체 조정 중신들은 뭘 하고 있기에 헐벗고 굶주린 백성들이 왜적의 노예가 되어 만리타국으로 팔려 간다는데도 말 한마디 못한다는 말씀이옵니까?"

면암 최익현은 대답할 말을 찾지 못했다. 오직 비통할 뿐이었다. 최익현은 눈을 지그시 감았다.

"선생님, 저희들도 함께 가겠사옵니다. 허락해 주소서."

비로소 면암 최익현은 정시해를 둘러싸고 서 있는 젊은 문도들을 둘러보며 입을 열었다.

"꼭 조정만을 탓할 일이 아니질 않느냐. 집 안에 도둑이 들면 그 도둑을 잡고자 하면서도, 나라에 든 큰 도둑은 잡고자 아니한다면 백성 된 도리를 다하지 않고 있음일 터! 나는 그 의분을 깨우치자고 도성으로 가는 길이니 너희들은 조용히 기다리고 있으면 될 것이야. 다녀와서 너희가 할 일을 일러 주마.”

젊은 문도들은 부끄러움에 몸을 떨었다. 스승 최익현은 오직 지행知行만을 신조로 칠십 평생을 살아온 실천궁행實踐躬行의 상징이 아니던가. 실천궁행……, 그것은 배우고 익힌 바를 실천해야 한다는 조선 유학의 첫 번째 덕목이다.

“왜국과 같이 작은 나라가 노서아와 같은 큰 나라를 공격하는 것은 아시아를 평정하자는 속셈인데……, 그것이 바로 피 한 방울 흘리지 아니하고 조선을 집어삼키겠다는 흉계가 아니겠느냐. 이 음모를 깨부수기 위해서는 너희들 조선 젊은이들의 결기가 있어야 할 것이니라. 너희가 진정 나라가 무엇인지를 안다면, 학문은 잠시 미루어 두더라도 호연지기를 살려야 할 것이니라.”

면암 최익현은 칼날보다 날카로운 심회를 밝히면서 하얀 입김을 토해 냈다. 젊은 문도들은 큰 죄를 지은 것 같은 심정으로 우두커니 서 있을 수밖에 없었다.

“가자!”

면암 최익현은 성큼성큼 발걸음을 내딛었다. 젊은 문도들은 대문 밖까지 쫓아 나가서 길을 떠나는 노스승 최익현을 향해 허리를 굽혀 경의를 표했다.

면암 최익현은 일흔이 넘은 노인이라 믿기지 않을 정도로 몸을 펴고 당당하게 걸어간다. 굳게 다문 입술과 결기에 빛나는 눈빛은 태산도 압도할 만큼 형형했다. 면암 최익현은 귀를 도려내는 듯한 봄추위에도 아랑곳하지 않았다. 포천 들판을 휘돌면서 흐르는 찬바람이 칠십 노구를 사정없이 때리고 지나가도 그는 결코 고개를 숙이지 않았다.

문흥식은 스승 최익현의 환상 속에서 사는 젊은이다. 그는 면암 최익현의 가르침이 학문보다 호연지기를 중시하고 있음을 알고 있었고, 그 꿈을 키우기 위해 남다른 노력을 아끼지 않고 있었다.

스스로 나를 갈고 닦는 공부는	修己工夫
많이 알고 많이 행하기 위함이니라.	有知有行.
알아야 하는 것은 착한 일을 더욱 밝히기 위함이요,	知以明善,
배운 바를 행해야 하는 것은 성스러운 심신을 가다듬기 위함이니라.	
	行以誠身.

율곡 이이가 『성학집요聖學輯要』에 제시한 이 덕목을 문흥식은 삶의 지표로 삼고 있다. 물론 노스승 면암 최익현의 간곡한 가르침 때문이다.

멕시코로 팔려 가는 사람들

"그만 들어가거라."

곡물 가게의 주인 김칠성의 목소리가 갈라져 나온다. 아무 거래도 없는 한가한 곡물 가게에 나와서 하염없이 큰길만 바라보고 앉은 딸아이가 청승맞아서다.

"제 걱정 마시고 볼일 보세요."

김은영이 입가에 쓸쓰레한 웃음을 담으면서 대답했다. 김은영은 자강회의 해산을 주도한 다음부터 아버지의 곡물 가게에 나와 앉아 있곤 하였다. 이창준이 보낼지도 모르는 사자와 만나기 위해서였다. 물론 이창준과 그리 약속한 것은 아니지만, 그렇지 않고서는 영영 만나지 못할지도 모른다는 불안감 때문에 김은영은 아버지의 곡물 가게에 시름없이 나와 앉게 되었다.

지난해 겨울 일본군 헌병대에서 미야자와 중위를 죽이고, 헌병대 청사를 폭파하였다는 소식은 짓눌렸던 가슴을 열어 주는 쾌거이고도 남았다. 이창준이 아니면 할 수 없었던 일임을 김은영은 확신하고 있었지만, 그 내용을 소상히 알고 있을 황성신문사에서조차도 기사화하지를 못했었다. 러일전쟁을 획책하는 와중에서 언론통제를 강화하고 있었기 때문이다. 김은영은 황성신문사로 달려가 위암 장지연 선생의 가슴에 뛰어들어 통곡하고 싶었으나 주변의 눈이 무서워서 뜻을 이루지 못했었다.

해가 바뀌면서 만주로 갔던 이창준이 돌아왔다는 풍설이 돌더니 마침내 은영에게도 소식이 전해졌다. 만주에서 돌아온 이창준의 기개는 더 강건하게 다져져 있었고, 앞으로 국내에서의 활동계획은 원대하기까지 하였다. 김은영은 감동하지 않을 수가 없었다.

"아버님의 곡물상에 나와 있으면 사람을 보낼 테니까."

이창준은 꼭 필요한 때가 아니면 사람을 보내지 않는다. 설혹 만났다고 하더라도 그 시간은 언제나 짧고 불안하였다. 그러나 이창준을 만나고 나면 뭔가 새로운 다짐을 할 수가 있었고, 또 숨통이 트이는 환희에 젖으면서 스스로 행복감을 만들어 갈 수가 있었다. 이창준을 만나는 일, 만나지는 않더라도 그의 소식을 듣고, 혹은 그의 지시를 윤민호나 박상인에게 전하는 일도 김은영에게는 살아 있는 보람이기도 하였다.

"내일부터는 그나마 나와 앉을 수도 없게 되었다!"

　김칠성의 말소리는 원한에 사무쳐 있었다. 작년 초겨울 가짜 백동화를 받은 것이 사단이 되어 곡물 가게가 빚 더미에 올라앉게 되어서다. 김칠성에게는 이 곡물 가게가 생계를 유지하는 단 하나의 수단이었다. 그 유일한 방도가 다른 사람의 손으로 넘어가게 되었다면 어찌 되는가. 물론 조선인끼리의 거래였지만 그 뒤에는 일본인 악덕 상인 오바가 꾸민 계책이 있었다. 김칠성에게는 실로 난감한 일이 아닐 수 없었기에 일본인들에 대한 원한을 떨쳐 낼 수가 없다.

　"그래……, 그게 왜 내 탓이야!"

　거나하게 취한 김칠성의 넋두리는 주위를 안타깝게 하였다. 특히 딸 은영에게는 뼈에 사무칠 정도의 탄식으로 들렸다. 아버지 김칠성이 걸어온 과거를 너무도 선연하게 기억하고 있었기에 아픔도 더할 수밖에 없다.

　아버지 김칠성은 열두 살 때부터 종각 옆 한성곡물상에서 점원으로 일했었다. 그로부터 쉰이 넘어 조그마한 곡물상의 주인이 되기까지 단 하루도 다리 쭉 뻗고 쉬어 본 적이 없다. 종로 거리에서 제일 먼저 문을 열고 제일 늦게 문을 닫는, 참으로 성실한 상점으로 이름이 나 있다. 한 되든 한 말이든 배달해 달라고 하면 군말하지 않았다. 그러자니 쌀가마니를 지게에 지고 한성 안 어디고 다녀 보지 않은 곳이 없다. 덕분에 식구들 입에 풀칠도 하고 집칸도 장만할 수가 있었질 않았는가. 또 종로 끝자락이

나마 조그맣게 곡물상도 열 수가 있었기에 김은영은 공부에 전념할 수가 있었다.

지난해 겨울, 쌀 열 가마니 값을 위조 백동화로 받았다는 소문이 나면서 거래선이 모두 끊어지고 말았다. 그 일에 문흥식이 개입되지를 않았던가. 보리쌀을 구하기 위해 문흥식이 곡물 가게에 들렀을 때 오사카 상인 오바가 쌀 열 가마니를 사겠다고 하였고, 때마침 김칠성은 아내가 다쳤다는 연락을 받고 가게를 비우게 되어 초면의 문흥식에게 부탁하였다.

"곧 돌아올 것이니, 잠시만 가게를 살펴 주시게."

김칠성이 곡물 가게를 비운 사이에 문흥식은 오바로부터 쌀값으로 백동화를 받게 되었는데 그 백동화가 모두 가짜로 판명이 났다. 가게로 돌아온 김칠성은 대경실색하는 가운데도 문흥식을 그들과 한 패거리로 여겼으나, 흑산도에서 올라왔다는 문흥식의 딱한 사정을 듣고 오히려 보리쌀 한 되를 보태 줄 정도로 인심이 후한 김칠성이었다.

그 가짜 백동화로 인해 가게의 자금이 고갈되기 시작하면서 거래하던 사람들도 점차 줄어들었다. 그 불행은 또 일본인들에 의해 종로의 상권이 무너지는 시류를 타게 되면서 어려움이 더해 가기만 하였다.

김은영은 좌절의 늪에서 헤어나지 못하는 아버지를 애써 위로하곤 하였다.

"아버지 힘내세요. 우리 집뿐만이 아니라 나라 전체가 흔들리는 판국이에요."

"나라라니, 우리 가난뱅이들이 언제 나라를 믿고 살았냐!"

그럴지도 모른다. 서북지방^(평안도)에는 길바닥에 시체들이 즐비하더라는 소리도 들린다. 그 죽은 시체는 모두가 굶어서 죽은 아사자들이라고 한다. 또 대여섯 살 난 어린 딸아이들을 중국인 상인들에게 파는 풍조도 성행하고 있었는데, 그 값이 겨우 쌀 한 말 값이라는 소문도 나돌고 있다. 이런 판국이면 나라에 의지할 민초들이 어디 있겠는가.

종로의 상권이 서서히 일본인 상인들에게 넘어가는 과정도 안타깝기 그지없는 노릇이었다. 대량으로 유통되는 백동화에 가짜가 섞이게 되면서 종로의 조선인 상인들은 자금의 압박을 받게 된다. 그 압박에서 헤어나기 위해서는 돈을 빌릴 수밖에 없다. 빌려 쓴 돈에는 금리가 따르게 마련이다. 자금줄은 언제나 일본인들의 손에 있었다. 조선인 상인들은 점차 그 금리에 시달리게 된다. 이를 빙자한 일본인 상인들은 자금에 시달리는 조선인들의 가게를 하나하나 매입하면서 마지막 남은 종로의 상권마저도 일본인들에게 넘어가고 있는 것이 엄연한 현실이었다.

'빌어먹을 놈의 세상!'

김칠성은 고작 쌀 열 가마니의 사단이 상점까지 날리게 되리라고는 상상도 못했다. 아내의 병원비에 쓰려고 급전을 끌어 쓴 것도 자금줄을 조이는 원인이 되었다. 이자가 눈덩이처럼 불어나 돈줄이 막힌 탓에 상점을 내놓지 않고서는 배겨 낼 재간이 없었다. 아무리 억울하고 원통해도 소용이 없었다.

"일찍 처분한 게 그나마 위로 받게 되지를 않았느냐."

김은영에게는 아버지의 장탄식에 힘을 실어 줄 방법이 없다. 가난한 집안을 일으켜 세우리라는 다짐으로 공부를 하였고, 나라를 사랑하겠다는 일념으로 이창준과 함께 자강회를 조직하여 열혈과도 같았던 젊은이들을 불러 모았던 뜨거운 결기를 가지고도 아버지의 조그만한 곡물 가게조차 구할 수가 없다. 김은영은 눈물로 두 볼을 적시면서 허공으로 시선을 던진다.

'미련을 두어 뭐하겠나……'

김칠성이 길게 한숨을 내쉬며 자리를 털고 일어선다. 눈에 넣어도 아프지 않았던 외동딸 은영이가 눈물을 흘리는 꼴은 차마 볼 수가 없었던가. 그는 천천히 밖으로 나선다.

"이 사람, 또 여기 와 있었군……!"

이웃사촌이라 했던가. 친족처럼 가까이 지내 온 박씨였다. 박씨도 얼마 전까지 근처에서 곡물상을 하고 있었으나, 하루아침에 빈털터리 신세가 되고 말았다. 그 또한 가짜 백동화와 높은 금리를 견디어 내지 못하였기 때문이다.

"……망설일 거 없다니까. 어서 가세."

박씨의 채근이 있었어도 김칠성의 발걸음은 좀처럼 떨어지지 않는다.

"허허, 이 사람. 갈 거면 빨리 가자니까. 내 한 몸 버려서라도 집안 식솔들은 살려 내야지……!"

"……끔."

김칠성은 신음과도 같은 탄식을 토하면서도 움직일 기미를 보이지 않는다.

"허어. 몸뚱이 하나 담보로 하면……, 빚진 돈 네 배를 준다는 게야!"

박씨의 채근은 진지하기 그지없다. 곡물 가게를 털고 나면 당장 생계가 어려워진다. 그러니 몸뚱이만 맡기면 부채금의 네 배를 현금으로 챙길 수가 있다니 얼마나 솔깃한 일이던가.

"어서 가자니까. 얘기 들어 보니까 지원자가 엄청 몰리고 있다는 게야. 사무실 밖까지 줄이 주욱 늘어섰대. 이 기회마저 놓치면 우린 정말로 굶어 죽어."

박씨의 목소리에는 살기 위한 몸부림이나 다름이 없는 비장한 염원이 실려 있다. 김칠성은 박씨에게 끌리듯 겨우 발을 뗀다. 그러나 재촉하는 박씨의 걸음을 따라갈 수가 없다. 김칠성은 불현듯 뒤를 돌아다본다. 내일이면 남의 손으로 넘어갈 곡물 가게 앞에 우뚝하니 서 있는 딸 은영의 모습이 뿌옇게 흐려 보였다.

이창준은 여순에서 돌아온 후 청년들 사이에서 이미 신화적인 존재가 되어 있었다. 실제로 윤민호와 박상인 등이 주축이 되어 새로 만들어진 결사에서는 이창준의 귀국을 또 다른 의거의 기폭제로 삼겠다는 결기를 다질 정도였다. 물론 그 연락책이 김은영이다.

일본군 헌병대에서 일어났던 이창준의 의거는 신문 지상에서는 알려지지 않거나 왜곡 보도가 될 정도로 미미한 사건이 되고 말았다. 그러나 자강회에 속해 있던 젊은이들에게는 용기와 환희를 안겨다 주었다. 만주로 떠나갔던 이창준의 귀국은 마치 영웅이 돌아온 것이나 다름이 없다. 젊은이들은 김은영을 통하여 이창준의 근황을 전해 들으면서 흥분하였고, 하루라도 빨리 이창준을 만나서 그가 기획하는 새로운 거사에 동참하고 싶을 뿐이었다. 그러나 이창준은 좀처럼 이들의 앞에 나타나 주지를 않았다.

"지명수배된 정치사범이라는 점을 이해해 주셔야 합니다."

김은영은 이창준의 소식을 궁금해하는 동료들에게 언제나 같은 말로 위로하였다.

어찌 그들뿐이겠는가. 황성신문사의 위암 장지연 사장도 이창준의 소식을 궁금해하였다. 그의 또 다른 변신을 보고 싶어서였다.

"선생님, 오늘 밤 댁으로 찾아뵙겠답니다."

　김은영으로부터 이창준의 소식을 전해 들은 위암 장지연은 가슴이 두근거릴 정도의 흥분을 맛본다. 이창준의 외모는 얼마나 변했을까. 또 생각은 얼마나 달라졌을까. 위암 장지연의 상상은 끝없이 이어진다. 그럴 수밖에 없지를 않던가. 단신으로 일본군 헌병대의 청사에 뛰어들어 아버지를 해친 미야자와 중위의 목숨을 따낸 것은 원한의 소용돌이였다고 치부하더라도 헌병대 청사에 사제폭탄을 던지고도 유유히 달려 나와 만주로 떠나갈 수 있었던 담력, 그리고 자신이 수배되어 있는 조선 땅으로 다시 스며들 수 있는 용기가 어디 예사로운 일이던가.

　드디어 날이 저문다. 위암 장지연은 경건한 마음을 다지면서 집으로 돌아온다. 물론 미행자가 없는지 조심스럽게 주위를 살피면서였다. 황성신문사에 대해서도 감시의 눈초리가 부쩍 강화되었고, 때로는 노골적인 간섭까지 있는 터에 이창준과 만나는 장면이 노출된다면 감당하기 어려운 부담이 될 것이 분명하다. 그렇다고 이창준과의 면담을 미루는 것은 조선 청년들의 결기에 찬물을 끼얹는 꼴이 될 수도 있다. 집으로 돌아온 위암 장지연은 식솔들로 하여금 잠시 집을 비우게 하였다. 만일에 있을지도 모르는 불리한 사태에 대비한 조처였다.

　밤이 이슥해지자 장지연은 마당을 서성거리면서 헛기침을 토해 냈다. 들어와도 무방할 것이라는 나름대로의 신호였다. 기다려야 하는 시간은 길지 않았다. 대문이 소리 없이 열리면서 검은 그림자가 들어서는 것이 보였다. 이창준의 모습이 분명하였다.

"선생님!"

"오, 이 사람. 기다리고 있었네."

위암 장지연은 이창준의 갸름한 손을 힘껏 당겨잡았다. 싸늘한 한기가 돌면서도 거칠어진 손이었다.

"나라의 사정이 급박하여 바람처럼 달려왔습니다."

"음, 들세나."

두 사람은 장지연의 서재로 들었다. 아담한 술상이 마련되어 있었다. 위암 장지연은 이창준을 먼저 앉게 하고, 데운 술로 따뜻해진 놋주전자를 들면서 뒤따라 앉았다.

"그래, 만주의 사정은 어떠한가?"

위암 장지연은 이창준이 들고 있는 술잔을 채우면서 물었다.

"러일 간에는 소모전이 계속되고 있습니다. 일진일퇴, 쉽게 승부가 날 것 같지 않습니다."

"203고지에서 말인가?"

"아시고 계셨군요. 일본군의 무모한 공격이 희생만을 가중하고 있는 꼴이 아니겠습니까. 벌써 2만 명 죽었다고들 합니다."

"2만 명이면……!"

위암 장지연은 놀라지 않을 수가 없다. 203고지는 여순항이 내려다보이는 요충지이다. 해발 203미터여서 203고지라면 별로 높지 않은 언덕과도 같은 곳인데, 이곳을 차지하지 않고서는 여순항을 손에 넣을 수가 없다. 그러나 일본군 2만 명이 이미 전사하였다면 투입된 총 병력은 얼마나 된다는 말인가. 공격에 임한 일본군 사단장 노기 마레스케乃木希典 육군대장은 이 전투에서 두 아들을 잃고도 무모한 진격을 시도하고 있다. 그렇다면 앞으로 또 얼마나 많은 희생을 감내해야 하는가.

"러시아군은 기관총이라는 신식 연발총을 쏘아 댄답니다. 소총수로는 당할 수가 없을밖에요."

위암 장지연은 얼마간 안도해하는 표정을 지어 보이며 잔을 비운다. 러시아군이 승리할 것이라는 안도감이 들어서다. 이창준도 들떠 올랐던 마음을 가라앉히며 첫 잔을 비웠다. 이어 장지연은 확신에 찬 목소리로 러일전쟁의 성격을 규정했다.

"시간이 갈수록 일본에게는 불리할 것이야. 러시아가 일본의 발목을 잡고 있는 사이에 우리도 분발해야 하질 않겠나."

"그렇지요. 그러나 말입니다……."

이창준은 두 번째 잔을 털어 넣듯이 비운다. 그의 얼굴에 비분강개가 일렁거리고 있었다.

"저로서는 일본국이 부러웠습니다."

"부럽다니? 무슨 소린가……."

"일선에 나와 있는 일본군 장교들 대부분이 선진국에서 군사학을 연구하거나, 수련하고 돌아온 수재들이라 들었습니다."

"……!"

위암 장지연의 가슴이 쿵하고 소리 내며 울렸다. 최일선에 나와서 싸우는 일본군 젊은 장교들이 선진국에 나가 군사학을 연구하고 돌아온 준재들이라면 어찌 되는가. 실제로 여순항의 입구를 가로막기 위해 애함과 함께 바다 밑으로 가라앉은 히로세 다케오 중좌는 러시아에 유학하여 러시아 해군학을 공부한 청년이다. 또 봉천지역에서 활약하는 일본군 기마여단의 사령관인 아키야마 요시후루秋山好古 대좌는 프랑스에 유학하여 프랑스 기마여단의 조직과 작전을 연구하고 돌아온 준재였고, 그의 동생 아키야마 사네유키秋山眞之 해군중좌는 미국 해군 관전무관觀戰武官으로 유학하여 미국 태평양함대의 운영과 조직, 그리고 작전을 익히고 돌아온 수재로 지금은 연합함대의 기함 미카사三笠함에 작전참모로 승선하여 사령관 도고 헤이하치로 대장을 보좌하고 있다. 이와 같은 인적조직이면 세계의 어떤 군대와 비교해도 손색이 없을 정도의 인적자원이다. 그렇게 공부하고 돌아온 준재들이 히로세 중좌처럼 조국을 위해 초개같이 목숨을 버리고 있다는 사실이 이창준의 마음을 분통 터지게 하고 있었다. 여기에 비한다면 조선의 사정은 어떤가. 외국에 나가 선진문명을 배우고 돌아온 사람이라면 윤치호, 유길준 정도에 불과하지를 않던가.

"시생이 서둘러 귀국한 것도 그 때문입니다. 일본군의 후방이라도 교란시켜야 하는 것이 저희들 몫이 아니겠습니까."

위암 장지연은 씁쓰레한 웃음을 입가에 담으면서 다시 목을 축인다.

"허허. 이 나라가 어느새 일본군의 후방이 되어 버렸군……."

"유감스럽게도 엄연한 현실이 아닙니까?"

"그래 여순에서는 고생하지 않았고……?"

"여순은 격전지라 활동이 자유롭지 못하였지만 옛 지인들에게 많은 도움을 받았습니다. 그래서 길림과 봉천 등에서 동지들을 규합하여 반일전선을 꾸렸습니다. 몇 명은 이번에 함께 왔습니다. 세계가 깜짝 놀랄 대사를 계획하고 있습니다."

세계가 깜짝 놀랄 대사라면……, 위암 장지연은 가슴이 섬뜩해지는 불안감에 젖었으나 민감한 반응을 보이지 않았다. 이창준을 자극하지 않기 위해서였다. 젊은 혈기에 술기운까지 돌고 있다면 자제력을 잃을지도 모른다. 위암 장지연은 내색하지 않은 채 순배를 돌렸다. 이창준이 화두를 바꾸는 것을 보고서야 장지연은 안도했다.

"요즘, 도성 사정은 어떻습니까?"

"참담할 뿐이지. 내각이 일본국의 손아귀에서 놀아나는 마당인데 경제라 하여 온전할 수가 있겠나."

"경제라 하시면……?"

이창준은 경제라는 말에 신경을 곤두세운다. 뜻밖의 화제어서다.

"그나마 운종 거리의 상권이 무너지면 우린 의지할 곳을 잃게 되는데……, 빈털터리가 된 조선인 상인들이 노예로 팔려 가는 지경이 되고 말았어!"

이창준이 소스라치게 놀란다. 조선의 상인들이 노예로 팔려 가다니, 온몸의 핏줄이 거꾸로 솟구치는 듯한 울분을 느끼지 않을 수가 없다.

"노예라니요?"

"가산을 잃은 상인들이 멕시코로 팔려 간다는 게야!"

"멕시코라니요?"

위암 장지연은 털어 넣듯 술잔을 다시 비웠다. 그리고 비감에 젖은 목소리를 토해 냈다.

"오사카 출신의 악덕 모리배 오바 도시오란 자가 있어. 이자가 가짜 백동화를 대량으로 찍어 와서 유통하니까 종로의 상권도 힘없이 무너졌고, 실업자의 양산으로 이어질 수밖에 없지를 않겠나. 바로 이 점을 노린 거지."

순간 이창준은 종로에서 곡물상을 하고 있는 김은영의 아버지를 떠올렸으나, 화제를 돌릴 겨를이 없었다.

"노리다니요?"

"멕시코 농장에 가서 일을 하겠다는 사람에게는 삼사 년 치의 임금을 선불하겠다는 감언이설에 속아서 조선의 상인, 농민들이 줄을 서서 지원하는 판국이야……."

“오바, 그런 교활한 자를 살려 두었다는 말씀입니까!”

“이 사람아, 개인적 취업이라는 명분이 있지를 않나. 또 개인과 개인의 계약으로 성립되는 일이니까, 정부에서 관여할 수도 없고……. 눈 가리고 아웅 해도 분수가 있어야지. 이건 노예로 팔려 가는 것이 아니겠나. 미국이나 멕시코 농장으로 팔려 가는 게지. 여기 그에 관한 자료가 있네.”

위암 장지연은 문갑을 열고 인신매매에 관련된 서류를 꺼내 이창준에게 건넨다. 서류를 살피던 이창준의 얼굴이 싸느랗게 굳어지고 있다. 그리고 무겁게 다시 입을 열었다.

“이 문건, 제가 가져가도 되겠습니까?”

“이미 기사는 써 놓았으니까, 필요하다면 가져가게.”

이창준은 서류를 접어 코트 안주머니에 넣으면서 부연했다.

“아까 말씀드린 거사 때문인데……, 귀를 좀 빌려 주십시오.”

위암 장지연이 이창준 쪽으로 상체를 숙였다. 창준은 장지연에게 다가앉으며 귀엣말을 했다. 위암 장지연의 표정은 놀라움에 젖어들었다. 그리고 잠시 뒤에는 기쁨을 만끽하는 듯한 환희도 보였다.

“놀라우이. 정말 자네가 그런 엄청난 일을 해내겠다는 말인가. 창준이 자네가……!”

이창준은 자세를 고치며 비장하게 말했다.

“그 일을 성공시키기 위해서는 선생님의 도움이 필요합니다.

정확한 정보가 필요하다는 말씀입니다.”

“도와주지, 암 도와주고말고. 내가 신문사 하길 잘했다 싶은 생각이 든 적이 별로 없었는데 오늘은 그게 아니야. 한데, 정보를 어찌 전해야 하나? 화급을 다투는 정보도 있을 것이기에 말이네.”

“저와 함께 만주에서 온 젊은이 하나가 늘 선생님 곁을 맴돌 것입니다. 급한 전갈이 있으시면 선생님 사무실 창문에 커튼을 반쯤만 치십시오. 사람들의 눈이 없을 때 누군가 선생님 앞에 나타날 겁니다.”

위암 장지연은 이창준의 손을 굳게 잡으면서 다짐했다.

“알았네. 반드시 성공하기를 기원하겠네. 꼭 그리되어야 할 것이야!”

이창준은 위암 장지연의 감격을 가슴에 새겼다. 또 그것은 모든 조선 동포의 여망일 것임을 이창준은 알고 있었다. 다만 조직적인 연락망이 구축되지 못한 것이 걱정이었다.

이창준은 만주에서부터 헌병의 감시와 추적을 받아 왔기 때문에 동지들과의 접촉까지도 극도로 자제하고 있었다. 이창준과 선이 닿는 사람이 오직 김은영뿐인데도 아직은 있는 곳조차도 그녀에게 알리지 않고 있었다. 필요하면 언제나 이창준이 먼저 김은영에게 인편을 보내 만나곤 하는 것도 다음번 거사를 위한 빈틈없는 조처의 일환이었다.

"그럼 다시 연락 올리겠사옵니다."

이창준이 자리를 가다듬는다. 위암 장지연은 하룻밤이라도 그를 재워서 보내고 싶었으나 이창준의 언동으로 본다면 짧은 시간을 쪼개서 쓰고 있다는 생각이 들어 만류하지 않는다.

"어려움이 있으면 도움을 청하게나."

"이 은혜 있지 않겠습니다."

이창준은 몸을 일으킨다. 따르는 장지연은 서운하기가 그지없다. 이창준의 기개와 호기를 가까이에 두고 싶은 마음 간절하였으나 큰일에 나서고 있는 사람이라 잡아 둘 수가 없다.

대문을 나선 이창준의 걸음은 비호와도 같았다. 눈 깜짝할 사이에 그의 모습은 어둠 속으로 사라져 가고 만다. 위암 장지연은 한숨을 놓으면서 이창준의 장도를 빈다. 그의 젊음, 그의 탁월한 지도력을 잘 알고 있었기 때문이다.

다음 날은 운종 거리에 있는 김칠성의 곡물 가게가 문을 닫은 날이다. 김은영은 그 사실을 알면서 마치 폐가와 같은 가게에 나와 있었다. 행여나 하는 생각에서였다. 아니나 다를까, 길 건너에 이창준의 모습이 보였다. 김은영은 달려가 만나고 싶으면서도 꼼짝을 하지 않는다. 움직여서는 아니 될 것 같다는 생각 때문이다. 빠르게 길을 건너온 이창준은 태연하게 김은영이 앉아 있는 가게로 들어선다. 그리고 지체 없이 말했다.

"오늘 안에 민호와 상인일 만날 수 있겠지?"

"그렇기는 합니다만……."

"이 문건 나누어 읽고 준비를 철저히 하라고 전해 주었으면 좋겠어."

그리고 얇은 서류철을 은영에게 맡긴다.

"소홀히 해서는 안 돼. 작전이니까."

말을 마친 이창준은 홀연히 오던 길을 다시 돌아간다. 김은영은 그가 맡기고 간 서류철을 만지면서도 이창준의 뒷모습에서 시선을 뗄 수가 없다. 천만다행으로 이창준은 건너편 골목으로 모습을 감춘다. 그제야 김은영은 마음을 놓는다.

김은영은 지체 없이 곡물 가게를 뛰쳐나간다. 이젠 다시 돌아올 수 없는 가게가 아니던가. 그러나 미련 같은 것을 생각할 겨를이 없다. 지금은 오직 윤민호와 박상인을 만나는 것이 급선무이기 때문이다. 다행히 윤민호는 집에 있었다.

"이거 읽어 보고 박상인에게 전해 줘. 그리고 둘 모두 우리 집으로 와야 해."

김은영의 동작도 이창준 못질 않았다. 할 말을 마치면 자리를 비워야 한다. 꼬리가 길면 잡힌다는 속언은 명언이다. 그런 명언은 지키는 것이 상책이다.

밤이 이슥해지면서 윤민호와 박상인은 김은영의 집으로 스며들었다. 좁은 마당을 들어서면 그대로 안방이다. 병환으로 신음

하는 어머니가 누워 있었기에 그 뒷방은 은밀한 얘기를 나누는 아지트로서 손색이 없다.

윤민호와 박상인이 읽은 서류에는 조선인들을 노예로 팔아넘기고 있는 본거지이자 왜인들의 사업장인 천일상사를 무력으로 급습하여 초토화한다는 계획이 담겨 있었고, 동참할 수 있는 동지들을 규합하여 약속 장소로 모이라는 내용이다.

"창준 형님도 그때 나와 주시겠지……?"

윤민호의 반신반의하는 물음에 박상인도 확답을 못한다. 두 사람 모두 이창준을 만나고 싶은 마음이 간절하다. 그러나 서면으로 전달된 것이 못내 아쉬운 듯 김은영의 표정을 살핀다.

"……누님 생각은 어때요?"

어떻게 대답해야 하나. 실상 김은영에게는 이창준이 그날, 그 장소에 나타나기를 바라는 마음과 나타나지 않기를 바라는 마음이 머릿속에서 교차되고 있다. 그렇다고 하더라도 김은영은 혼자만의 갈등을 두 사람의 실망감과 연결하고 싶지는 않았다.

"오시겠지요. 아니, 무슨 일이 있어도 오십니다."

윤민호의 얼굴에는 환한 생기가 다시 돌았으나, 박상인은 생각을 달리하는 모양이 분명하다.

"형님은 지명수배를 받고 계시질 않은가. 차라리 이번 일은 우리가 맡아서 하는 게 나을지도 몰라. 그게 형님의 부담을 덜어드리는 일이니까."

윤민호는 상인의 어깨를 툭 치면서 자신의 의지를 관철하고자 한다.

"넌 너무 걱정이 많아서 탈이다. 우린 그런 위험 속에서 살고 있는 사람들이야. 그걸 인정해야지."

김은영은 고개를 끄덕이면서도 얘기를 끝내고 싶다. 절체절명의 의논이 농담으로 매듭지어질까 두려워서다.

"일단 창준 씨를 믿기로 해요. 만일 못 오시더라도 우리가 맡아서 하면 그만이고요. 하지만 두 분의 뜻은 꼭 전해 드리겠어요."

윤민호와 박상인은 김은영의 속내를 읽었다. 두 사람은 몸을 일으키면서 말했다.

"나오실 거 없어요."

"그래, 조심해서 가……."

윤민호와 박상인이 방을 나가자 김은영은 창가로 다가서며 허전함을 달랬다. 두 사람의 멀어지는 발소리가 김은영의 마음을 더욱 애잔하게 하였다.

새로 개발된 용산역 근처에 밀집한 일본인들의 상점은 운종거리의 조선인 상가들이 겪는 시련과는 극히 대조적으로 활기에 넘쳐나는 것으로 보였다. 김칠성과 박씨는 혀를 차면서 용산역 앞 큰길을 지나고 있다. 벌써 몇 번을 헤매고 있으면서도 걸음이 더딘 것은 김칠성이 이 일을 탐탁히 여기고 있질 않아서다. 박씨는 그런 김칠성을 설득하는데 기력이 쇠진할 지경이었다.

"여기 어디쯤이라고 했는데…………."

박씨는 손에 든 전단지와 주위를 번갈아 살피면서 중얼거렸다. 그러나 김칠성은 말끔하게 정돈된 일본 상점이 눈에 들어올 때마다 울화가 치밀었다. 확 불이라도 싸질러 버리고 싶은 생각도 들었다.

"저것들을 확 그냥……."

"아서 이 사람아. 떠나기로 했으면 떠나는 쪽에 마음을 두어야지. 공연한 심통은 이로울 게 없어!"

"아, 울화통 터진다. 울화통이!"

김칠성은 돌덩이 같은 주먹으로 가슴을 퍽퍽 치면서 분통을 터뜨렸다. 그의 눈은 붉게 충혈되어 있었고, 누군가 심사를 건드린다면 금방이라도 터져 버릴 것만 같았다.

"어서 가자고. 어……, 저긴가 보네."

김칠성은 박씨가 턱으로 가리키는 쪽을 바라보았다. 멀리 길모퉁이에 흰색 목조 건물이 보였다. 한문으로 '천일상사天日商社'라고 적힌 커다란 간판이 걸려 있었고, 건물 입구에서부터 사람들이 길게 줄을 늘어서 있었다. 두 사람은 무의식중에도 걸음이 빨라진다. 소문으로만 들었던 사실들이 실체를 드러내고 있었기 때문이다.

천일상사 사무실 안에도 사람들이 가득하여 발 들여 놓을 틈이 없었고, 시뻘겋게 달궈진 난로가 뿜어 대는 열기로 땀이 날 지경이었다. 줄줄이 놓여 있는 책상마다 사무원이 하나씩 배치되어 있었고, 그들 앞에는 솜으로 누빈 옷을 더덕더덕 기워 입은 조선인 장년들이 늘어서서 사무원의 질문에 대답하고 있었다. 동시에 세 곳에서 말이 오가고, 기다리는 사람들의 웅성거림 때문에 시끄럽고 짜증스러운 분위기다. 게다가 난로가 뿜어내는 열기와 사람들에게서 풍기는 비릿하고 고약한 땀 냄새까지 온 방 안 가득 떠다니고 있다.

"거기 문 좀 열어 놓으쇼! 이거 원 퀴퀴한 냄새가 나서 일을 볼 수가 있나?"

사무원 하나가 입구에 서 있는 조선인에게 소리치자, 마치 기다리고 있었다는 듯 김칠성이 맞받아친다.

"어떤 놈은 팔자가 좋아서 한겨울에도 문을 열라고 지랄이고, 어떤 놈은 얼어 죽는 게 무서워서 누더기 솜옷을 입고 다니냐. 씨부랄……. 세상 참 지랄 같네."

문을 열라고 소리쳤던 사무원이 벌떡 몸을 일으키며 소리친다.

"쌍소리 깐 놈이 누구야!"

"뭐가 어째……."

김칠성의 반발도 만만치 않아서 당장에라도 튀어나갈 기세다. 옆 책상에서 일을 보던 사무원이 간곡하게 동료를 타이른다.

"강 선생, 참아요. 같은 민족이잖소. 오죽했으면 여기까지 왔겠소. 조금만 참읍시다.”

강 선생이라 불린 사무원 강기팔은 콧방귀를 뀌면서 의자에 다시 앉는다. 그는 담배를 피워 물고는 새 서류를 펼친다. 앞에 서 있던 노인은 기대 반 두려움 반의 시선을 그에게 옮기고 있다.

“이름은?”

“흑산도에서 온 문갑수라 하오.”

문갑수, 들어 본 이름이다. 아, 면암 최익현 선생의 문도가 된 문흥식의 아버지가 아니던가.

“누가 흑산도에서 왔는지, 제주도에서 왔는지 물었어! 묻는 말에만 대답해.”

이제 스물대여섯쯤 되어 보이는 사무원이 반말을 해대는데도 문갑수는 아무 반감도 드러내 보이지 않는다. 아니 따질 형편이 못 된다는 사실을 그는 알고 있었다.

“미, 미안하오.”

“가족은 몇이오?”

“셋이오.”

“셋이면……, 삼 년 치 품삯을 선불하면 어디든 갈 수 있겠소?”

떠다니는 풍설이 사실인가 보다. 문갑수의 눈이 휘둥그레진다.

“품삯만 넉넉하다면야 까짓거 지옥엔들 못 가겠소. 고향까지 버렸으니 이젠 돌아볼 곳도 없소이다.”

“좋소. 나중에 딴소리하면 벌 받게 될 것이오. 받아 간 돈은 다섯 배로 갚아야 하고……."

"걱정일랑 붙들어 매슈. 죽을 맘으로 사는 놈이라오……."

김칠성은 울화가 치밀어서 견딜 길이 없다. 어찌 문갑수라는 노인뿐이던가. 책상 앞에 쭈그리고 섰거나, 웅크리고 앉아서 차례를 기다리고 있는 조선인들의 참담함이 스스로 비굴하게 무너지고 있었음에랴.

"좋시다. 여기 지장 찍으쇼."

문갑수는 엄지손가락으로 인주를 꾹 눌렀다. 인주가 닳아 움푹 파여 있어 제대로 묻혀지지 않는다. 강기팔이 문갑수의 팔을 당기듯하여 서류에 무인을 찍게 했다.

"다음."

문갑수는 서류를 받아 들고 엉거주춤 몸을 일으켰다. 방 안에 가득한 사람들의 눈초리가 모두 자신을 향하고 있다. 문갑수는 문득 수치감을 느낀다. 으흐, 문갑수는 신음 같은 한숨을 토하며 사무실을 나선다. 찬바람이 볼을 때렸다. 밖에도 조선인들이 길게 줄을 서 있었다.

'이제 어찌해야 하나?'

문갑수는 한숨을 쏟으며 허적허적 발걸음을 내딛었다.

같은 무렵, 천일상사의 주인인 오바 도시오의 집에서는 거나한 술판이 벌어지고 있었다. 일본국 공사관의 하기와라 참사관과 조선군 참령 현영운, 오바의 손발처럼 움직이는 장판석이 술상 주위에 둘러앉아 희희낙락 신바람을 돋우고 있다.

순배가 돌자 화두는 단연 멕시코로 팔려 가기를 자청하는 조선인들에 관한 것일 수밖에 없다. 오바의 일이라면 물불을 가리지 않고 뛰어다니는 장판석이 천일상사에서 일어나는 광경을 자랑스럽게 입에 담았다.

"벌써 1천 명이 넘었습니다. 허허허 1천 명이라니까요……!"

"무슨 소리야, 벌써 1천 명을 넘기다니?"

현영운이 두 눈에 쌍심지를 켜고 물었다. 몸을 파는 조선인이 1천 명을 넘었다는 것이 놀랍기보다 굴욕이라는 생각이 들어서다. 장판석의 대답은 한술 더 뜨고 나선다.

"세상에 사람 장사처럼 쉬운 것이 있는지를 미처 몰랐습니다. 허허허, 사람 장사……, 이건 돈방석이에요. 전 요즘 사람이 아예 돈 자루로 보인다니까요."

친일하는 현영운이지만 자신도 모르게 미간이 찌푸려진다. 자랑스럽게 떠벌리는 장판석의 언동이 해괴하기도 하였거니와 조선인의 한 사람으로 수치감이 느껴졌기 때문이다.

"그 1천 명이라는 것이……."

현영운의 말이 채 끝나기도 전에 장판석은 손을 휘두르며 크게 웃었다.

"하하하, 당연하지요. 적어도 기선이 한 번 움직이려면 1천 명이 넘어야 합니다. 처음엔 우리도 걱정을 했는데, 괜한 걱정이었지 뭡니까? 서로 가겠다고 아우성들이라니까요. 내일부터는 사무실 접수 책상을 몇 개 더 늘릴 생각입니다.”

현영운은 아무리 생각해도 이해가 되지 않는다. 설혹 생활이 궁핍하다 해도 가솔들과 고국 땅을 버릴 사람들이 그리도 많다는 것이 이해가 되지를 않아서다.

“어찌 되었거나…… 한 번에 1천 명이 넘는 조선 사람을 멕시코에 보낸다, 이 말 아닌가?”

“문제는 기선이지요. 한 번 움직이자면 적어도 1천 명은 있어야 출발을 하게 됩니다. 그러니까 기선만 빌릴 수 있다면 3천 명이든 5천 명이든 무슨 상관이겠습니까. 허허허. 그렇게 되면 돈벼락을 맞는 게지요.”

현영운은 장판석의 너스레에 동조할 수가 없다. 사정을 정확히 알기 위해서는 일본 공사관 하기와라 참사관의 확인을 받아보는 것이 최선이라 믿은 탓이다.

“저 사람 말을 믿어도 되겠는가?”

하기와라도 헷갈리는 모양인지, 현영운의 물음에 대답하는 대신 장판석에게 묻는다.

“내가 듣기로는 삼 년 치에서 오 년 치의 임금을 미리 준다고 하던데……, 그렇게 돈을 물 쓰듯 하고서도 남는 게 있단 말인가?”

장판석의 대답은 점입가경, 종횡무진이다.

　"조선인 인부들의 임금이 몇 푼이나 된다고 그러십니까. 그걸 다 합쳐 봤자 멕시코 인부들 몇 달 치 임금밖에 안 됩니다. 걔네들한테는 부스러기 돈이지요. 다만 한몫에 돈을 내야 하는 게 부담스럽긴 하지만……, 그래도 평생 부려 먹을 노예를 마련하는 데 그만한 돈쯤 아끼려 들겠습니까?"

　현영운이 화들짝 놀란다. 그는 두 눈을 크게 뜨고 따지듯 다시 물었다.

　"노예라니! 분명 노예라 했으렷다!"

　비로소 하기와라가 진지해진 표정으로 현영운에게 부연한다.

　"멕시코에 가면 노예를 팔고 사는 시장이 있다고 들었습니다. 주종은 아프리카에서 끌려온 깜둥이들이고, 그 다음이 중국인들이라고 들었는데……, 이번에 조선인들이 등장하면 노예 시장에 새로운 활기가 돌 것이 아니겠습니까. 아시다시피 조선인만큼 고분고분하고 일 잘하는 인종은 없을 테니까요."

　"……!"

　현영운은 지그시 입술을 문다. 아무리 일본인 쪽에 줄을 대고 입신양명을 꾀하고는 있지만 선량한 동포들이 만리타국 땅 멕시코까지 팔려 가 노예 시장에서 거래된다는 것이 말이 되는가. 그때 묵묵히 술잔을 비우고 있던 오바 도시오가 취기 섞인 목소리로 가가대소하고 나섰다.

　"아, 허허허. 그렇고말고요. 아, 똥 되놈보다야 엽전이 백번 나을 테니까. 주제도 모르고 설치기만 하는 건방진 조선 놈들은 노예로 팔려 가서 채찍 맛을 봐야 정신들을 차릴 게 아닌가. 응, 허허허, 조선 놈은 때려야 말을 듣거든……."

잔을 들고 있던 현영운의 손이 파르르 떨린다. 오바의 면상이라도 후려쳐야 조선인의 자존심이 살아날 것이 아닌가. 그러나 조선군 참령에게는 결기만 있을 뿐 행동이 따르지 않는다. 일본국 공사관의 하수인이나 다름이 없는 처지로는 들어도 못 들은 척할 수밖에 없지를 않겠는가.

"현 참령님, 한잔 드시지요."

눈치 빠른 하기와라 참사관이 현영운에게로 다가앉으며 술을 권한다. 오바 도시오 역시 가늘게 뜬 눈으로 현영운을 한참 동안이나 건너다보고 나서야 입을 열어서 회유하고 나선다.

"현 참령! 우린 이미 한 배를 탄 사람이 아니오. 당신 같은 사람이 조선인으로 태어난 건 불행이지만 어쩌겠소? 이미 우리 대일본제국의 진로에 적극 참여하고 있지를 않소. 내가 당부하겠소. 이젠 조선을 잊으시오. 괜한 동정심 같은 거 가지고 있다가는 우리 대열에서 이탈되기 쉽다는 사실을 명심하시오."

오바 도시오의 말은 회유라기보다 협박으로 들렸다. 현영운은 술잔을 입에 털어 넣듯 비우면서 숨결을 고른다. 나선대야 불이익이 돌아올 뿐이라는 사실을 너무도 극명하게 알고 있었기 때문이다. 오바 도시오의 오만함이 다시 이어진다.

"사람이란 누구나 한 번 태어났다 한 번은 죽는 거요. 현 참령! 호의호식하다 가시겠소, 아니면 멕시코 농장으로 가서 등에 채찍이나 맞으며 죽지 못해 연명하다 가시겠소? 문제가 너무 쉬웠소이까? 응, 하하하."

현영운에게는 견디기 어려운 수모가 아니고 무엇인가. 그러나 일본국 공사관의 편의를 등에 업으면서 조선군 참령으로까지 승진하였다. 이들의 오만에 일일이 대결하고서는 지금의 영화까지도 유지할 길이 없다. 현영운은 마침내 양해한다는 뜻으로 오바 도시오를 향해 술잔을 들어 보이면서 잔을 비웠다. 승리감에 도취된 오바 도시오의 관심은 일본국 공사관의 하기와라에게로 넘어간다.

"참사관, 오늘은 기생이 없어 그러시오? 술을 영 안 하시네."

"아니오. 머리가 좀 복잡해서……."

"허허허, 관청 사람들은 일어설 시간도 귀신같이 잘 안단 말야. 내가 그때에 맞추어 공사께 올리는 선물을 준비해 두었지."

오바 도시오는 장판석에게 눈짓을 보냈다. 장판석은 무릎걸음으로 병풍 뒤에 숨겨 두었던 가죽 가방을 가지고 와서 하기와라 앞으로 밀어 놓았다.

"말씀하신 것보다 많이 준비했으니 좋아하실 거요. 높은 분이시니까 쓰실 데도 많으실 것이 아니오……, 허허허. 참사관께도 준비한 것이 있으니 심려치 마시오."

오바 도시오는 연상 밑에서 두툼한 봉투 두 개를 다시 꺼내 하기와라와 현영운의 앞으로 밀어 놓으면서 말한다.

"공사께서 뒤를 봐주시는 덕분에 내 사업도 번창일로에 있질 않소. 거기에 하기와라 참사관의 후원이 있었음도 잘 알고 있어요. 현 참령도 다름이 없어요. 허허허, 우리 오사카의 장사꾼은 은혜를 소중히 하는 부류들임도 꼭 기억해 주셨으면 합니다."

재빨리 봉투를 챙기는 하기와라 참사관의 몰골을 지켜보면서 현영운은 잠시 동작을 멈춘 듯 굳어져 있었다. 나라가 무엇인가. 너희가 나라를 아느냐고 사자후를 외치던 면암 최익현 선생의 카랑카랑한 목소리가 귓전을 때리면서 스쳐 지나갔기 때문이다.

밤은 이슥하게 깊어 가고 있다. 그러나 천일상사의 사무실에는 물론, 건물 밖에까지 대낮과도 같이 환하게 불이 밝혀져 있다. 낮보다 훨씬 더 많은 조선인들이 천일상사 앞에서 장사진을 치고 있었기 때문이다. 군데군데 모닥불을 피워 놓고 둥그렇게 모여서 불을 쬐는 사람도 있었지만, 거의가 추위를 견디면서 줄을 지키고 있다. 허름하게 변장을 한 박상인이 그들의 주위를 맴돌고 있다. 몸을 웅크리며 손을 비비는 모습이 영락없는 조선인 난민으로 보인 탓일까, 아무도 그를 이상하게 보지를 않는다.

박상인은 사무실 안으로 들어간다. 역겨운 냄새가 풍긴다. 노예 시장에 몸을 내던진 조선인의 냄새라면 못 맡을 것도 없다. 박상인은 줄을 서는 듯 방 안의 동태를 예리하게 살핀다. 책상의 배열, 인원의 배치까지 뇌리에 새기면서 천천히 방을 나선다.

박상인은 다시 마당으로 나서면서 길 건너편 골목을 살핀다. 아직도 아무 변화가 없다.

"지체되려나."

박상인은 혼잣말로 중얼거리며 손을 비빈다. 밤바람이 싸느란데다가 긴장감이 풀리지 않아서다. 오늘 천일상사를 습격하여 쑥대밭으로 만들어 버릴 계획을 세우면서 박상인이 현장의 사정을 파악하기로 하였었다. 천만다행으로 천일상사의 주위에는 경찰이나 헌병들이 배치된 흔적은 없었다. 그러나 장소가 용산이니만큼 일본군 헌병들이 출동하기에는 아무 어려움도 없을 것이라는 점이 염려될 뿐이다.

"……아무리 가난이 원수기로, 왜놈들의 돈에 몸을 팔게 될 줄이야. 어이구, 앓느니 죽지……."

"아, 죽더라도 식솔들의 목숨 하나는 챙기고 죽어야지. 빌어먹을……!"

불가에 모여선 사람들의 넋두리에는 원한이 실려 있다. 나라는 뭘 하는 것인가. 하긴 가난은 나랏님도 구원하지 못한다는 옛말이 있다. 아무리 외면하려 해도 귓전을 때리는 민초民草들의 원한이 박상인의 마음을 갈가리 찢어 내고 있다.

마침내 건너편 골목에 이창준과 윤민호가 모습을 드러낸다. 그들의 뒤에도 청년 열 명 정도가 숨을 죽이면서 따르고 있는 것이 어렴풋이 보인다.

이창준은 뒤를 돌아보며 낮은 목소리로 말한다.

"각자 맡은 임무를 다시 한 번 숙지해라. 우린 오래 지체할 수 없다. 헌병 파견소가 가까우니 헌병들이 언제 들이닥칠지 모른다. 바로 치고 빠져야 한다. 우리 중 누구 하나 다치거나 낙오해서는 안 된다. 그러기 위해서 서로가 서로의 뒤를 봐줘야 한다. 상인이한테서 신호가 오면 바로 뛰어나갈 것이니 준비들 해라."

"예."

그때 천일상사 건물 앞으로 나선 박상인이 손을 번쩍 드는 것이 보였다.

"자, 가자!"

이창준의 목소리가 채 끝나기도 전에 몽둥이를 든 젊은 청년들이 비호같이 달려 나간다. 그 뒤를 이창준과 윤민호가 빠르게 따르고 있다. 천일상사의 마당으로 들어선 젊은이들은 아무 제지도 받지 않고 건물 안으로 뛰어든다.

"잠시들 물러나시오!"

젊은 청년 한 사람이 사무원의 책상으로 뛰어오르면서 소리친다. 줄을 서 있던 조선인들이 당황하고 있는 사이에 이창준과 윤민호, 박상인이 기세등등하게 사무실로 들어선다.

"물러서라지 않았소!"

사태를 짐작한 조선인들이 우르르 달려 나가면서 사무실 안은 순식간에 수라장이 된다. 그러면서도 조선인 청년들은 일사 불란하였다. 정문을 셋이 지키고, 뒷문을 지키러 둘이 달려갔다. 정문을 맡은 청년들은 횃불에 불을 붙여 들었다.

이창준은 자리에서 일어서며 황당해하는 사무원들을 향해 다가갔다. 책상에 앉아 면담을 하는 사무원들 말고도 여러 명의 일본인들이 있었다.

강기팔이 손가락질하며 소리를 질러 댄다.

"아니, 이것들이! 뭐하는 새끼들이냐?"

이창준은 대답 대신 강기팔에게 몽둥이를 날렸다. 강기팔은 머리에서 피를 흘리며 나뒹굴었다. 이창준이 다시 책상으로 뛰어오르자 이번에는 윤민호가 강기팔에게 다시 몽둥이를 휘두른다. 순간 질겁을 한 일본인들이 뒷문으로 달려 나가는 것이 보였다.

"야, 나가지 못하게 해……!"

뒷문 쪽에서 일본인들이 제지를 당하는 것을 기화로 다른 사무원들이 손에 잡히는 대로 집기를 집어 던지며 대항하기 시작했다. 사무실 안은 순식간에 아수라장으로 변해 갔다. 그러나 면밀한 준비를 하고 들이닥친 청년들에게 그들은 상대가 되지 않았다. 얼마 지나지 않아 사무원들은 모두 피투성이가 되어 쓰러져 신음 소리를 냈다.

사무실을 장악한 이창준은 천천히 밖으로 나갔다. 마당에는 아무 표정도 없는 조선인 장년들이 지친 듯 서 있었다. 그들은 이창준 등의 난동을 지켜보면서도 돌아가지 않고 서 있었다. 행여나 하는 기대 때문인지도 모른다. 그러면서도 이창준 등의 폭력에 반감을 드러내 보이는 사람들도 있었다.

이창준은 사무실 뜰에 놓인 주춧돌 위로 올라섰다. 그리고 피터지는 소리로 말한다.

"여러분, 속으시면 안 됩니다. 여러분은 농사를 지으러 가는 게 아니라 노예 시장으로 팔려 가는 겁니다."

그들에게서는 아무 반응도 없었다. 오히려 이창준 등의 행동을 나무라고 싶은 마음이 들어서다. 그나마 돈을 받을 수 있는 기회마저 놓치게 되지를 않았는가. 이창준의 목소리가 점점 높아지기 시작한다.

"헐벗고 굶주려도 내 나라, 내 땅에서 죽어야 옳지를 않습니까! 왜놈들은 여러분을 팔아서 부자가 되고, 여러분은 한평생 만리타국에서 농사나 지어 주는 머슴 노릇이나 할 작정이십니까. 네? 여러분……!"

침통하게 고개를 숙이는 노무자들 사이로 눈빛이 형형한 장년 한 사람이 나섰다. 그는 이창준을 비롯한 청년들을 쏘아보며 절규하듯 소리쳤다.

"잘난 척들 하지 마! 그딴 소리 하려거든 우리가 진 빚이나 갚아 주든가!"

박상인이 그의 앞으로 거칠게 달려 나가면서 지지 않고 소리쳤다.

"이보시오, 그게 아니질 않소!"

눈빛이 형형한 장년은 대기하고 있던 노무자들을 둘러보며 동의를 구하듯 소리친다.

"제기랄, 아니긴 뭐가 아니야! 여기서도 잘돼 봤자 머슴이야. 목에 풀칠할 수 있다면 지옥엔들 못 가겠냐. 어디든 가야지 식솔들이라도 살아남지……!"

이창준은 그들의 처지가 안타까워 콧등이 시려진다. 이창준은 윤민호와 박상인을 뒤로 물러서게 하고 다시 대기자들을 둘러보며 찬찬히 말했다.

"참으세요. 견디셔야지요. 우린 모두 조선 사람이 아닙니까. 나라가 기울어지는데, 나라가 망해 가는데 하필이면 왜놈들에게 몸을 팝니까? 왜 몸을 팔면서까지 왜놈들 배를 불려 줍니까? 굶으면서라도 싸워서 나라를 구해야지요. 죽더라도 여기서 죽어야지요. 아무리 헐벗고 배고프게 살아도 내 땅에서, 내 민족과 같이 죽는 것이 우리가 할 일이 아닙니까."

이창준의 목소리에 물기가 잠기면서 그들의 표정에 동요하는 기색이 보였다. 울먹거리는 사람, 외면하는 사람, 쑤군거리는 사람, 이창준은 주춧돌에서 내려가 가까이 있는 노인의 손을 잡았다.

"힘드신 거 압니다. 하지만……."

노인은 창준의 손을 뿌리치면서 그의 멱살을 잡고 통분함을 쏟아 냈다.

"멕시코에 못 가면 우리 식솔들이 굶어 죽어! 너희들이 우리 식솔들을 먹여 살릴 테냐? 응?"

이창준은 노인의 손을 더욱 힘주며 꼭 쥐었다.

"저희들도 부자는 아닙니다. 그러나 우리 모두 함께 살 길을 찾아야죠. 여기, 우리 땅에서 말입니다."

노인은 이창준의 손을 세차게 뿌리치며 뒤로 돌아선다. 노인의 뒤에 있던 사람들은 슬금슬금 자리를 피하려 든다. 노인은 그들을 향해 불같이 소리친다.

"이 나라가 언제 밥 먹여 주던가. 고관대작들의 집에서는 처먹다가 남은 약식이 쏟아져 나온다는 판국에 우리네 민초들은 피죽도 못 끓여. 아무리 가난한 나라라도 제 구실을 해야지……!"

"……!"

이창준의 얼굴에 눈물 줄기가 흐른다. 무엇이라고 대답을 해야 하나. 나라가 무력해지면 백성들의 배척을 받게 된다. 세계의 역사는 이 엄연한 사실을 적어서 후세에 전한다. 이창준은 자신의 무력함보다도 나라의 무능력이 원망스럽다. 그의 눈물이 뜨거운 것도 그 때문이다.

탕! 어디선가 총소리가 들리는가 싶더니 노인이 푹 쓰러진다.

노인의 뒤통수에서 피가 콸콸 솟아나고 있다. 여기저기서 비명이 터져 나오면서 천일상사의 안과 밖은 다시 아수라장으로 변한다.

타당 탕! 연이어 총소리가 들려온다. 그리고 사이드카의 전조등 불빛이 이들의 몸을 환히 드러나게 하였다.

"일본군 헌병들입니다!"

죽기로 작정한 사람들이라면서도 사무실로 뛰어 들어가 책상 밑으로 기어 들어가는 사람, 건물 뒤로 뛰어나가는 사람, 사람을 안고 땅바닥을 구르는 사람 등, 천일상사의 안팎은 순식간에 아수라장으로 변해 갔다. 살기 위한 몸부림은 치열함 그 자체였다.

이창준은 당황한 청년들에게 소리쳤다.

"겁내지 마라. 계획대로 하면 돼. 사무실에 불을 질러!"

박상인이 책상을 밀어 난로를 쓰러뜨리자 불붙은 장작들이 사방으로 흩어지면서 천일상사는 순식간에 불길에 휩싸인다.

"……퇴각한다!"

이창준의 고함 소리가 불길 속에서 쩌렁하게 울린다. 윤민호, 박상인 등은 면밀하게 짜여진 계획에 따라 일사불란하게 움직인다. 헌병대위 마쓰모토가 지휘하는 일본군들은 무자비한 총격을 계속한다. 그들은 천일상사를 기습한 젊은 청년들과 멕시코행을 자원한 노무자들을 구별하지 않고 무차별 발사를 계속했다.

"발포하라! 달아나는 놈들도 모두 사살하라!"

이창준과 윤민호, 박상인 등은 사전에 답사해 두었던 퇴로로 달려가다가 골목에 이르자 각자 방향을 나누어 담을 뛰어넘으면서 자연스럽게 해산하게 된다.

대원들의 무사함을 끝까지 확인하고서야 숙소로 돌아가던 이창준은 피를 토하며 외치던 노인의 목소리가 귓전을 떠나가지 않았다. 그는 문득 걸음을 멈추면서 뒤돌아본다. 노인의 형형했던 눈초리가 뒤를 따르는 것 같아서다.

'이 나라가 언제 밥 먹여 주던가. 고관대작들의 집에서는 처먹다가 남은 약식이 쏟아져 나온다는 판국에 우리네 민초들은 피죽도 못 끓여. 아무리 가난한 나라라도 제 구실을 해야지……!'

이창준은 가늠할 수 없이 무거운 한숨을 토해 낸다. 장장 5백 년 동안이나 명맥을 유지하고 있었던 도덕의 나라 조선이 어쩌다가 이런 몰골로 주저앉고 있는가. 러일전쟁이 끝나면 또 어떤 급변이 자신의 앞을 막아설 것인가.

칠흑 같은 어둠이 이창준의 온몸을 휘감고 있다. 그것이 바로 조선을 휘감고 있는 어둠이 아니겠는가.

친일 대신을 처단하라

하야시 곤스케 조선 주재 일본국 공사는 치밀하면서도 능동적인 사람이었다. 조선을 집어삼키기 위한 일본제국의 모든 정책이 그를 통해 조선 정부에 전달되려면 그의 수완이 발휘되어야 하는 것은 당연하다. 사정이 이와 같았으므로 하야시 곤스케는 조선 정부의 고위관직들의 성품까지를 속속들이 알고 있어야 했다. 때로는 배정자를 통하여 고종황제의 주변을 정탐하였고, 또 때로는 친일 각료들에게 뇌물을 주면서 조선 정부의 내부 사정을 알아내기도 하였다.

하야시 곤스케 공사에게 일본 정부의 긴밀한 훈령이 당도해 있었다. 발설의 기회를 살피고 있던 와중에 천일상사가 피습됨으로써 멕시코로 팔려 가게 된 조선인들의 거취가 문제로 등장하였다. 일본 정부가 조선인들을 멕시코에 팔아넘겼다고 생각하는 반감이 다른 모든 일본국의 외교정책까지를 부정하게 하고 있다면 일본 공사관의 처지가 난감해지지 않을 수 없다. 이런 시기에 일본국 정부가 대한제국을 옥죄는 특별초치의 추진을 명령해 왔다.

'이거야 원……!'

하야시 공사는 창가를 서성이며 골똘한 생각에 잠겨들고 있다. 잠시 뒤면 대한제국의 외부대신과 생사를 걸 정도의 줄다리기를 해야 한다. 외교 관계의 줄다리기는 안 하겠다는 사람을 하게 하는 신경전이다. 그래서 고도의 심리전이 필요하다.

노크 소리가 들리고 참사관 하기와라가 들어선다.

"두 분 모두 도착하셨습니다."

"음……!"

하야시 공사는 짧게 대답하고 집무실을 나간다. 접견실은 공사의 집무실 바로 곁에 붙어 있다. 하야시 공사는 접견실 출입문 앞에서 잠시 걸음을 멈추어 서면서 숨을 고른다. 그리고 혼잣소리로 중얼거린다.

"성급해선 안 돼……."

하기와라 참사관은 허리를 굽혀서 수긍한다. 하야시 공사가 잠시 눈을 감으면서 고개를 끄덕이자 하기와라 참사관이 접견실 문을 열어 준다. 하야시 공사는 헛기침을 하면서 안으로 들어간다. 그는 두 손을 흔들면서 너스레부터 토해 낸다.

"아, 각하. 제가 찾아뵙고 말씀 여쭈어야 하는 건데……, 워낙 중차대한 사안이어서 두 분을 이리로 모셨습니다. 거듭 송구하다는 말씀 여쭙니다.”

대한제국의 외부대신 이지용李址鎔은 자리에 앉은 채 움직이지를 않았고, 다만 참서관 구완희만 자리에서 일어서며 허리를 굽힌다. 하야시 공사는 하기와라 참사관이 의자를 빼줄 때까지 기다렸다가 비로소 이지용을 향해 다시 한 번 절도 있게 허리를 굽히고서야 자리에 앉는다. 외부대신 이지용은 지체 없이 일본인 상인들의 농간을 일본국 대사관의 방계 사업쯤으로 단정하듯 비난한다.

“일본인 상인들의 오만방자가 귀 공사관의 지원을 받고 있다는 게 사실인가?”

하야시 공사는 마치 예상하고 있었다는 듯 정중하게 사죄를 하는 것 같기도 하고 또 다른 한쪽으로는 당연하다는 듯한 어조로 의례적인 대답을 입에 담는다.

“허허허. 그러실 것으로 알고 있었습니다. 일본인 상인들이 공사관의 지침을 따르고 있다면 당연히 그런 오해가 생길 것입니다만……”

“오해가 아니라 사실이 아닌가. 공사관의 방조가 없었다면 저들이 감히 그런 일에 나설 수가 있는가!”

“용서해 주십시오. 결단코 저희 공사관과는 무관한 일입니다만……, 외부대신 각하의 오해가 계셨다면 제가 사죄를 드리겠습니다. 다만……."

"다만이라니!"

하야시 공사는 참으로 능란하다. 외부대신 이지용의 항변이 대한제국의 공식적인 견해가 아니라 극히 의례적인 말임을 알고 있다. 오늘 이 같은 일을 미연에 방지하기 위해 외부대신 이지용에게 만만치 않은 정치자금을 제공하고 있었지 않았는가. 그러나 외부대신의 체통으로는 이 사실을 그냥 넘길 수가 없다. 참서관 구완희가 동석한 자리이기에 더욱 그렇다. 그런 사정이라면 하야시 공사의 대답은 구완희를 설득하는 것이나 다름이 없다. 어차피 그에 의해 이 같은 사실들이 대한제국 정부에 전달될 것이기 때문이다.

"……그건 일본인 상인들이 팔아넘기는 것이 아니라, 조선 사람들이 자진해서 가는 것이 분명하지를 않습니까. 그렇지 않습니까. 빚을 탕감 받는 것은 말할 것도 없고, 또 삼사 년 치의 임금을 선불로 주는 것을 혜택이라고 아니할 수가 있겠습니까."

"누가 그것을 몰라서 묻는가!"

"아, 예. 개인 간의 상거래를 정부가 관여할 수는 없습니다. 천일상사가 멕시코의 농장과 계약하고, 그 계약에 따라서 높은 임금으로 대상자를 모집하는 것은 또 다른 개인 간의 계약이 아니겠습니까. 우리 공사관이 나서서 가타부타 할 수가 없는 것처럼, 대한제국에서도 처음부터 관여할 수가 없는 일이 아니었습니까."

"아니, 뭐라……!"

"허허허, 그렇지 않습니까. 조선 조정에서는 개인과 개인 간의 채무 관계도 이래라저래라 간섭한다는 말씀입니까?"

외부대신 이지용은 헛기침을 토하면서도 지난밤의 일을 큰 목소리로 항변한다.

"지난밤, 일본 헌병들이 그 사람들을 향해 무차별 발포를 하였는데도 일본 정부의 비호가 없었다고 하겠는가!"

"무차별 발포라니, 그 무슨 해괴한 말씀이십니까?"

"사망만 다섯이고, 부상자는 스물이 넘어요!"

하야시 공사는 하기와라를 가까이로 불러 귀엣말로 물었으나, 외부대신 이지용에게도 참서관 구완희에게도 완연하게 들리는 목소리였다.

"뭐가 그리 많아?"

하기와라 또한 하야시 공사의 귀에 대고 소곤거렸지만, 그 또한 공개되는 대답이나 다름이 없었다.

"괴한을 체포하는 과정에서 그리되었답니다. 천일상사 직원도 다섯이나 중상을 입었습니다."

"괴한들은 체포했나?"

"스무 명을 연행했다는데, 주모자는 모두 놓친 것 같습니다. 모두 조선인 노무자로 밝혀졌습니다."

"이런, 멍청이들 같으니!"

하야시 공사는 쩝 하고 입맛을 다시면서 난감해하는 표정을 지었다. 그리고 곧 외부대신 이지용에게로 얼굴을 돌렸다.

"천일상사가 무장 조선인 괴한들에게 습격을 당한 모양입니다. 모든 조사가 종결되는 대로 외부대신 각하께 보고의 말씀을 올리도록 조처하겠습니다."

말을 마친 하야시 공사는 재빨리 하기와라에게 눈짓을 보냈다. 하기와라는 가방에서 두툼한 봉투 두 개를 꺼내 이지용과 구완희 앞으로 밀어 놓았다. 이지용은 헛기침을 하며 곁눈질로 봉투를 살폈다. 구완희는 좋아서 입을 다물지 못하는 표정이었다.

"곧 일본국 추밀원 의장 이토 각하께서 내한하십니다. 각하께서는 내한에 앞서 조선 개혁에 앞장서신 외부대신 각하와 참서관께 친히 위로금을 보내셨습니다. 허허허, 이토 각하의 후의로 받아 주시기 바랍니다."

두 사람은 하야시 공사의 이 같은 거래에 이미 익숙해 있었다. 외부대신 이지용은 구완희에게 눈짓을 했다. 구완희는 능숙하게 봉투를 챙겨 가방에 넣는다.

하기와라 참사관은 그때를 기다렸다는 듯이 하야시 공사에게 문서 뭉치를 건넸다. 하야시 공사는 이지용 앞으로 그중 하나를 내밀었다.

"이제 오늘 두 분을 모시게 된 중차대한 용건을 말씀 여쭙겠습니다. 이토 각하께서 도착하시기 전에 저와 외부대신 각하께서는 이 외교문서에 조인을 해야 합니다.”

대한제국의 외부대신 이지용은 시늉으로라도 문서를 집어 들지 않을 수 없다.

“서둘러 체결해야 할 한일의정서의 전문이올시다.”

“한일의정서?”

외부대신 이지용은 그제야 긴장된 기색으로 문서의 내용을 살피기 시작한다. 하야시 공사는 이지용이 읽기를 마치기를 기다렸다가 별거 아니라는 투로 말했다.

“편의상 그렇게 이름을 지었습니다. 일단 제가 읽겠습니다.”

접견실에는 긴장감이 돌기 시작한다. 천일상사의 습격 사건에 관한 얘기쯤으로 생각하고 있었던 외부대신 이지용에게는 상상 외의 사안이기 때문이다. 하야시 공사는 큰기침을 토하는 것으로 위엄을 세우면서 천천히 의정서의 전문을 읽어 내려간다.

“한일의정서 제1조, 한일 양국 간에 항구 불변의 친교를 유지하고 동양 평화를 확립하기 위하여 대한제국 정부는 일본 정부를 신뢰하여 시설 개선에 관한 충고를 받아들일 것!”

「한일의정서韓日議定書」. 그것은 저 치욕의 을사늑약乙巳勒約(이른바 을사조약)을 강제 체결하기 위한 전주곡이었다. 또 이 나라의 주권을 강탈하여 저들의 식민지로 만들겠다는 침략 야욕으로 가득한, 그야말로 치욕의 문서이기도 했다. 일본 공사 하야시 곤스케는 외부대신 이지용과 참서관 구완희를 어르듯 전문 6조를 읽어 나갔다. 읽기를 마친 하야시 공사는 의기양양해진 표정으로 외부대신 이지용의 얼굴을 건너다보면서 온 얼굴에 웃음을 담았다. 그러나 대한제국의 외부대신 이지용으로서는 잠자코 있을 수가 없다.

"이 내용은……?"

외부대신 이지용의 얼굴에는 용납할 수 없다는 의지가 담겨 있다.

"이건 너무 일방적이야. 제1조를 보시오. 우리 정부는 일본 정부를 믿고 시설 개선에 대한 충고를 듣도록 되어 있지를 않소?"

영악한 하야시 공사는 문서를 소리 나게 내려놓으면서 이지용을 나무라고 나선다. 수없이 조선의 대신들과 대좌를 했던 하야시 공사가 아니던가.

"어허! 참으로 딱하십니다. 외부대신 각하, 이미 대한제국 정부는 우리 일본국의 충고를 받아들이고 있질 않습니까? 인천과 한성 간에는 철도가 개통되었고, 경부선 철도도 착공되었질 않았습니까? 이 같은 시설 개선은 대한제국의 앞날을 위해서도 더 이상 늦출 수가 없는 것이었습니다. 바로 이러한 것이 우리 일본국의 충고를 받아들인 결과가 아닙니까? 구 참서관은 어찌 생각하시오?"

구완희는 고개를 주억거리며 대답했다.

"그건 확실히 그런 것 같습니다만……."

하야시 공사는 구완희의 태도가 마음에 든다. 곧 외부대신 이지용의 태도변화를 몰고 올 것이기 때문이다.

"그렇다마다요. 문자 그대로 충고일 뿐이지 강압적인 것은 아니질 않습니까? 더구나 나라에 이익이 되는 충고임에랴. 허허허."

외부대신 이지용은 할 말을 잃는다. 자신은 힘없는 나라의 허울뿐인 외부대신이라는 사실을 너무나 잘 알고 있었고, 일본제국의 국력이나 하야시 공사의 수완으로 미루어도 이미 거부될 수 없는 사항임도 알고 있어서다.

'아무리 그래도 체면은 세워 둬야 하는데……!'

외부대신 이지용은 궁리를 거듭한다. 어디 한곳에서라도 자신의 주장을 관철할 수 있는 구절을 찾고 싶어서다. 그러나 두 사람은 이미 두툼한 돈 봉투를 받고 있는 처지라 섣불리 나설 수도 없다. 간사하게도 하야시 공사는 그 같은 두 사람의 생각이 가라앉기를 기다리고 있었으나, 이번에는 하기와라 참사관이 외부대신 이지용을 설득하고 나선다.

"외부대신 각하……, 제4조를 보십시오. 대한제국이 외부의 침략이나 내란으로 인하여 황실의 안정을 도모하기 어려울 때는 일본 정부가 즉각 개입하여 필요한 조치를 취하도록 되어 있고, 그럴 때 대한제국 정부는 그 같은 일본 정부의 행동을 돕기 위해서 모든 편의만 제공하면 되게 되어 있지를 않습니까."

대한제국의 외부대신 이지용은 국권이 걸린 이 중차대한 안건을 이 자리에서 처결한다면 모든 비난을 혼자서 뒤집어쓸 위험이 있고, 심하면 나라를 팔아먹었다는 매국노 소리도 들어야 한다. 이지용은 자신이 들고 있는 의정서의 내용을 각의에 올려서 대한제국 정부의 이름으로 채택한다면 목에 와 걸려 있는 밧줄에서 헤어날 수가 있다.

"어찌 되었거나 이 문건은 중신들과 의논이 있은 다음에 논의되어야 할 것으로 알아요."

하야시 공사의 양미간이 좁아진다. 그는 카랑카랑한 목소리를 토하면서 문건의 마지막 구절을 짚어 보인다,

"딱하십니다. 의논은 무슨 의논이란 말씀입니까? 여기 제6조를 보십시오. 일본 대표와 대한제국 외부대신이 세부사항을 협정하게 되어 있지를 않습니까? 이 협정은 외부대신과 본 공사 사이에 조인만 있으면 그대로 발효된다고 되어 있지 않느냐고요!"

"……!"

이지용은 당황하지 않을 수가 없다. 도무지 빠져나갈 구멍이 보이지 않아서다. 외부대신 이지용은 문서를 펼쳐 들고 다시 찬찬히 읽어보았다. 참으로 난감한 노릇이 아닐 수가 없지만 일본제국의 기세로 본다면 결국 누군가에 의해 조인되어야 할 문건이 분명하지를 않은가. 게다가 잠시 전 일본국 추밀원 의장 이토 히로부미가 보냈다는 사은금까지 챙긴 처지다. 그러면서도 누

군가와 공동 책임을 지는 쪽으로 방향을 틀어 볼 잔머리를 굴리고 있다.

똑똑똑, 노크 소리가 들렸다. 외부대신 이지용은 실낱 같은 희망을 안고 문 쪽을 응시했다. 하기와라 참사관이 황급히 일어나 문을 열었다. 헌병대장 사이토 중좌가 절도 있게 들어서면서 주눅 든 사람처럼 소리쳤다.

"조선 주차 일본군 사령관 하세가와 각하께서 드십니다."

하야시 공사는 비호같이 몸을 일으키며 문가로 나갔다. 일본군 육군대장 하세가와 요시미치長谷川好道가 위풍당당하게 들어선다. 구완희도 머뭇머뭇 몸을 일으켰으나 그나마 이지용만이 버티고 앉아 대한제국의 외부대신 노릇을 하고 있었다.

"어서 오십시오, 각하."

하세가와 대장은 강골의 무장답게 아무 표정 없이 하야시 공사의 손을 잡으면서 입을 연다.

"음, 공사의 노고가 크구먼⋯⋯."

하세가와 대장은 이지용이 있다는 걸 비로소 알았다는 듯 호들갑을 떨면서 그에게로 다가선다.

"여어, 외부대신 각하. 마침 예 와 계셨소이다그려. 허허허. 이게 대체 얼마 만이오이까?"

하세가와 대장이 오랜 지기를 대하듯 악수를 청하자 이지용도 엉거주춤 손을 잡았다. 일이 꼬여 가고 있다는 불길한 예감이 이지용의 뇌리를 스치고 지나간다. 하세가와 대장은 이지용의 태도에는 전혀 개의치 않겠다는 표정이면서도 맞잡은 그의 손을 힘껏 흔들었다.

"그간 평안하셨소이까?"

"아, 예. 덕분에……."

하야시 공사는 하세가와 대장이 좌정하기를 기다렸다가 자랑스럽게 말했다.

"각하, 방금 한일의정서를 의논하고 있었습니다."

하세가와 대장이 불같이 노한 것은 바로 그때였다.

"도대체 공사는 뭘 하고 있다가 이제야 그 중차대한 일을 의논하고 있는가. 조금 전, 이토 각하의 서릿발 같은 독촉이 계셨어!"

하야시 공사는 보기 흉할 만큼 목을 움츠리며 말을 더듬었다.

"아, 예. 워낙 중차대한 외교문서가 되어서……."

하세가와 대장은 강골의 무장답게 찌르는 듯한 눈초리로 하야시 공사를 쏘아보면서 책망의 말을 입에 담았다. 대한제국 외부대신이 지켜보는 자리에서 공사를 책망하는 것은 이지용에게 경고를 하는 것과 다를 바가 없다.

"역시 문관은 믿을 바가 못 되는군. 공사는 지금이 전시라는 사실을 잊었는가!"

하야시 공사는 쥐구멍을 찾듯 더듬거린다.

"자…… 잘 알고 있습니다."

"알고 있다면 한일의정서와 같이 중차대한 문건은 속전속결로 끝장을 보는 것이 귀관의 책무가 아닌가!"

"죄송합니다, 각하."

"공사는 만주 벌판에서 수없이 쓰러져 간 수많은 무명용사들의 영혼을 무시할 생각인가. 노기 사령관은 두 아들까지 잃으면서도 임전무퇴의 전기를 세우고 있지를 않는가! 후방에 있는 우리들은 그들의 영혼의 보살핌으로 살아가고 있다는 사실……, 이 엄연한 사실을 공사는 알고나 있는가!"

하세가와 대장은 노기가 실린 목소리로 하야시 공사를 옥죄고 나선다. 하야시 공사는 부동자세가 되면서 허리를 굽혀 송구해한다. 그제야 하세가와 대장은 이지용에게로 시선을 돌린다. 이지용과 눈빛이 마주친 하세가와 대장은 조금 전과는 전혀 다른 온화한 표정을 지으면서 부드러운 어조로 말했다.

"외부대신 각하."

이지용은 일본인들의 교활함에 혀를 차면서도 이 자리를 모면할 수 없다는 사실을 알고 있었다. 하세가와 대장은 만면에 함박웃음을 담으면서 이지용에게 한 걸음 다가선다.

"허허허. 우리 일본국 정부는 각하의 결단력과 지도력을 존경하고 있어요. 양국 간의 영원한 번영을 위해서 한일의정서는 조속한 시일 안에 매듭을 지어 주셔야 합니다. 허허허, 아시겠습니까?"

이지용은 속수무책일 수밖에 없다. 조금 전 하야시 공사에게

으름장을 놓은 것도 따지고 보면 자신을 표적으로 삼은 것이 분명하다. 조선 정부가 일본국과의 협상에서 주도권을 잡을 수 없었던 것도 일본국의 군부와 마찰을 빚게 되기 때문이었다. 일본국은 조선 정책을 밀고 나갈 때마다 강골의 무장을 협상의 대표로 세우지 않았던가.

"그리하도록 노력하겠습니다."

외부대신 이지용은 백기를 들지 않을 수 없었다.

며칠 뒤인 1904년 2월 23일.

「한일의정서」 체결은 뜻밖으로 빠르게 진행되었다. 경운궁 내각 회의실에서 대한제국 외부대신 이지용과 일본국 공사 하야시 곤스케가 치욕의 제1차 한일의정서에 양국을 대표해 서명하는 것으로 일본 정부는 그들이 획책하였던 실익을 챙겼다.

「한일의정서」는 6개 조항으로 구성되어 있다. 대한제국은 일본을 신임하여 시설 개선에 관한 충고를 받아들일 것, 일본은 대한제국 황실의 안전을 도모할 것, 일본은 대한제국의 독립과 영토 보전을 보장할 것, 제3국의 침략으로 대한제국에 위험사태가 발생할 경우 일본은 이에 신속히 대처하며, 대한제국은 일본에 충분한 편의를 제공하고 일본 정부가 목적을 달성하기 위해 전략상 필요한 지역을 언제나 사용할 수 있도록 할 것, 대한제국과 일본은 상호 간의 승인을 거치지 않고서는 협정의 취지에 위배되는 협약을 제3국과 맺지 못한다는 내용이었다.

한마디로 대한제국이 제3국으로부터 위협을 당하면 일본국이 총력을 다하여 지켜 주어야 하고, 대한제국은 일본의 대일 정책에 협조하라는 일방적이고도 굴욕적인 협정이었다. 그러나 협정의 참뜻은 일본의 전쟁 수행에 대한제국이 적극 협조해야 한다는 내용이나 다름이 없었다.

결국, 일본국의 무력에 굴복하여 수도 한성을 그들에게 내준 꼴이나 다름없는 대한제국으로서는 일본의 압력에 더더욱 굴복할 수밖에 없었다. 이로써 일본군은 전략요충지라는 명목으로 조선의 토지를 강제 수용할 수 있게 되지 않았는가.

이쯤에서 한일 관계의 실체를 다시 한 번 되새겨 보아야겠다.

1868년, 명치유신明治維新에 성공하면서 근대국가의 기초를 닦아 가던 일본제국은 불과 7년 뒤에 운양호雲揚號 등 군함 4척을 앞세우고 강화도를 포격하여 쑥밭으로 만들면서, 다음 해 1월 이른바 병자수호조약(강화도조약)이라는 것을 강제로 체결했었다. 이 조약의 기본 내용에 일본인들은 조선 땅에서 장사를 할 수 있으며, 그들을 보호하기 위해 서울 한복판에 일본 공사관을 둘 것이며, 쌀을 비롯한 조선의 생산품을 일본과 교역할 수 있도록 하였다. 면암 최익현이 울분을 참지 못하여 지부복궐상소持斧伏闕上疏(도끼를 들고 상소를 올리는 것)를 올린 것도 이때의 일이다. 그로부터 30년 세월이 지난 1904년에서야 「한일의정서」를 체결하였다면 조선침략을 획책하는 일본제국의 교활함이 어느 정도인가를 미루어 알 수가 있다.

운양호 사건에서 「한일의정서」 체결에 이르는 30년 세월은 조선의 국권을 강탈하기 위해 참을성 있게 투자한 야비한 기간으로 보아도 무방하다. 돌이켜 보면 가슴 아픈 사연이지만 운양호 사건에 동원된 일본군 육전대陸戰隊(지금의 해병대)의 수가 4천 명이었다. 이들은 고도로 훈련된 병사들이었고 또 최신무기로 무장하고 있었다. 이들 4천 명의 일본군 육전대가 조선 땅에 상륙하여 무력시위를 하면서 강화도의 회담장에까지 귀청이 터질 정도의 함포사격을 하였다. 대한제국의 협상대표 신헌申櫶과 윤자승 등은 생명의 위협을 느끼면서 강화도조약에 조인을 했었다.

회상하기조차도 싫은 이때의 사정을 냉정하게 살펴본다면 일본군 육전대 4천 명이 대포와 기관총을 쏘아 대며 서울로 진격하였다 하더라도 대한제국에는 이들을 물리칠 만한 무기도 없었고 근대화된 군대의 조직도 없었다. 그럼에도 교활한 일본국의 유신정부는 장장 30년의 세월을 투자하여 대한제국 스스로 무너지기를 부추기고 있었던 것이나 다름이 없다. 생각해 보면 안다. 당시 친러파의 수괴였던 이완용李完用이 그 기간 동안에 친일파의 괴수로 변했다. 또 조선 정부의 고위관료들도 일본국이나 일본사람에게 밉게 보이면 살아남을 수 없다는 사실을 인지하였던 까닭으로 매국오적賣國五賊이 생겨나게 되지를 않았는가. 무지

렁이 백성들조차도 이른바 왜놈의 편이 되고, 왜놈들과 결탁하지 아니하고서는 살길이 없다는 것을 알게 되는 세월이 그 30년이었다는 사실에 분통을 터뜨리게 된다.

봄빛이 분명한데도 속살을 파고드는 추위는 겨울 못지않았다.
제1차 한일의정서가 발효되면서 도성 안의 요지가 일본군의 군용지로 전용된다는 소문이 파다하게 돌았다. 일본군 헌병을 태운 사이드카가 달려와서 '군용지로 접수함'이라는 푯말을 박으면 그것으로 그만이었다. 도성 안 백성들은 이래저래 삶의 터전을 잃고 타관 객지로 떠나가야 할 판국이 되었다.
길게 이어진 과수원의 담장을 끼고 김은영은 어머니 강씨를 부축한 채 걷고 있다. 강씨는 과수원에서 날품을 팔고 나오는 길이었다. 일을 마친 다른 사람들도 지친 몸을 이끌고 집으로 돌아가고 있다.
"엄마, 제발 좀 관두세요. 이러다가 정말 몸져누워요."
강씨는 쿨럭거리며 가슴에 손을 댔다.
"곡물상까지 남의 손에 넘어갔잖니. 한 사람이라도 더 벌어야 먹고살지……."
"지금은 엄마가 쉬는 게 버는 거예요. 다시 쓰러져서 입원이라도 하면 그 비싼 병원비는 또 누가 감당하고요."
강씨는 팔을 잡고 있는 김은영의 손을 거칠게 밀어냈다.

"혼자 걸을 수 있으니까 그만 놓아라. 누군 누워 있기 싫어서 이러는 거냐? 내 병원비만 아니었어도 설마하니 곡물상이 남의 손으로 넘어갔겠니?"

"또 그 소리. 돈이 무슨 소용 있어요. 사람부터 살고 봐야지."

"그래도 그게 아니다. 모두가 다 내 탓이다."

"그게 왜 엄마 탓이야. 나라가 백성들의 울타리만 돼 줘 봐! 그게 안 되니까 사는 게 이 꼴이지!"

강씨는 주위를 두리번거리면서 김은영의 팔을 잡아끌었다.

"계집애 목소리가 왜 그리 크노. 누가 들을라……!"

"들으면 어때서. 이 나라가 누구 나란데 지네들 멋대로 팔아먹어!"

"누가 듣는다니까!"

강씨는 김은영의 팔을 낚아채며 찰싹찰싹 때렸다. 김은영의 눈에 금방 눈물이 고였다. 병석에 누워 간호만 받고 있어야 할 어머니가 날품이나 팔러 다녀야 하는 현실이 너무도 안타깝고 답답해서다. 온 식구가 나서서 버둥거리면 그만큼 살림도 나아져야 하건만, 어찌 된 일인지 날이 갈수록 사는 게 더 각박해진다. 은영도 여기저기 일자리를 알아보고 있으나 일본인들에게 협력하는 일이 아니고는 마땅한 일자리가 있을 까닭이 없다.

"에이그, 살아나 있는지……."

어머니 강씨가 또 울먹해한다. 천일상사가 폭파된 후부터 아버지 김칠성의 소식이 끊겼다. 김은영은 남의 손으로 넘어간 곡물 가게의 근처를 서성이며 아버지 김칠성의 소식을 물었으나 아무도 아는 사람이 없었다. 어머니 강씨가 품삯을 팔게 된 것도 그 때문이다.

"얘, 은영아!"

어머니 강씨가 김은영의 발걸음을 제지하며 다급하게 말했다. 저만치서 일본군 사이드카가 흙먼지를 일으키며 달려오는 것이 보여서다. 김은영은 얼른 강씨를 길섶으로 당겼다. 사이드카는 흙먼지를 일으키며 이내 멈추어 섰다.

헌병 두 사람이 사이드카에서 푯말과 해머를 꺼내 드는 것이 보였다. 다른 하나는 소총을 거총한 자세로 들면서 철컥 탄약을 장진했다. 푯말을 든 헌병은 과수원으로 들어가 주위를 살피더니 사람들 눈에 띄기 좋은 자리에 세웠다. 해머를 든 헌병이 푯말의 머리 쪽을 내리 때렸다. 해머를 내리치는 헌병의 능숙한 솜씨 탓도 있었지만 겨우내 얼었던 땅이 풀리고 있었으므로 푯말이 쑥쑥 박혔다.

단단하게 박힌 푯말에는 채 먹물도 마르지 않은 고시문告示文이 적혀 있었다.

告

軍用地로 接受함.

日本軍司令官
陸軍大將 長谷川好道

　사람들이 웅성웅성 몰려들었다. 그들은 일본군 헌병들의 눈치를 살피면서 목소리를 낮추었다.

　"뭐라고 하는 거야?"

　"이 과수원을 군용지로 접수한다. 보상은 대한제국 정부에 신청하면 된다!"

　사이드카에 타고 있던 일본군 헌병 한 사람이 의기양양하게 소리쳤다. 그리고 사이드카는 요란한 굉음을 내며 멀어져 갔다.

　"저, 저런 개 같은 놈들을 봤나. 언제 제 놈들이 땅을 맡겨 놓았남, 툭하면 군용지로 접수를 하게!"

　웅성거리는 사람들 사이로 푯말을 본 김은영도 소스라치게 놀란다. 강씨가 은영의 팔을 흔들며 물었다.

　"은영아, 왜, 뭐라고 적혀 있는데……?"

　김은영은 눈시울을 적시면서 말했다.

　"엄마, 일본 군대가 과수원을 송두리째 뺏는대……."

　"빼앗다니, 사는 게 아니구?"

　"사기는, 강제로 빼앗는 거지……."

　웅성이던 사람들도 분통을 터뜨리기 시작했다. 그러나 이들이 아무리 분통을 터뜨린다 해도 달라질 것은 없다.

"에라, 쳐 죽여도 시원치 않을 놈들 같으니!"

"쪽발이 왜놈의 새끼들이란 개돼지만도 못하다니까."

"왜놈들을 부추겨서 치부하는 놈들이 더 나빠요!"

사람들은 험한 욕설도 마다하지 않는다. 욕설이라도 입에 담고 나면 조금은 시원해지는 모양이었다.

「한일의정서」, 그것은 정부와 정부 간에 체결된 문건이면서도 그 피해는 고스란히 백성들의 몫으로 돌아오고 있었다. 생각해 보면 안다. 지금도 용산 한가운데에 미8군의 기지가 있다. 일본군이 주둔하였던 바로 그곳에 그대로 미군이 머물게 되었던 탓이다. 「한일의정서」에 따라 19세기 초에 있었던 토지의 강제 수용이 21세기까지 이어져 오고 있다는 사실, 힘이 없는 나라가 겪어야 했던 후유증은 언제쯤이면 말끔하게 가실 수가 있다는 말인가.

김은영은 어머니 강씨의 팔을 꼭 끼고 걸어도 비틀거리는 걸음이 되곤 한다. 그대로 털썩 주저앉아 통곡하고 싶은 생각도 든다. 온몸으로 스며드는 비분과 강개가 핏줄을 곤두세운다. 소리치고 싶다. 통곡하고 싶은 마음을 가늠할 길이 없다.

'너희가 나라를 아느냐'고 고함치던 면암 최익현 선생님의 모습이 선명하게 떠오른다. 그리고 면암은 부연하지를 않았던가. '너희가 진정 나라가 무엇인지를 안다면 지금은 참아야 한다. 너희가 나서야 할 길은 내가 반드시 인도할 것이기 때문이다.'

그때가 언제라는 말인가. 지금보다 더한 고난이 오기를 기다려야 한다면 힘없는 민초들은 어찌 살아야 하는가.

어머니 강씨가 갑자기 휘청거린다.

"왜, 어디 아파?"

"아니다. 괜찮다."

안간힘을 쓰는 어머니 강씨는 식은땀을 흘리고 있다. 김은영은 터져 오르는 울음을 삼키며 힘없이 무너지려는 어머니를 온몸으로 받아 안았다. 그리고 걸었다.

'걸어야 되는 거야. 쓰러지면 안 돼……'

김은영의 얼굴로는 눈물이 하염없이 쏟아져 흐른다.

땅거미가 스며드는 거리에는 인적이 없었다. 어머니 강씨를 부액한 은영이 비스듬히 서 있는 낡은 대문을 밀고 마당으로 들어선다. 대문 안쪽 모서리에 하얀 종이쪽지가 꽂혀 있다. 순간 김은영은 다급해진다. 급한 전언일 것이라는 생각이 들어서다. 쪽지에는 휘갈겨 쓴 글씨가 꿈틀거리고 있다.

'염천교에서 기다립니다. 민호.'

염천교라면 남대문역 뒤편으로 흐르는 시냇물을 건너는 다리를 말한다. 언제부터 언제까지 기다리겠다는 내용은 없다. 그러나 윤민호라면 기약 없이 기다릴 것이 분명하다.

김은영은 어머니 강씨를 방으로 모시고 급히 일어서면서 다녀올 데가 있음을 알린다.

“엄마, 급히 다녀올 데가 있어.”

김은영은 어둠 속으로 몸을 날린다. 발걸음은 남대문역으로 향하고 있다. 무슨 일일까. 지금으로서는 아무 짐작도 들지 않는다. 이젠 도성의 입구 구실을 하고 있는 남대문역은 환하게 불을 밝히고 있었어도 뒤쪽으로 돌아서면서부터 암흑천지로 돌변한다.

김은영은 걸음을 애써 가다듬으며 염천교를 향해 걷는다. 다리 난간에 검은 그림자가 서성이고 있다. 그는 빠르게 다가서는 김은영을 숨 가쁘게 맞이한다.

“누님……!”

“무슨 일이야?”

“형님이 기다리십니다.”

“창준 씨가?”

김은영의 목소리가 떨려 나온다. 몽매에도 그리던 사람이면서도 만나지 못하는 사람이 이창준이다. 천일상회 습격과 같은 급박할 사정일 때는 약속이 없이도 만날 수가 있지만, 일이 끝나면 또 아무 약속도 없이 헤어지곤 하는 사람이 이창준 아니던가.

“가시죠.”

윤민호가 돌아서 걷는다. 김은영은 두근거리는 가슴을 억제하며 윤민호의 뒤를 따른다. 얼마 만이던가. 화염에 휩싸이던 천일상사를 뒤로하면서 골목길을 달린 것이 지난번의 헤어짐이었

다. 그날도 얼굴만 스쳐 지났을 뿐 정겨운 말 한마디 나누지를
못했었다.

"여깁니다."

윤민호가 발걸음을 멈춘 곳은 만리재 바로 밑에 자리 잡은 반
듯한 기와집이었다. 여기서 잠시만 더 올라가면 이창준의 옛집
이 있지를 않던가.

"어서 와요, 누님."

이창준이 기거하는 방에는 박상인이 먼저 와 있었다. 세 사람
은 깊은 속내를 드러내지 않고서도 서로의 마음을 헤아릴 수 있
는 막역한 사이다. 자강회가 해산되고서도 이들은 앞날의 일들
을 토론하곤 했었다.

"이렇게 가다가는 조선의 땅덩이가 남아나질 않겠어."

김은영이 과수원 한복판에 토지수용의 푯말이 박히던 얘기를
울분에 담아서 토해 낸다. 윤민호나 박상인이 이 같은 사정을 모
를 까닭이 있던가. 이야기의 밑바닥을 파고들면 친일 대신들의
방종을 입에 담아야 하고 끝내는 고종황제의 무능을 탓하게 된
다. 그것도 하루 이틀이지 허구한 날을 똑같은 말로 자신들의 조
국이 무능하다는 울분을 토하면서 소일하는 것도 견딜 수 없는
고통이 아니겠는가.

관자篝子의 말을 빌리면 나라를 지탱하게 하는 네 개의 기둥四
維이 있다고 했다. 그 네 개의 기둥이 예禮 · 의義 · 염廉 · 치恥인데

이 중 하나가 없으면 나라가 시끄러워지고, 둘이 없으면 나라가 흔들리고, 셋이 없으면 나라가 기울어지고, 넷 모두가 없으면 나라가 망한다고 하지를 않았던가. 그렇다면 지금의 대한제국을 지탱하는 예의염치의 기둥은 몇 개나 온전하게 서 있을까. 참으로 암담하지 않을 수가 없는 현실이다.

"어서들 와."

마침내 이창준이 방으로 들어선다. 그는 별로 크지 않은 상자 하나를 방바닥에 놓으면서 말했다. 누가 들어도 김은영에게 하는 말임이 분명하다.

"고생이 많지. 그것도 기약 없이 말이야."

"……."

김은영은 고개를 숙여 보이는 것으로 대답을 대신한다.

이창준은 그간의 미안함을 털어 냈다는 듯 다음 동작으로 들어간다. 이창준의 언동은 언제나 단순하고 직선적이다. 그는 가지고 들어온 상자를 당겨서 뚜껑을 연다. 어른 주먹만 한 크기의 사제폭탄 다섯 개가 들어 있었다. 일순 숨 막히는 순간이 흘렀어도 누구 하나 입을 여는 사람이 없었다.

이창준의 어조는 속삭이듯 하였어도 칼날같이 예리하였다.

"배정자는 만주로 가고 없지만, 일본국 추밀원 원장 이토가 온다는 정보가 있다!"

"이토 히로부미……!"

윤민호의 눈빛이 팽팽하게 당겨지면서 방 안에는 긴장감이 감돈다. 그것이 어찌 윤민호뿐이겠는가. 이토 히로부미라는 존재, 조선 침탈만을 생각하는 간웅奸雄으로 새겨진 존재가 아니던가. 이토 히로부미는 열아홉 살 때 고향 하기萩(지금의 야마구치 현)에서 선각의 스승 요시타 쇼인吉田松陰으로부터 정한론征韓論을 익히면서 호연지기를 키웠다.

죽어서 불후不朽의 이름을 남기려면 때와 장소를 가리지 말고, 나라를 위해 큰일을 하려거든 오래 살아라!

명치유신이 성공하면서 이토 히로부미는 개혁세력의 우두머리가 되었고, 스스로 독일에 유학하여 바이마르 헌법을 연구하여 일본제국의 헌법을 기초하기까지 한 일본국 근대화의 화신이나 다름이 없었으나, 조선 청년들에게는 조선침략의 간웅일 수밖에 없다. 그러므로 그의 조선 방문은 조선 백성들의 궐기를 자극하게 된다.

"그자가 조선 땅에 나타나다니요. 그자는 살려 둘 수 없는 간웅입니다!"

박상인이 주먹을 불끈 쥔다. 마치 그런 날이 오기를 기다리고 있었다는 듯 결기를 드러내고 있음이다. 이창준이 그들의 결기를 부추긴다.

"암, 사냥꾼의 개를 잡는 거보단……, 아예 사냥꾼을 잡아 없애는 것이 더 현명한 일일 테니까."

"제가 하겠습니다. 언젭니까, 이토가 온다는 날이요?"

윤민호는 당장에라도 폭탄을 들고 튀어나갈 기세였다. 모두가 윤민호에게 시선을 모았다. 김은영이 차가운 어조로 입을 연다. 마치 이창준을 대신하는 듯했다.

"민호 씨, 진정하세요. 이토는 배정자와 달라요. 철저하게 준비하지 않으면 우리 모두가 위험해질 수도 있어요. 천일상사를 습격했을 때도 계획이 치밀하지 못해 무고한 사람들의 희생이 있었잖아요. 아직도 일본 헌병들이 혈안이 되어 우리를 찾고 있어요."

윤민호의 동작이 커진다. 그는 울분이 치밀 때면 언제나 그랬다.

"대사를 치르다 보면 희생이 따르는 것은 불가항력입니다. 그런 게 무서워서 할 일을 미룬다면 되는 일은 하나도 없을 겁니다. 그리고 더 이상 위험할 게 뭐가 있습니까. 나라가 송두리째 거덜나는 판국이에요!"

김은영은 윤민호의 성급함을 잘 알고 있었다.

"알아요. 하지만 더 급한 일이 있어요. 일본군들이 과수원, 논, 밭 할 것 없이 요지로 보이는 땅을 모두 군용지로 접수하고 있어요. 상황이 이런 지경에 이른 건 한일의정서 때문이에요. 거기에 조인한 장본인부터 응징하는 것이야말로 모든 친일 대신들에게 경고하는 일일 것이에요."

이심전심以心傳心이라 하였던가. 김은영의 설득은 이창준의 생각을 대신하는 것이나 다름이 없다. 서로 생각을 같이하면서 자주 만나 의논한 일이 없으면서도 사정이 다급할 때면 자로 잰 듯한뜻이 된다. 이창준은 그런 김은영의 예지를 늘 고맙게 여겨 온 터이다.

"이토의 목을 따는 일도 중하다. 그러나 아직은 그가 우리 눈앞에 없지를 않느냐. 지금 우리가 시급히 서둘러야 할 일은 친일 대신들을 응징하는 일이야!"

윤민호와 박상인은 자신들이 성급했음을 자성한다. 이창준은 그들의 속내를 자극하듯 천천히 말을 이어간다.

"조정의 고위관직에 올라 국록을 챙기는 지식인들이 나라를 팔아먹는 한일의정서에 동의한 일……, 그런 용서받을 수 없는 일을 저지르고서도 도성 거리를 활보하고 있다는 사실, 그건 분명히 우리들의 수치감이 아니겠나! 왜 그들이 아무 일도 없었다는 듯 거리를 나돌아다닐 수가 있는가. 그렇게도 이 나라에는 사람이 없는가!"

이창준의 토로에는 비분강개가 담겨 있다. 물론 이 땅의 고위관직이 부패한 것은 어제오늘의 일이 아니다.

"내가 여순에 가고 오는 동안 평안도나 황해도의 길가에는 버려진 시체가 즐비하게 늘어져 있었다. 모두가 굶어서 죽은 무지 렁이 백성들의 시체가 아니더냐! 그런데도 고관대작들의 집에서 는 미처 먹지 못한 약식 덩어리가 썩어서 나온다질 않더냐! 나라 꼴이 이래서야 되겠느냐!"

뿐만이 아니다. 당시 대한제국을 방문하였던 외국인 선교사들이 남긴 기록을 보면 대여섯 살 난 딸아이를 중국인 뱃사람에게 파는데, 그 값이 겨우 쌀 한 말 값에 불과하였다는 기록이 있을 정도로 대한제국의 현실은 참혹하였다.

"……아무리 살기 어렵고 답답해도 나라를 팔아먹는 매국노들이 도성 거리를 활보하게 내버려 두어서는 안 돼. 절대로 용인되어서는 안 될 일이야. 응징이 있어야 돼. 바로 이것이 우리가 서둘러야 할 일이 아니겠나!"

이창준의 말에는 살을 저미는 아픔이 있다. 그 아픔이 윤민호, 박상인 등의 마음으로 스며든다.

"저희들이 너무 성급했습니다. 한일의정서를 체결하는 데 앞장선 놈이 외부대신 이지용과 참서관 구완희로 알고 있습니다. 먼저 이놈들을 가차 없이 처단해야만 또 다른 친일 대신들에게 엄중한 경고가 될 것이 아니겠습니까."

"옳습니다. 그 두 놈만 때려눕히면……, 이토가 도성으로 들어온다 해도 조선 민중의 기개가 꺾이지 않았음을 알게 될 것입니다."

윤민호는 울분을 참듯 눈을 감았다. 그리고 생각해 본다. 일본국 추밀원 의장 이토 히로부미가 조선 땅에 들어서기 전에 친일 대신 이지용과 그의 수하가 폭사한다면 조선인의 기개를 보여 주는 일이 될 것이며, 그의 행동반경을 좁히는 이중의 효과가 있을 것이 분명하지 않던가.

"이지용·구완희의 응징은 지금이라도 서둘러야 하고, 이토 히로부미의 처치는 시간을 두고 의논하여도 늦지 않아요. 이지용은 제가 맡겠어요."

격한 어조로 말을 마친 김은영은 사제폭탄 두 개를 집어 든다. 박상인이 다급하게 만류했다.

"누님, 우리에게 맡기세요."

"우리가 할 일이에요."

윤민호가 김은영의 옆으로 다가앉으며 행동으로 제지할 태세를 보였다. 그러나 김은영은 이미 들고 있던 폭탄 두 개를 가슴 양쪽에 품고 있었다.

"염려하지 말아요. 충분히 해낼 수 있어요!"

김은영의 단호함은 아름답기까지 했다. 두 사람은 이창준의 표정을 살핀다. 막중대사를 정녕 여성에게 맡길 작정이냐고 항변을 하면서도 제발 말려 달라는 소망도 곁들여 있는 시선이다. 그러나 이창준은 김은영의 손을 잡으면서 감동하고 나선다.

"고맙다. 난 충분히 잘 해낼 것이라고 믿어."

윤민호와 박상인은 놀랍다는 반응을 보인다. 사랑하기 때문인가, 사랑하는 사람을 믿기 때문인가. 두 사람의 걷잡을 수 없는 심회를 다독이듯 이창준이 다시 입을 연다.

"너희들 심정 이해하고도 남아. 그렇다고 하더라도 여성이라는 핸디캡이 꼭 은영에게 적용될 필요가 뭐 있어. 지금까지도 은영인 우리와 동등하게 행동하였고, 때로는 우릴 감동시킬 만큼 열정적인 행동을 보여 주지를 않았었나. 그런 뜻에서 이번 일은 은영의 소원대로 이지용을 처치하게 하고, 구완희는 내가 맡고 싶다. 폭탄을 다루는 일이라 경험이 필요하지 않겠니?"

자존심이 상했음인가, 윤민호가 강하게 반발한다.

"까짓것 밤을 새워서라도 배우면 되는 거지. 누군 뱃속에서부터 폭탄 터뜨리는 걸 배우고 나왔습니까. 우리도 얼마든지 할 수 있어요!"

김은영의 얼굴에 웃음이 돌기 시작한다. 그리고 조용히 타이른다.

"염려해 주는 건 정말 고맙게 받겠지만……, 밤중에 길을 가자면 여자가 남자보다 안전하지 않겠어? 더구나 이지용의 집에는 일본군 헌병들이 지키고 있어. 너희들이 어떻게 뚫을 건데? 나는 치마를 두른 여자잖아. 또 창준 씨가 동행해 준다면 우리는 부부로 가장할 수도 있어. 이래도 할 말 있어?"

김은영의 얼굴에는 웃음이 담겨 있었어도 어투는 단호함을 넘어서는 기개가 넘친다. 윤민호와 박상인은 김은영에게 당한 것만 같은 심중이면서도 완강하게 뿌리칠 수 있는 명분도 없다. 이창준의 동조가 더욱더 이들을 발붙이지 못하게 한다.

"허허허. 그래 우리에게 부부 노릇 한번 하게 해 다오."

이창준의 입에서 부부 소리가 나온 탓인가. 김은영의 얼굴이 밤인데도 빨갛게 달아오르는 것같이 보였다.

"알겠습니다, 형님. 부디 성공하십시오."

윤민호의 승복으로 온 방 안이 밝아진다. 이창준은 모두의 손을 포개어 잡게 했다. 뜨겁게 느껴지는 조선 젊은이들의 야무진 손이었다.

"난 너희들이 정말 자랑스럽다."

이창준은 포개진 손을 힘차게 흔들었다. 윤민호와 박상인은 입술을 꼭 다문 채 이창준과 김은영의 거사가 성공하기를 빌고 있는 모습이었다.

밤은 깊어 가고 있었다. 구름이 잔뜩 끼어 달도 보이지 않는 밤이다. 이창준과 김은영은 나란히 집을 나섰다. 언뜻 보기에도 젊은 부부의 나들이나 다름이 없어 보인다. 어둠에 파묻힌 골목을 나서면서 멀리 남대문역 불빛이 보였다.

이창준과 김은영은 아무 말 없이 묵묵히 걷고 있었어도 서로가 의지하고 있다는 생각은 같을 수밖에 없다.

'허허허. 그래 우리에게 부부 노릇 한번 하게 해 다오.'

김은영은 잠시 전 이창준이 입에 담았던 말을 곱씹어 보면서 이창준의 팔짱을 낀다. 물론 이창준도 뿌리칠 까닭이 없다. 결국 젊은 한 쌍의 부부가 어둠 속을 걷고 있음이나 무엇이 다르겠는가. 어떤 행인도 이들의 모습을 의심할 까닭이 없다. 아직 일본인 순찰병과 마주치지는 않았지만 그들인들 이들을 색안경 낀 눈으로 볼 필요가 없을 정도였으니까.

두 갈래로 나뉘는 골목에 당도하자 이창준은 김은영의 손을 잡으면서 바짝 다가섰다. 그리고 목소리를 낮추었다.

"너를 여기까지 끌어들여 정말 미안하다……."

이창준의 눈빛에서 형형한 섬광이 일었다. 김은영은 그 섬광을 연정의 눈빛으로 가슴에 새기면서 말했다.

"제가 원해서 온 길이에요. ……우리, 다시 만날 수 있을까요?"

"그럼, 만나야지, 꼭 만나야 해!"

멀리서 인기척이 들린다. 방향을 바꾸어야 할 시간이다.

"성공을 빈다."

"창준 씨도요."

이창준이 먼저 힘찬 발걸음을 내딛었다. 김은영은 이창준의 모습이 어둠에 묻힐 때까지 그대로 멍하니 서 있었다. 사람이 다가오는 소리가 가까이서 들렸다. 그제야 김은영은 피하듯 몸을 돌렸다. 빠른 발걸음이었다.

이창준은 어둠처럼 소리 없이 구완희의 집 앞까지 다가갔다.

어깨에 장총을 둘러멘 헌병들이 절도 있는 자세로 집 주위를 돌고 있다. 모두 두 사람이다. 둘은 각자 다른 방향으로 집 주위를 돌다가 대문 앞에서 잠깐 스치듯 지나갔다. 대문 앞에서 둘이 만나는 시간은 거의 일정했다. 이창준은 시계를 들여다보며 기회를 노렸다.

그 시각, 구완희는 보료에 비스듬히 기대어 「한일의정서」를 훑어보고 있었다.

"이젠 조선도 일본 땅이나 마찬가지가 돼 버렸어. 5백 년 사직도 이렇게 끝장이 나고 마는군……. 무능해서야. 황제도 백성도 모두가 무능했다니까……!"

구완희는 자세를 고쳐 앉으며 중얼거렸다. 그는 외부대신 이지용의 수하가 되어 나라를 파는 일에 앞장서고 있으면서도 타인의 무능만을 탓하고 있다. 일본 공사 하야시 곤스케는 구완희의 우유부단한 성품을 적절히 이용할 줄 알았다. 하야시 공사는 공작금을 전할 때마다 일본국 추밀원 의장 이토 히로부미가 몸소 보낸 위로금임을 내세웠고, 때로는 이지용에게 주는 봉투보다 더 두둑한 것을 몰래 주머니에 찔러주기도 했었다. 그런 일이 거듭되면서 일본국의 속내가 포장된 '동양 정세'라는 이름의 의도적인 정보가 조선 조정에 자연스럽게 번져 나가게 된 것도 구완희가 앞장선 꼴이나 다름이 없다.

구완희의 집을 지키는 두 사람의 일본군 헌병이 직선으로 다가와 잠시 마주친 뒤 다시 거리를 넓히기 시작한다. 이때를 노리던 이창준은 품속에서 폭탄 한 개를 꺼내 들었다. 헌병 두 사람이 담장 모퉁이를 돌아가는 순간 이창준은 상체를 굽히며 힘차게 앞으로 달려 나갔다. 이창준은 구완희의 거처가 있는 큰사랑 쪽을 향해 폭탄을 던졌다. 그리고 재빨리 반대쪽으로 몸을 날렸다. 우선은 화염을 피하고, 다음번 투척 때 보다 확실한 위치를 확보하기 위해서였다.

쾅! 화염이 번쩍이면서 엄청난 굉음이 일었다. 화염은 강력한 바람을 몰고 사랑채를 온통 뒤덮고 있었다.

"웬 놈이냐……!"

구완희는 폭음과 동시에 사랑방에서 뛰쳐나갔으나, 폭염에 휘말린 문짝을 안고 댓돌에 굴렀다. 매캐한 화약 냄새, 화염이 뿜어내는 열기로 구완희는 숨이 막혔다. 구완희가 안간힘을 다해 몸을 일으켰을 때, 쾅! 하는 또 한 번의 굉음과 화염이 일었다. 구완희는 온몸이 허공을 떠가는 듯한 무기력을 느끼면서 마당 한구석에 쑤셔 박혔다.

같은 무렵, 김은영은 이지용의 집 담장을 따라 조심스러운 발걸음을 내딛고 있었다. 일본 헌병 두 사람이 대문 앞을 기점으로 멀어졌다 좁혀졌다 하면서 주변을 살피고 있다. 담장의 길이가 짧았던 탓으로 그들의 눈을 피해 폭탄을 던지기가 쉽지 않았다.

이지용의 방에서는 술판이 벌어져 있었다. 이지용, 박용구,

현영운의 웃는 소리가 대문 밖까지 들릴 정도의 유쾌한 술자리였다.

박용구가 이지용의 술잔을 채우면서 입을 열었다.

"허허허, 외부대신 각하의 용단에 경의를 표합니다."

"……!"

이지용은 아무 말 없이 술잔을 비운다. 뭔가 가슴에 찔리는 구석이 있는 모양이었다. 박용구는 자신의 진의를 전달하기 위해 무척 애쓰는 몰골이었다.

"각하, 우리 대한제국은 일본의 도움과 협력을 받지 않고서는 살아남을 수가 없지를 않습니까?"

이지용의 기분을 살려 주기 위해서인가, 현영운까지 거들고 나선다.

"이르다뿐입니까. 다른 것은 고사하고 이미 완성된 경인 철도가 그것을 입증하고 있질 않습니까?"

이지용은 두 사람을 물끄러미 바라보았다. 한일의정서 조인을 용단에 비유하는 것이 이지용의 마음을 상하게 한 모양이었다. 지금은 용단이라는 말보다 일본국의 강압을 피할 수 없었던 힘없는 나라의 외부대신을 위로해 주는 말이 듣기 편할 것이기 때문이다.

이지용은 화두를 바꾸었다.

"의정서 체결 이후, 도성 안이 소란하다질 않던가."

박용구는 얼씨구나 하는 표정이 된다. 그는 자신 있는 화두를 찾았다는 생각으로 손을 내저으면서 입방아를 찧어 댔다.

"무슨, 그런 일까지 심려를 하십니까. 이미 한성의 치안은 조선 주차 일본군 사령부에서 완벽하게 장악하고 있질 않습니까. 심려 놓으세요."

현영운이 군인답게 맞장구를 쳤다.

"그렇습니다. 우선 대감 댁만 해도 일본 헌병들이 자진하여 경비하고 있지를 않습니까?"

"이렇게 딱한 사람들을 보았나. 도성의 경비를 일본군이 맡는 것도 마뜩찮은 일이거니와 내 집까지 일본국 헌병들이 지켜야 하는 것은 그만큼 도성 안 치안 상태가 긴박하다는 말이 아닌가."

"……!"

박용구와 현영운은 심각해진 시선을 주고받는다. 비록 나라의 위엄을 포기하는 한일의정서에 조인을 했다 하더라도 일국의 외부대신이 아닌가. 이지용은 부단히 일본국에 협력하면서도 자신의 잘못된 행실을 합리화라도 하지 않고서는 견딜 수 없는 괴로움이 있다. 이지용은 술잔을 들어 목을 축이면서 다시 입을 열었다.

"그 한일의정서를 조인할 때 말일세……, 장곡천 대장의 노여움만 없었어도 그것이 그리 쉽게 조인될 수 있는 문건이라고 믿었겠는가. 어림없는 소리……!"

그때 콰다앙! 폭음이 일면서 불붙은 문짝이 방으로 날아들었다. 세 사람은 마치 약속이나 한 듯 술상 밑으로 머리를 쑤셔 박았다. 폭음과 화염은 그치지 않았다.

"대감! 대감!"

박용구가 이지용을 들쳐 업고 포연을 뚫으면서 방을 뛰쳐나간다. 현영운이 뒤를 따랐다. 이들이 황급히 댓돌을 내려서고 있을 때 다시 한 번 화염을 동반한 폭음이 일었다. 박용구는 이지용을 업은 채 마당을 굴렀다.

김은영은 두 번째 폭발을 확인하고서야 포복하듯 몸을 굴리면서 현장에서 벗어나고자 했다.

"서라! 서라!"

헌병들의 고함 소리와 호루라기 소리가 들렸다. 김은영은 몸을 일으켰다. 자신의 존재가 이미 드러났다면 은신보다 도주가 효과적일 것이기 때문이다. 김은영은 되도록 깊숙이 어둠 속으로 스며들겠다는 생각으로 있는 힘을 다해 달렸다. 헌병들이 쏜 탄환들이 김은영의 발끝에서 작렬하기 시작했다. 김은영은 방향을 틀었다. 이미 여러 차례 답사하고 확인해 두었던 도주로였다.

김은영이 마지막 골목을 빠져나가려는 순간, 총알 하나가 은영의 종아리를 스쳤다. 김은영은 순간 중심을 잃고 비틀거렸다. 통증이 김은영의 온몸을 붙잡고 늘어졌다. 김은영은 뒤를 돌아다보았다. 꺾어진 골목 너머에서 헌병들의 군화 소리가 다가오고 있었다. 김은영은 절룩거리면서도 안간힘을 다해 달려 나갔다.

"힘을 내라, 힘을……."

이창준의 목소리가 김은영의 귓전을 울렸다. 김은영은 그의 사내답고 굳건했던 모습을 상상하면서 달렸다. 헌병들의 군화 소리는 김은영의 심장을 짓밟을 듯 점점 가까이서 들려오고 있다. 김은영은 고개를 뒤로 돌렸다.

"서라! 서지 않으면 쏜다!"

이젠 마지막인가. 김은영의 눈에서 왈칵 눈물이 쏟아져 흐른다. 그 순간 김은영의 몸이 허공을 날았다. 누군가가 김은영을 와락 껴안고 어둠 속을 구른 것이 분명했다. 김은영은 비명을 지를 겨를도 없었다. 두툼한 손이 은영의 입 언저리를 짓누르고 있었기 때문이다.

"누님. 접니다, 민호……."

김은영은 할 말을 잃었다. 그가 아니었다면 어떻게 되었을 것인가. 종아리의 상처가 온몸을 쑤시고 저리게 한다.

"누님, 움직이면 안 돼요. 저놈들은 제가 유인하겠어요. 조용해지거든 움직이세요. 조심하세요."

윤민호는 김은영을 조용히 밀어 놓으며 몸을 일으켰다. 그리고 어둠 속으로 달려 나갔다. 역시 남자의 발소리가 더 크게 들렸음일까, 지나치며 달려갔던 일본군 헌병들이 윤민호의 검은 그림자를 발견한 모양이었다.

“이쪽이닷!”

헌병들의 목소리가 바로 지척에서 들렸다. 그리고 윤민호가 달려간 쪽을 향해 일본군 헌병들이 뛰어가고 있었다. 김은영은 눈을 감았다. 그리고 윤민호가 무사하기를 빌었다.

김은영이 총상을 입은 몸으로 집까지 올 수 있었던 것은 천우신조이고도 남았다. 일본군 헌병에게 잡혔다면 능욕을 당하는 수모를 겪었을 것이 분명하다. 윤민호의 출현으로 위기를 모면한 김은영은 피가 흐르는 발을 끌며 간신히 집으로 돌아올 수 있었다. 사력을 다해 반쯤 열린 대문 안으로 들어선 김은영은 그 자리에 주저앉아 버리고 만다. 대문에 등을 기대고 앉아 발을 내려다보았다. 구두와 양말까지 피로 검게 물들어 있었다. 김은영은 고통을 참기 위해 다시 입술을 물면서 깊은 수렁으로 빠지는 안온을 맛본다. 긴장이 풀리면서 찾아드는 안온함은 마치 깊은 잠과도 같은 것이었다.

“게 누구요?”

방문을 열며 강씨가 밖을 내다본다. 김은영은 겨우 말라붙은 입술을 열었다.

“엄마……!”

김은영의 목소리는 기어 들어가고 있었다. 그 소리는 너무나 작아서 강씨에게 전해지지 않았던 모양으로 강씨는 마당을 휘둘러보고 방문을 닫으면서 중얼거렸다.

“이상하지……, 바람 소리였나?”

김은영은 머리를 뒤로 젖혔다. 머리가 대문에 부딪히면서 쿵, 둔탁한 소리가 났다. 멀리서 어지러운 발소리가 다시 들려온다.

“……민호?”

김은영은 그제야 윤민호를 떠올렸다. 그리고 골목을 돌아서자마자 등 뒤에서 연이어 들려왔던 총소리. 김은영은 피투성이가 된 윤민호의 모습을 떠올렸다.

다시 방문이 열리면서 이번에는 강씨가 웃옷을 걸치며 밖으로 나서는 것이 보인다.

“도무지 무슨 소린지 원……, 애는 왜 이리 늦어……?”

강씨는 혼잣소리를 중얼거리며 마당으로 내려서서 대문 쪽으로 걸어 나왔다.

“엄마…….”

바래진 김은영의 목소리는 말라붙어 있었다. 강씨는 그 소리를 들었는지 허리를 굽히고 대문 쪽을 기웃거리다가 쓰러져 있는 김은영을 발견했다.

“애, 은영아!”

김은영은 희미하게 미소를 지으면서 깊은 수렁으로 빠져들었다. 어머니의 품안이었다.

“애, 은영아, 은영아! 아니, 이 피는……!”

강씨는 허둥거리기 시작했다. 아직 병석에 있어야 할 강씨였으나 어디서 그런 힘이 솟구치는지 단숨에 딸을 안고 일어선다. 그리고 비척비척 방으로 들어간다. 강씨는 은영을 자신이 누웠던 자리에 바로 눕히고도 허둥거렸다. 강씨는 문을 열고 나가려다 문을 닫더니 다시 은영에게로 돌아와 앉았다.

"얘, 무슨 일이냐. 누가 이랬니……? 아니지. 어딜 다쳤나부터 보자."

강씨는 불을 켜려고 성냥을 찾았다. 김은영은 있는 힘을 다해 입을 열었다.

"불 켜지 마세요."

"왜?"

멀지 않은 곳에서 발소리가 들려오고 있다. 강씨는 김은영의 뜻을 그제야 알아차렸다. 강씨는 몸을 움츠리며 밖에서 나는 소리에 귀를 기울였다. 다행히 발소리는 다시 멀어지고 있었다. 강씨는 한숨을 쏟으며 치맛자락을 찢었다. 그리고 은영의 정강이를 쓸어 가면서 상처 난 곳을 찾았다. 끈적한 핏기가 손에 잡히는 순간 은영의 몸이 꿈틀거렸다. 강씨는 찢어진 치맛자락으로 상처 부위를 동였다. 통증을 참고 있는 은영의 움직임이 어머니 강씨의 손끝에 애처롭게 전해지면서 참고 참아 온 강씨의 울화가 터져 나왔다.

"아니, 아니 그래……, 이게 대체 무슨 지랄이냐. 계집애가 나설 일이 아니라고 그만치 타일렀으면 알아들어야지, 이것아! 네 몸 상하는데 누가 돈 주고 약 준다든……!”

김은영은 입술을 물었다. 눈물이 비 오듯 흘러내렸다. 강씨는 왈칵 울음을 토하며 은영을 외면했다. 그리고 말했다.

“네년이 그 잘난 짓 하고 다니는 동안 아버지는 돈에 팔려서 만리타국으로 떠나신단다.”

“……!”

김은영은 눈앞이 아득해 옴을 느꼈다. 김은영은 있는 힘을 다해 몸을 일으켰다. 눈에 맺혔던 눈물이 왈칵 쏟아져 내렸다.

“누가 그래요? 아버지가 팔려 간다구?”

강씨는 은영이 힘겹게 내미는 손을 철썩 때리면서 울부짖었다.

“그래, 이 못난 것아. 빚 갚아 주고, 임금 앞당겨 주는데 가지 않을 놈 있느냐면서 울화를 터뜨리셨다. 아버지하고 같이 떠나는 사람만 1천 3백 명이 더 된단다.”

“안 돼요, 엄마……!”

“안 되긴 뭐가? 받아만 주면 나도 가겠다. 왜 안 가!”

강씨의 울부짖음은 그대로 눈물이었다. 김은영은 할 말을 잃었다. 그녀는 부모님을 돌보지 못한 데 대한 죄책감으로 가슴이 저려 왔다. 눈물이 사정없이 볼을 타고 흘렀다.

이토의 계략

큰비라도 내릴 참인가. 하늘은 온통 먹통 구름으로 가득하다.

조선 주차 일본군 사령부의 넓은 마당으로 흙먼지를 일으키며 사이드카 한 대가 급하게 들어선다. 헌병대장 사이토 중좌는 위병들의 경례를 받는 둥 마는 둥 급하게 현관 쪽으로 달려간다.

조선 주차 일본군 사령관 육군대장 하세가와 요시미치는 급하게 들어서는 사이토 중좌를 보는 순간 탕! 책상을 내리치며 버럭 소리친다.

"이 바보 멍청이 같은 자식아……!"

"핫, 죄송합니다. 각하!"

"폭탄이라니? 무슨 소리야 그게!"

하세가와 대장의 격노는 헌병대장 사이토 중좌를 주눅 들게 하고도 남는다. 조선 안에서 일어나는 모든 사안의 최종판단은 조선 주차 일본군 사령관에게 있다. 하세가와 대장의 한마디가 조선을 경영하고 있다 해도 큰 망발이 되지를 않는 것도 이 때문이다. 조선 주재 일본 공사 하야시 곤스케가 어려움에 처할 때마다 하세가와 대장의 지원으로 해결이 되곤 하지를 않았던가. 문제가 된 「한일의정서」만 해도 그렇다. 대한제국의 외부대신 이지용이 반대는 아니더라도 시간을 끌어서 명분을 챙기려는 기미가 보이자 하세가와 대장이 일갈하는 것으로 일거에 매듭지어지지를 않았던가. 사이토 중좌도 죽어가는 시늉이라도 하지 않고서는 이 위기를 벗어날 길이 없다.

"이런 멍청이 같은 자식아! 경성의 치안이 어떻게 되었기에 조선 대신의 집에 폭탄이 터져!"

"면목 없습니다. 용서해 주십시오, 각하!

"면목 없습니다로 해결될 일이 아니질 않나. 어디야, 대체 어디에서 폭탄이 터졌어!"

"외부대신 이지용의 집과 참서관 구완희의 집입니다."

"뭐라!"

하세가와 대장의 수염발이 파르르 떨린다. 외부대신 이지용은 친일 대신의 선봉이다. 그의 집에 폭탄이 터진다면 당연히 친일하는 행위가 위축될 것이 뻔하다. 또 그것은 대일본제국의 조선 정책에 차질을 몰고 올 것이 분명하지를 않던가.

"사람도 다쳤나?"

"천만다행으로 하인 두 사람이 폭사되었고……, 이지용과 구완희는 무사하다는 보곱니다."

"범인은……, 범인은 잡았나!"

"한 놈은 부상을 입었습니다. 나머지 한 놈도 곧 잡힐 것으로 압니다."

"잡아라. 반드시 잡아야 한다. 한일의정서의 체결에 불만을 품은 놈들이라면 용서할 수가 없다. 반드시 잡아서 총살하라! 알겠나!"

"핫……!"

하세가와 대장은 그래도 분통이 가시지 않는 듯 온 방 안을 거칠게 서성이다가 생각난 듯이 뚝 움직임을 멈춘다. 그리고 회중시계를 꺼내 든다.

"부산으로 떠날 준비는……?"

"핫, 특별열차가 대기하고 있습니다."

"서둘러라!"

사이토 중좌는 기계처럼 절도 있게 사령관실을 물러난다. 그제야 하세가와 대장은 시름을 더는 한숨을 놓는다. 그가 서둘러 부산으로 떠나야 하는 것은 추밀원 의장 이토 히로부미를 마중하기 위해서다. 이토 히로부미가 특명전권대사의 직함으로 조선을 방문한다면 앞으로의 조선 정책이 피력될 것이 분명하다. 그것은 곧 조선 주차 일본군 사령관인 자신에게도 새로운 임무가 주어질 것이기에 가슴 두근거리는 노릇이 아닐 수 없다.

급기야 검게 흐려 있던 하늘이 추적추적 비를 뿌리기 시작한다.

대한제국의 고종황제가 기거하는 경운궁에 가득 심어진 관상수 가지에도 봄빛이 완연했으나 아직 바람은 쌀쌀했다. 궁내부대신 이재극과 시종무관장 민영환이 고종황제의 접견실에 당도했다. 내시 김한주의 해맑은 목소리가 길게 울렸다.

"폐하, 궁내부대신 입시옵니다."

"들라 이르라."

고종황제의 옥음은 차분하게 들렸다.

"예. 드시지요."

이재극과 민영환은 접견실로 들었다. 고종황제는 창밖으로 내리는 봄비를 내다보면서 중얼거렸다.

"봄이 온다 한들……."

고종황제는 시름의 덩어리처럼 몸을 돌린다. 두 사람은 허리를 굽혀 배알의 예를 표했다.

"앉으라."

고종황제는 어좌에 앉으면서 중얼거리듯 말한다. 이재극과 민영환의 얼굴에는 긴장감과 함께 송구함이 드러나 있다.

"앉으라 일럿거늘……,"

고종황제인들 외부대신의 집에 폭탄이 터진 것을 모를 까닭이 있던가. 그들 우국에 넘치는 조선 청년들의 의거를 내놓고 상찬할 수 없는 자신의 처지가 참담하기 그지없다. 궁내부대신이나 시종무관장이 그런 고종황제의 심회를 모를 까닭이 없다. 그러면서도 함부로 입에 담지를 못하는 것은 경운궁 안팎에도 이미 일본군의 손발이 된 첩자들이 가득하기 때문이다.

고종황제는 다시 시선을 창문으로 돌린다. 빗물은 자신의 눈물 줄기처럼 유리창을 적시면서 흘러내리고 있다. 궁내부대신 이재극이 조심스럽게 입을 열었다.

"폐하, 내일 7시에 일본국 추밀원 의장 이등박문이 특명전권대사의 자격으로 입경한다 하옵니다."

"이등이?"

고종황제의 용안이 심하게 일그러진다. 이토 히로부미가 특명전권대사의 자격으로 조선을 방문한다면 조선에 대한 일본국 천황의 밀명을 전달할지도 모른다. 「한일의정서」의 체결로 조선의 민중들이 들끓고 있는 마당에 또 다른 요구조건이 있다면 무슨 수로 감당하겠는가. 거기에 친일 대신들이 이토 히로부미의 위세를 믿고 망동을 부리지 않는다는 보장도 없다.

"특명전권이라 했는가?"

"그러하옵니다. 한일의정서의 조인으로 인한 국내의 여론 악화를 무마하기 위한 방안이라고 하오나……."

고종황제는 다시 미간을 찌푸리며 반론한다.

"아니야, 그렇지가 않을 것이야."

반론이라기보다 탄식에 가깝다. 일본군 사령관 하세가와가 못하는 일, 또한 일본국 공사 하야시 곤스케도 감히 입에 담을 수 없는 일이기에 이토 히로부미가 직접 나서고 있음이 아니겠는가. 그러기에 직함도 특명전권대사다.

"보다 더 강력한 협력을 강청할 것으로 짐작되옵니다."

고종황제의 심기를 읽은 시종무관장 민영환이 쥐어짜듯 부연하였다. 그리고 접견실은 바다 밑보다 더 깊은 침묵의 수렁으로 빠져들었다. 고종황제는 불현듯 배정자를 떠올렸다. 그녀가 곁에 있다면 이토 히로부미의 속내를 알아다 줄 것만 같아서다. 그러나 배정자는 만주로 떠나고 없다.

고종황제는 창 쪽으로 고개를 돌리며 탄식하듯 민영환에게 물었다.

"이등이 온다면 짐은 그를 어찌 대해야 하는가?"

민영환은 절절 끓는 목소리로 대답했다.

"폐하, 아뢰옵기 황공하오나, 폐하께오서는 가능한 한 이등과의 대면을 피하시는 것이 현책인 줄로 아옵니다."

고종황제는 힘없이 고개를 절레절레 저었다.

"딱한 노릇이로고. 경은 이등의 입궐을 막을 수가 있다고 생각하는가. 더구나 특명전권대사라 하지를 않았는가."

"망극하옵니다, 폐하."

"저들은 총칼을 앞세우고서라도 이등을 과인의 앞에 이르게 할 것인즉……!"

고종황제는 힘없는 나라의 주인으로 전락한 자신의 처지를 안타까워한다. 이젠 하고자 해서 되는 일이 없었고, 한사코 피해 가야 할 일도 정면에서 맞닥뜨려야 하는 것이 비일비재하였다. 고종황제는 고개를 조아리고 있는 이재극과 민영환의 몰골을 지켜보면서 자신의 속내를 확실하게 심어 주어야겠다고 생각했다.

"만날 것이니라. 이등이 입궐하겠다면 그의 일정에 맞추도록 하라!"

"……폐하!"

누가 먼저랄 것도 없었다. 이재극과 민영환은 천만부당하다는 듯 소리쳤다. 그러나 고종황제의 목소리는 전에 없이 단호했다.

"짐의 뜻을……, 짐의 생각을 이등에게 알려 주는 것은 조정 중신들에게 짐의 뜻을 알리는 일과 조금도 다름이 없을 것이야!"

시종무관장 민영환의 눈시울이 젖어들고 있다. 일본국 공사관이 날로 기고만장해지면서 대한제국의 고위관직들은 갈피를 잡지 못하고 있는 때다. 따지고 보면 고종황제의 어의가 모호해서 일어나는 일일 때도 많았다. 「한일의정서」가 체결된 이후 특히 그랬다. 신료들은 대한제국의 국권이 일본국 공사관에 이양된 것이 아닌가 하는 회의에 젖을 때도 있었다. 꺼져 가는 신료들의 무기력을 추슬러야 할 고종황제가 스스로 자신의 의지를 밝히지 못한 것이 그 원인이었는데, 이제 황제 스스로 조정 중신들에게 어의를 알리기 위해서라도 이토 히로부미와 마주 앉겠다면 무엇을 더 바랄 것인가. 이재극의 얼굴에도 뜨거운 눈물이 쏟아져 흐르고 있었다.

남대문역에는 일본군들이 큰 물결을 이루듯 출렁거리고 있다. 경성에 주재하는 일본 사람들은 하나같이 일장기를 흔들면서 일본국 근대화의 영웅 이토 히로부미를 맞기 위해 열광적인 분위기를 자아내고 있다. 무지렁이 조선 백성들은 그 열광을 구경하기에 여념이 없다.

마침내 특별열차가 들어와 서고, 검정색 고산모와 훈장이 달린 양복 차림의 이토 히로부미가 하세가와 대장의 인도로 모습을 드러낸다. 온 얼굴에 가득한 하얀 수염이 바람에 날린다. 환영 나온 일본인들은 만세 소리를 외치면서 일장기를 흔들어 댄다. 마침내 이토 히로부미는 온 얼굴에 환한 웃음을 담으면서 손을 흔든다. 일본인들의 열광은 하늘을 찌를 듯하다. 간단하게 일본군 의장대의 사열을 마친 이토 히로부미는 만족스러운 미소를 담으면서 마차에 오른다.

마차가 서서히 움직이자 도열해 있던 일본인들의 열광이 최고조에 이른다. 마차는 적당한 속도로 서울의 중심가를 달려 손탁 호텔에 도착한다. 손탁 호텔은 지금의 정동에 있었다.

1902년, 독일 여성 손탁孫鐸(Sontag)이 지금의 서울특별시 중구 정동에 세운 한국 최초의 서양식 호텔이다. 손탁이 명성황후가 하사한 대지에 2층으로 된 현대식 양옥을 세우고 자신의 이름을 따서 손탁 호텔이라고 했다. 고급 객실에는 서양의 외교관이나 일본인 고관들이 묵었고, 아래층 큰 연회장은 당시의 상류사회를 형성했던 유명 인사들이 모여드는 사교클럽이기도 했다.

러일전쟁의 발발로 러시아 공사관이 폐쇄되자 손탁 호텔 또한 일본인 고관들의 독무대로 변했다. 게다가 일본국 최고의 실력자인 추밀원 의장 이토 히로부미의 숙소로 정해지면서는 단연 장안 최고의 명소로 등장할 수밖에 없다. 하세가와 요시미치 조선군 사령관은 손탁 호텔의 경비를 철통같이 하면서도 대한제국의 친일 대신들을 은밀하게 불러들여 이토 히로부미와의 면대를 주선하기도 한다. 그들이 돌아갈 때면 두툼한 위로금 봉투가 전달되곤 했다.

"각하, 대한제국 황제와의 면담일이 정해졌사옵니다."

이토 히로부미의 얼굴에 회심의 미소가 돈다. 조선을 경영하는 것은 그가 바라는 평생의 숙원이 아니던가. 젊은 스승 요시타 쇼인은 '조선으로부터 조공을 받아야 한다'고 가르쳤다. 또 '나라를 위해 큰일을 하자면 오래 살아야 한다'고 가르치지 않았던가. 그로부터 30여 년의 세월이 흐르면서 일본국은 근대화된 나라로 바뀌었고, 또 조선을 경영하는 일도 눈앞으로 다가와 있다.

19세의 어린 나이로 일본국의 근대화에 뛰어들어 이제는 백발이 성성한 원로가 되어 있다. 조선을 경영하기 위해 망해 가는 나라의 황제를 만나서 자신의 마지막 소임을 다하려는 이토 히로부미의 가슴은 벅차오를 수밖에 없다.

1904년 3월 17일, 이토 히로부미를 태운 호화로운 마차가 손탁 호텔을 떠났다. 손탁 호텔과 경운궁은 그야말로 넘어지면 코 닿을 정도로 가까운 거리에 있었으나, 경운궁의 정문인 대안문으로 들어가자면 조금 돌아가야 한다. 이토 히로부미의 마차를 인도하던 사이토 중좌의 사이드카가 속력을 줄이면서 멈추어 섰다. 호종하던 헌병들도 멈추어야 했고, 물론 이토 히로부미가 탄 마차도 멈출 수밖에 없었다.

"각하, 궐문 앞에서 상소를 올리는 거유ㅌ儒가 있는 모양입니다."

"거유라니, 그자가 누구야?"

이토 히로부미는 미간을 찌푸리며 반문했다. 마차 곁으로 다가와 있던 하세가와 대장이 송구스러워하는 어조로 대답을 했다.

"면암 최익현이라고, 아주 고집불통의 늙은입니다."

"늙은이라……. 하세가와 군."

"예, 각하."

"마차를 되도록 궐문 앞 가까이에 대도록!"

"알겠습니다. 각하."

　이토 히로부미를 태운 마차는 아무도 눈치채지 못하는 사이 대안문 광장을 한눈에 내려다볼 수 있는 위치로 옮겨졌다.

　"아, 저 모습이…… 상소를 올리는 조선 선비의 모습이란 말인가."

　이토 히로부미의 눈에 비쳐지는 면암 최익현의 결연한 모습은 경외스럽기까지 한 신비감을 뿜어내고 있어서다. 그는 조선의 역사를 살피면서 붓을 든 선비士가 칼을 든 무반武班을 무려 5백 년 동안이나 지배했다는 사실이 믿어지지 않았었다. 게다가 임금을 능멸할 정도의 직언상소를 올리고서도 목숨을 부지할 수 있는 나라가 아니던가. 자신의 조국 일본이라면 임금이나 대장군은 고사하고 상급 무사에게 언성만 높여도 그 자리에서 살해되지를 않던가. 세계의 역사에서도 그 유례를 찾아볼 수 없는 기적이 조선반도에서는 법도라는 이름으로 무려 5백 년 동안이나 유지되어 왔다. 그 법도의 핵심이 무엇인지 늘 궁금하였는데, 오늘 비로소 그 현장을 보는 것 같아서 가슴이 뜨거워지는 지경이다.

　면암 최익현은 백옥 같은 수염을 날리면서 거적 위에 앉아 있었고, 그 손에는 상소문이 적힌 두루마리가 들려져 있었다. 상소문을 읽는 최익현의 카랑카랑한 목소리는 이토 히로부미에게도 들렸다. 무슨 내용인지는 알 수 없었지만 세상을 들었다 놓을 것 같은 힘이 넘쳤고, 그런가 하면 호소력 넘치는 어투에 설움이 잠겨 있는 것 같기도 했다. 그런 최익현의 뒤로는 문흥식과 정시해를 비롯한 젊은 문도들이 앉아 있었고, 또 그 뒤로는 최익현이 상소를 올린다는 소식을 듣고 몰려든 인근의 유림들로 인산인해를 이루고 있었다.

"폐하, 대체 한일의정서라는 것이 무엇이옵니까? 선조 대대로 이어받아 온 나라의 땅덩이를 왜적들에게 송두리째 내주고자 하시지 않고서야 어찌 그와 같은 망국의 의정서가 맺어질 수 있는지 이 늙은 신하 최익현은 통분함을 가누지 못하여 불경하게도 여기 궐문 앞에 나와 꿇어앉았사옵니다. 폐하, 온 나라의 모든 백성이 죽기를 작정하고 반대하고, 또 반대하는 망국의 의정서를 폐하께서 승인하시는 까닭이 무엇인지 신 최익현은 알 길이 없사옵니다."

면암 최익현의 쇳소리 같은 목소리가 울려 퍼지는 동안, 일본군 헌병들이 대안문 앞으로 달려 나오면서 도열했다. 사이드카에서 뛰어내린 마쓰모토 대위가 가죽으로 된 지휘봉을 흔들면서 면암 최익현에게 달려왔다. 문흥식이 급하게 몸을 일으키며 마쓰모토 대위의 앞을 가로막아 섰다. 마쓰모토 대위는 눈알을 부라리며 소리를 질렀다.

"대체 뭐하는 것들이야. 당장 물러나라!"

문흥식은 마쓰모토 대위를 쏘아보면서 호통을 쳤다.

"물러나라니! 감히 어느 안전에서 소리를 지르느냐! 조선 정부의 대관 면암 선생께서 상소문을 올리고 계시느니라!"

"상소문은 집에서 올려도 무방한 것이 아니냐. 당장 물러서라, 당장!"

문흥식은 맞고함으로 헌병대위 마쓰모토의 위협에 대항했다.

"그렇게는 못해!"

"이런 후레자식을 봤나!"

마쓰모토 대위는 들고 있던 가죽 지휘봉으로 문흥식의 목덜미를 세차게 후려쳤다. 문흥식의 고개가 휙 돌아갔다. 정시해를 비롯한 젊은 문도들이 일제히 몸을 일으켰고, 뒤에 서 있던 유림들이 웅성이기 시작했다. 마쓰모토는 지휘관의 위엄을 지키기 위해 혈안이 된 사람처럼 문흥식에게 폭력을 가했다. 술렁거리던 군중들 속에서 야유가 터져 나오기도 한다. 도열하고 있던 헌병들이 몇 걸음 전진했다.

마쓰모토 대위는 거칠어진 숨소리를 토하면서 최익현에게로 다가선다. 이번에는 정시해가 그를 막아서며 씹어뱉듯 말했다.

"지나가려거든 나를 죽이고 가라!"

나이보다 어려 보이는 정시해다. 의관을 정제하고 눈을 부릅뜬 정시해의 모습은 어느 고관댁의 귀공자에 못지않았다. 마쓰모토 대위는 멈칫한다. 그러고는 뒤를 돌아보았다. 사이토 중좌가 답답하다는 표정을 짓고 있었다. 마쓰모토 대위는 다급해질 수밖에 없다. 직속상관과 부하들이 지켜보고 있다. 또 어느 곳에서는 하세가와 대장도 지켜보고 있을 것이었다.

"비켜서라지 않았나!"

마쓰모토 대위는 있는 힘을 다해 고함을 치면서 정시해의 가슴팍을 향해 세차게 주먹을 밀었다. 불시에 당한 처지라 정시해는 면암 최익현에게 밀리면서 쓰러졌다. 사람들은 긴장했다. 성품이 칼날 같은 면암 최익현의 대응이 궁금해서가 아니겠는가. 그러나 면암 최익현은 아무 항거도 없이 몸을 일으켜 본래 모습으로 좌정을 하면서 다시 상소문을 챙겨 든다. 실로 태산교악과도 같은 모습이었다.

마침내 마쓰모토 대위가 면암 최익현의 앞으로 다가와 섰다. 그는 차고 있던 일본도를 뽑아 들면서 소리쳤다.

"당장 물러가시오!"

그제야 면암 최익현은 목에 핏대를 세우며 마쓰모토 대위의 귀가 먹먹해질 정도로 일갈을 했다.

"이렇게 무도한 것들이 있나! 너희들은 네 나라의 고관에게도 그런 언동으로 대하느냐!"

마쓰모토 대위는 그 기세에 눌린 듯 뒤로 멈칫 물러선다. 마쓰모토 대위의 이마에 식은땀이 맺혔다. 사이토 중좌를 비롯한 일본인 군병들이 지켜보고 있는 자리라 그 긴장은 도를 더할 수밖에 없다. 이윽고 마쓰모토 대위는 일본도를 고쳐 잡으면서 발악하듯 소리친다.

“더 이상 공무를 방해하지 마라!”

면암 최익현은 얼음처럼 차가운 목소리로 마쓰모토 대위를 일갈했다.

“네 이놈, 참으로 방자한 놈이 아니더냐!”

순간 마쓰모토 대위는 이성을 잃었다. 그가 면암 최익현의 가슴팍을 후려 찰 듯이 발을 들어 올렸을 때였다. 정시해가 달려들어 마쓰모토 대위의 멱살을 낚아챘다.

“너, 죽기로 작정을 했구나. 오냐, 같이 죽자……!”

정시해의 주먹이 마쓰모토 대위의 면상을 후리려는 순간 면암 최익현이 조용히 입을 연다.

“놓아주어라. 저것들이 제 무덤을 파고 있질 않느냐!”

면암 최익현은 정시해의 폭력이 몰고 올 중대 사태를 짐작하고 있었다. 정시해는 뭔가 항변하려던 노기를 풀면서 결국 마쓰모토 대위의 멱살을 놓았다. 바로 그 순간 마쓰모토 대위의 군홧발이 최익현의 가슴을 후렸다. 최익현의 노구는 그대로 거적 위에 쓰러졌다. 둘러선 유림들이 동요했다. 유림들은 마쓰모토 대위를 향해 한 발 한 발 다가서기 시작했다. 일본군 헌병들은 실탄을 장전하면서 곧 불어닥칠 최악의 사태에 대비했다.

면암 최익현은 천천히 몸을 일으켜 다시 거적 위에 정좌하면서 오른손을 들어서 유림들의 행동을 제지했다. 면암 최익현의 모습은 태산교악과도 같았다. 문흥식과 정시해는 스승 최익현의 옆에 무릎을 꿇고 통분의 울음을 토해 냈다.

"대감, 저들을 죽이게 해 주소서!"

면암 최익현인들 앞으로 야기될 사태의 전말을 모를 까닭이 있을까.

"오늘만은 잠자코 따르라."

문흥식과 정시해 등은 분루를 삼킬 수밖에 없다. 그 모든 광경을 지켜보고 있던 이토 히로부미는 깊은 한숨을 토해 냈다. 붓이 칼을 지배한 조선왕조 5백년의 실체를 보는 것과 같아서였다.

"하세가와 군, 사이토 중좌를 부르게."

잠시 후, 사이토 중좌가 이토 히로부미의 마차 앞에 당도했다. 그는 모든 잘못이 자신에게 있었던 것처럼 최경례로 사죄의 뜻을 표했다.

"각하, 죄송합니다."

"아니야. 마쓰모토 대위를 강력 제재하라!"

"각하, 조선인의 동요를 진압하는 게 아니라, 마쓰모토를 제재하라는 말씀이십니까?"

이토 히로부미는 씹어뱉듯 다시 명을 내린다.

"조선인들이 지켜보는 데서 마쓰모토 대위를 강력 제재하라고 했어!"

"핫!"

사이토 중좌는 한걸음에 마쓰모토 대위가 서 있는 곳까지 내

달았다.

"오이, 마쓰모토 대위!"

마쓰모토 대위는 천군만마를 얻은 것처럼 만면에 희색을 띠었다.

"바카야로^(바보 같은 자식아), 웃지 마!"

사이토 중좌의 주먹이 마쓰모토 대위의 턱을 후렸다. 마쓰모토 대위는 휘청했던 몸의 중심을 잡았으나, 다시 날아든 사이토 중좌의 주먹을 감당하지 못했다. 사이토 중좌는 쓰러진 마쓰모토 대위에게 발길질을 계속했다. 면암 최익현이 비웃음 담긴 시선으로 일본군의 교활한 행태를 지켜보고 있을 때 이토 히로부미를 태운 마차는 움직이기 시작했다. 이토 히로부미는 무엄하게도 마차를 탄 채 대안문을 뚫고 있었다.

궁내부대신 이재극과 시종무관장 민영환이 이토 히로부미를 영접하였다.

두 사람의 인도를 받으며 이토 히로부미는 느긋한 걸음으로 경운궁 회랑을 돈다. 언제 보아도 조선의 궁궐은 아름답고 오밀조밀하다. 일본의 궁궐은 자로 잰 것과도 같은 규격품들을 늘어놓은 것 같지만, 조선의 궁궐은 어디를 걸어도 사람이 살고 있을 것이라는 정겨움이 있어서 좋다. 이토 히로부미를 옹위하듯 따르는 하세가와 대장과 하야시 공사는 조마조마해지는 마음을 추스를 길이 없다. 지난밤 조선의 여러 상황을 보고 받으면서 이토 히로부미는 크게 미간을 찌푸리기도 하였고, 특히 궁내부대신 이지용의 집에 폭탄이 투척되었다는 보고를 받으면서는 탁자를 내리칠 정도의 노여움을 토해 냈기 때문이다.

이토 히로부미가 인도된 곳은 고종황제의 서양식 접견실이다. 황금빛 병풍 앞에 고풍 넘치는 유럽식 어좌가 놓여 있었으나 아직 고종황제의 모습은 보이지 않았다.

"황제폐하 드시오."

내시의 아룀이 있고 나서 고종황제가 들어섰으나 천근같이 무거워 보이는 용안이었다. 그러나 담담한 옥음으로 이토 히로부미를 맞는다.

"어서 오시오, 이등 공작."

"폐하, 참으로 오랜만에 문후 여쭈옵니다. 성덕이 넘치는 용안을 뵈오니 감읍하기 그지없사옵니다."

"고맙소. 앉으시오."

고종황제의 손짓에 따라 이토 히로부미는 의자에 앉는다. 이재극과 민영환은 잔뜩 긴장한 모습으로 고종황제의 양옆으로 배석하였고, 역시 하세가와 대장과 하야시 공사는 이토 히로부미를 옹위하듯 서 있었다.

"폐하, 한일의정서가 체결된 이후 대한제국의 정세가 몹시 시끄럽게 된 점……, 송구스럽게 생각하옵니다."

노회老獪한 이토 히로부미는 예의 바른 태도와 정중을 가장한 듯한 말투로 고종황제에게 고하고는 있지만, 다른 한편으로는 조선인 등의 저항이 있었음도 아울러 상기시키려는 언동으로 들렸다. 외부대신 이지용과 참서관 구완희의 집에 폭탄이 투하된 사건, 천일상사가 피습되어 전소되고 인명손상이 있었다는 점 등 나름대로의 보고를 받고 있었던 모양으로, 일본인들만의 과실이 아니라 조선인 등의 저항이 빌미가 되었음도 은근히 상기시키고자 하는 저의가 있음이 아니겠는가. 그러나 고종황제는 조금은 급하게 화두를 몰아가는 것이 이 면담을 길게 끌지 않아도 된다는 사실을 이미 내다보고 있었다.

"알고 있다니 천만다행이나, 행여라도 무고한 사람이 다치는 일이 없도록 각별히 유념토록 하시오."

언중유골이라 했던가, 이토 히로부미는 가시에 찔린 사람처럼 얼굴색을 굳히면서 약간 어조를 높인다.

"폐하, 그것은……."

그러나 고종황제는 호락호락 말려들지 않았다. 오히려 화제를 주도하겠다는 의지를 보이기까지 한다.

"몇 가지 불평등한 조약이 체결된 것에 대한 우리 백성들의 항거가 있었던 것은 짐 또한 알고는 있으나, 그것을 나무랄 수 없는 것이 짐이 처한 처지가 아닌가. 그런 사정이라면 귀 일본국의 군병들도 조금은 자숙하는 것이 도리일 것인데도……, 그런 저항을 빙자하며 주권국가의 내정을 간섭하고 모독하는 행위가 있어서는 아니 될 것이며……."

이토 히로부미는 고개를 번쩍 들면서 고종황제의 용안을 쏘아본다. 전에 없었던 자신감이 넘치고, 또 자신의 심기를 해치려는 비웃음까지 담고 있다. 이토 히로부미는 더 참아 넘기지를 못한다.

"폐하, 우리 일본국은 대한제국의 주권을 모독하거나 내정을 간섭한 일은 없사옵고……, 오직 협약된 내용을 실천해 줄 것을 요구하고 있을 뿐임을 유념하소서!"

고종황제는 마치 기다리고 있었다는 듯 이토 히로부미의 폐부를 찌르고 나선다.

"아니지. 그대들은 가짜 백동화를 유통하여 종로의 상권을 유린하였고……, 그래서 우리 천일은행을 도산하게 하지 않았는가?"

이토 히로부미는 고종황제의 예상하지 않았던 직설적인 공격에 얼굴을 붉힐 정도로 당황해한다.

"……!"

배석한 이재극과 민영환은 쌓였던 분노가 일시에 식어 내리는 듯한 쾌감을 맛보면서도 이토 히로부미의 노여움이 폭발할까 그것이 걱정되어 조마조마하기 그지없다. 그러나 고종황제의 어조는 더 거칠어지고 있다.

"그렇지 않으면 뭔가. 이 나라의 금융 자원이 시원치 않아서 우리 조선이 설립한 천일은행이 도산하였다면, 당연히 일본인이 경영하는 제일은행도 도산해야 옳을 것인데……, 그대들 일본인들이 경영하는 제일은행만 날로 번창하는 까닭을 그대 특명공사는 짐에게 설명할 수가 있겠는가!"

"……!"

이토 히로부미는 도저히 참을 수가 없는 모양이다. 그의 얼굴이 참담하게 일그러지고 있었다면 어찌 되는가.「한일의정서」체결 이후 조선을 반쯤 수중에 넣었다고 자신하고 있던 이토 히로부미가 아니던가. 또한 이번 방한으로 고종황제는 물론 대한제국의 신료들에게까지 제2차 한일의정서(을사조약)의 체결이 불가피하다는 사실을 확실하게 주지시키겠다고 다짐하지를 않았던가. 그런 판국에 천하의 이토 히로부미가 고종황제의 자주 의지를 경청하면서도 아무 항변도 못했다는 풍설이라도 나돈다면 일본제국의 조선 정책은 도로에 그칠 위험까지 있다.

"폐하!"

이토 히로부미는 무엄하게도 부르르 몸을 떨며 주먹으로 탁자를 내리친다. 방자하기 그지없는 동태가 아니고 무엇인가. 동시에 배석하고 있던 하세가와 대장과 하야시 공사가 황급히 몸을 일으킨다. 그들도 이토 히로부미의 격노를 처음 경험하는 모양으로 적이 놀라고 있음이 완연하다.

"각하!"

하세가와 대장의 목소리가 무례할 정도로 높았는데도 이토 히로부미는 가쁜 숨만 씨근덕거리고 있을 뿐이다. 고종황제는 그들의 몰골을 한참이나 지켜보다가 다시 입을 연다.

"공사도 잘 들어 두어야 할 것이야. 그대들이 우리 대한제국의 무수한 백성들을 수천 명씩이나 노예 시장으로 끌고 가려 함도 짐은 알고 있어!"

하야시 공사의 얼굴이 순간 백지장처럼 바래진다. 하야시 공사는 이토 히로부미의 눈치를 살피며 궁색한 변명에 열을 올린다.

"폐하, 그 일은 양국 정부에서 관여할 일이 아님을 누누이 진언드린 바가 있사옵고……."

고종황제는 하야시 공사를 아예 무시해 버리려는 듯, 아니 이토 히로부미에게 들려주듯 조선 선비의 기개를 말한다.

"우리 조선은 임금이 다스리는 나라인데도 백성들로 하여금 그들이 하고 싶은 말, 그들이 원하는 일들을 임금에게 적어서 올리는 제도가 있음을 공사는 알고 있겠지. 그게 바로 상소문이라는 게야. 임금은 설혹 자신을 능멸하는 상소문을 읽었더라도 거기에 합당한 비답批答을 내려야 하는 것이 군왕의 소임임도 그대 공사는 알고 있겠지."

"……."

고종황제는 조선왕조가 채택하고 있는 치도治道의 근원을 이토 히로부미에게 들려주듯 말하면서도 하야시 공사에게 하문한

셈이다. 하야시 공사는 슬쩍 이토 히로부미의 눈치를 살피면서
아무 대답도 하지 못한다.

고종황제는 민영환에게 방금 전에 읽었던 면암 최익현의 상
소문을 가지고 오게 하였다. 민영환은 곧 면암 최익현이 올린 상
소문 두루마리를 찾아와서 고종황제에게 올린다. 고종황제는
그 상소 두루마리를 이토 히로부미에게 밀어 놓으면서 말을 이
었다.

"나라를 경영하는 첫 번째 덕목이 백성들의 고초를 보살피는
일일진대……, 이토 공작은 이 나라의 많은 선비들이 상소를 올
려서 짐의 무능함을 질책하고, 실정을 탄원하면서 피눈물을 흘
리고 있음을 아는가? 모르겠거든 그 상소문을 읽어 보면 알 것
이야."

이토 히로부미는 잠시 전 대안문 밖에서 보았던 광경을 상기
한다. 하얀 백발을 휘날리며 처연한 목소리로 상소문을 읽던, 아
니 외치던 노인이 면암 최익현이라 하지 않았는가. 바로 그 최익
현이 올린 상소문이라면 당장에라도 집어 들고 싶은 생각이 든
다. 조선왕조를 지탱해 온 조선 선비의 기상이라면 애써 배우고
싶은 것이 이토 히로부미의 속내다. 조선을 알지 못하고서야 무
슨 재주로 조선을 지배할 수가 있겠는가. 그가 조선의 역사에 관
심을 보이는 것은 조선을 지배하기 위한 필수요건일 뿐이다. 그
러나 지금의 처지는 면암 최익현의 상소문을 읽을 만큼 한가하

지가 못하다. 마침내 이토 히로부미는 자신의 속내를 드러낸다. 그것은 고종황제를 추궁해서라도 특명전권대사의 소임을 다하고자 함이며, 또 하세가와 대장이나 하야시 공사에게는 조선의 황제를 어떻게 다루어야 하는지에 관한 모범답안을 제시하는 것이기도 했다.

"폐하, 폐하의 실정이 조선 백성들의 원한을 사고 있음을 천하가 다 아는데……, 바로 그 폐하의 실정을 우리 일본국에 떠넘기신다면……."

궁내부대신 이재극이 언성을 높이면서 이토 히로부미의 무례함을 나무라고 나선다.

"이토 공작은 말을 삼가시오. 감히 어느 안전에서 그따위 무례를 범한다는 말씀이오!"

이토 히로부미는 이재극을 쏘아보며 반문한다.

"그대가 궁내부대신 이재극인가?"

"몰라서 묻소이까!"

"딱한 사람이구먼……. 일국의 대신 된 자가 어찌하여 용기와 만용을 구별하지 못하는가."

"아니 저, 저런 무도한 자가 있나!"

전에 없이 강경했던 고종황제의 자주 의지에 고무되었음일까. 궁내부대신 이재극은 이토 히로부미에게 한 발 다가서면서 일전불사를 외칠 태세였다. 시종무관장 민영환이 이재극의 관복 자락을 잡아당기면서 자제를 당부한다.

"고정하세요. 그야말로 어전이오이다."

"엇흠!"

궁내부대신 이재극은 헛기침을 하면서 한 발 물러난다. 그러나 치밀어 올랐던 분통을 삭여 내지 못하는 기색이 완연하였다.

조선 주차 일본군 사령관 하세가와 요시미치 육군대장은 이토 히로부미를 대신하듯, 담담히 앉아 있는 고종황제에게 가시 돋친 말을 뱉어 냈다.

"폐하, 국제관례가 무엇인지도 모르는 조선 대신들의 무례함을 잘 다스려 주셔야 할 것으로 아옵니다. 또한 오늘 저자들의 무례함으로 인해 폐하께서는 응분의 대가를 치르게 될 것임도 함께 유념해 주셨으면 하옵니다."

그리고 이토 히로부미에게 상체를 숙이며 송구해한다.

"각하, 모두가 저희들의 불찰입니다. 오늘은 이만 돌아가시지요."

이토 히로부미는 크게 숨을 들이마셨다. 뭔가 호통을 칠 태세였으나 그 역시 더 불미한 일을 원치 않았던 모양으로 고종황제에게 작별의 말을 입에 담았다.

"폐하, 본 특명전권대사는 대일본제국과 대한제국 간에 체결되어야 할 새로운 조약의 내용을 사전 조율하는 중차대한 책무가 주어졌으나, 오늘 저들의 무례한 언동으로 아무 성과 없이 돌아가게 되었습니다. 그러나 곧 하야시 공사로 하여금 우리 일본국 천황폐하의 어의를 전할 것이오니 신속히 처결해 주시기를 바라면서 이만 물러가고자 하옵니다. 그럼……!"

말을 마친 이토 히로부미는 마치 친구 집 사랑방을 나가는 듯한 무례를 저지르며 고종황제의 접견실을 나간다. 그의 뒤를 따르는 하세가와 대장 그리고 하야시 공사의 오만방자는 차마 눈 뜨고 못 볼 지경이었다.

"아……."

고종황제는 파리하게 식은 어수를 들어 이마를 짚으며 탄식과도 같은 신음을 토해 낸다. 자신이 하고 싶었던 말을 전에 없이 격하게 쏟아 낸 후련함도 있었으나, 그러면서도 아무것도 얻어 내지 못한 결말과도 같아서 심기가 편치를 않았다.

"폐하!"

궁내부대신 이재극이 털썩 무릎을 꺾으면서 통곡한다. 고종황제는 비통한 심정으로 중얼거렸다.

"저자의 방자함을……, 저자의 무도함을 어찌 다스려야 하느냐!"

그러나 고종황제의 목소리는 누구도 듣지를 못했다. 대한제국의 운명은 그렇게 바람 앞의 등불처럼 명맥만 유지해 가고 있었다.

　　고종황제는 직언할 줄 아는 신하를 가까이에 두고 싶었으나 면암 최익현 말고는 누구도 떠오르지 않았다. 그렇다고 면암 최익현을 설득해 기용할 자신도 없다. 아버님 흥선대원군의 실정을 통박痛駁한 일로 제주도에 유배되었고, 병자년 강화도조약이 체결되었을 때는 도끼를 들고 상소문을 올렸다가 흑산도에 부처付處되어 3년 동안이나 고초를 겪었으면서도 나라를 사랑하는 그의 일편단심은 오히려 더 굳건해질 뿐이다.

　　'면암뿐인 것을……!'

　　그 후에도 고종황제는 은밀하게 사자를 보내 면암 최익현을 가까이로 부르고자 하였으나, 그는 한결같이 사양 상소문을 올리는 것으로 조선 선비의 기개를 지켜 가고 있다. 고종황제는 깊은 시름에 빠지면서도 자신의 무력함을 탓하지 않을 수가 없다.

　　대한제국의 숨통을 조이는 일본제국의 악랄함이 여지없이 드러나고 있는데도 목숨을 버려서 이에 맞서려는 충직한 신하가 없는 것은 고사하고, 일본 공사관의 앞잡이가 되어 대한제국의 앞날을 그르치려는 자들이 대신의 지위에 올라 있다. 그들의 한심한 작태를 물리치지 않고서는 대한제국의 앞날을 가늠할 수가 없다. 그러나 그들 무뢰배와 같은 대신들을 요직에 임명한 사람이 바로 자신이다. 고종황제는 참담한 후회를 거듭하고 있지만 바로잡을 대책이 없다. 고종황제는 시름 깊은 한숨을 토해 낸다.

　　"면암이 아니고서는……!"

그랬다. 면암 최익현이 아니고서는 일본제국의 침략야욕에 맞설 만한 인물이 없다. 고종황제는 궁내부대신 이재극을 은밀하게 포천에 보냈다. 면암 최익현에게 의정부 좌찬성에 제수한다는 교지를 전하기 위해서였다.

"대감, 폐하의 주변이 너무 허전합니다. 지금이야말로 대감의 경륜이 나라의 명운을 건져 낼 수가 있지를 않겠습니까."

"폐하의 성은에는 감읍하나, 따로 사임 상소를 올리겠다고 복명해 주세요."

"대감, 나라의 운세가 풍전등화와 같지를 않습니까."

"그렇지요. 하나, 참선비의 도리는 출처出處(들어가고 나가는 일) 하나에 달려 있는 것을요."

면암 최익현은 남명南冥 조식曺植 선생의 고사를 들어서 사양한다. 남명 조식은 같은 고장에서 태어나고 자란 퇴계 이황과 쌍벽을 이루는 학덕을 지녔으면서도 단 한 번도 관직에 나간 일이 없다. 그러기에 따르는 제자들에게 '나가고 들어가는 일을 분명히 하라'고 가르쳤다.

"대감, 그때와 지금은 시대가 다르지 않습니까. 지금은 나라의 운명이 풍전등화와도 같기에 드리는 말씀입니다."

"그리 말씀을 하신다면 나가지요. 그 대신 조정에 가득한 친일 대신들을 먼저 물리쳐 주실 수는 있겠습니까."

"……."

이재극은 할 말을 잃으면서 눈시울을 적신다. 조정에 가득한 친일 대신들, 그들을 쓸어 내기 위해서는 먼저 일본국 공사관 그리고 일본군 사령부를 쓸어 내야 한다. 친일 대신들이란 바로 그들에게 빌붙어서 사는 기생충에 비하여 무엇이 다르겠는가.

궁내부대신 이재극이 돌아가자, 면암 최익현은 문도들을 사랑으로 불렀다.

"폐하께서 의정부 좌찬성에 제수하신다는 성은을 내리셨으나, 나는 사임 상소를 올리는 것으로 폐하의 성은에 보답키로 했느니라."

문홍식이 머리를 조아리며 간곡히 고해 본다.

"선생님, 지금은 나라의 명운이 경각에 달려 있사옵니다. 의정부 좌찬성의 지위라면 언제라도 폐하를 배알할 수가 있사옵고, 또한 저 어리석은 대소 신료들을 바른길로 인도하실 수가 있다고 사료되옵니다. 재고하소서."

면암 최익현의 입가에 잔잔한 미소가 돌았다. 정시해가 용기를 얻은 듯 격앙된 목소리를 토해 냈다.

"인군과 부모, 스승은 하나임을 늘 강조하신 선생님이시옵니다. 그 어느 하나도 중요하지 않은 게 없사온데 어찌하여 선생님께서는 날로 혼미해지는 나라의 장래를 못 본 척하시려 하옵니까."

"어찌 생각들이 그리도 좁으냐. 너희들은 내가 조정에 입사하면 달라지는 것이 있을 것이라고 믿고 있는 모양이다마는……."

정시해가 힘을 주어 말했다.

"온당하고 힘 있는 조정을 만드실 수가 있을 것이옵니다."

"생각들이 너무도 짧구나."

"선생님!"

"얼마나 많은 신료들이 폐하를 보필하고 있느냐? 너희는 그 신료들 모두가 무능하다고 생각하느냐. 그렇지가 않느니라. 그 중에는 목숨을 걸고 직언을 서슴지 않는 충신들이 있지를 않더냐. 다만 그들의 올곧은 직언이 시대라는 흐름에 휩싸여서 들리지 않을 뿐임을 왜 몰라?"

"……!"

"너희는 정녕 우리 폐하께오서 나라가 도탄에 빠지기를 바라고 계신 줄 알았더냐. 그렇지가 않느니라. 시대의 흐름이 급해지면 황제도 힘을 쓰지 못하고, 경륜을 펴지 못할 때가 있느니라. 지금이 바로 그런 때가 아니더냐. 설혹 폐하께서 내 말을 귀담아 주신다 해도 저 외세의 험한 물살을 어찌 뛰어넘을 수가 있겠느냐?"

정시해는 좀처럼 물러서려 하지 않았다.

"선생님, 어려운 때일수록 중지를 모아야 하옵는데……."

"아니야. 그렇지가 않아!"

면암 최익현은 정시해의 말을 잘랐다. 평소 문도들의 의견을 존중하던 최익현이었으나 오늘만은 그렇지가 않았다.

"이해에 얽매이지 않고, 힘에 굴복하지 않으면서 직언을 하자면 조정에 발을 들여놓지 않는 편이 더 자유롭고, 또 폐하뿐만이 아니라 대신·신료들의 귀를 열게 하기 위해서도 조정에 발을 들여놓아야 할 까닭은 없느니라. 게다가 지금은 폐하의 심기를 보살피는 일보다 나라의 안위를 먼저 걱정해야 하는 때가 아니더냐."

면암 최익현의 논리에는 빈틈이 없다. 조선의 유림들이 그의 상소문을 읽으면서 함께 비분강개하는 것은 피 끓는 그의 충정이 군더더기 없는 논리에 실려 있기 때문이다. 면암 최익현은 담담한 표정으로 문도들을 둘러보더니 새로 쓴 상소문을 꺼내 든다. 그리고 정시해에게 말했다.

"이번에는 네가 도성엘 다녀와야겠다. 가서 조정을 살펴보고 오너라. 네 혈기가 어디까지 가 닿을 수 있는지 시험해 보고 오란 말이다."

정시해는 무릎걸음으로 최익현의 앞으로 다가가 앉았다. 붉은 보자기에 싸인 상소문을 받아 든 정시해의 모습은 상기되어 있었다.

이토 히로부미가 고종황제를 배알한 후, 일본국 공사관의 움직임은 더욱 간악해지고 있었다. 그들은 도성 안의 친일 여론을 주도할 목적으로 '일진회一進會'라는 친일 단체를 발족시켰다. 여기에는 다소 복잡한 사정이 있다.

애초에는 한성에 거주하는 사람들이 모여 독립협회와 같은 역할을 자임自任하고자 '보안회保安會'라는 단체를 조직했는데, 초대 회장에 윤병시가 취임하면서 일본제국의 조선침략 정책을 강도 높게 질타하는 반일전선을 표방하고 나섰다. 이에 당황한 일본군은 보안회의 집회 장소를 기습하고 회원들을 불법 체포, 구금하기에 이르자, 보안회는 이하영·현영운 등이 일본 공사 하야시 곤스케의 주구가 되어 매국에 앞장서고 있음을 강도 높게 질타하고 나섰다. 또 고종황제에게는 매국노들을 극형에 처하라는 상소문을 올렸다. 백성들은 보안회의 용단에 찬사와 박수를 보냈다.

보안회의 회원이 급격히 증가되면서 제2의 독립협회로 성장할 기미가 보이자 하야시 공사는 보안회를 해산하고 새로운 친일 단체를 결성하기로 한다. 이 음모를 수행하기 위해서는 친일 사상에 투철한 인물이 필요했다.

하야시 공사는 일본에서 암약하고 있는 송병준宋秉畯을 급거 귀국하게 했다. 이때 송병준의 나이 47세……, 그는 갑신정변甲申政變(김옥균의 3일천하) 이후 일본으로 망명한 친일 인사들을 암살하기 위해 파견된 자객刺客 중의 한 사람이었다.

김옥균을 암살하라는 지령을 받고 그에게 접근했던 송병준은 오히려 김옥균에게 감화되어 그의 추종자가 되었다. 그 일로 처벌을 받게 될 것이 두려워 살길을 모색하던 송병준은 민영환의 주선과 보증에 힘입어 지은 죄를 용서받고 양지현령, 흥해군수 등을 지내기도 했다. 그러나 명성황후 시해 사건 이후 친일 인물로 지목되면서 다시 일본으로 도망치게 되었다.

송병준은 노다 헤이지로野田平治郎라는 일본 이름으로 행세하고 다니다가 이토 히로부미의 민간인 참모 중의 하나인 우치다 료헤이內田良平에게 발탁되어 보다 조직적인 친일행각에 나서게 되었다. 영악한 조선 주재 일본 공사 하야시 곤스케는 그 송병준에게 보안회를 분쇄하라는 임무를 주면서 급거 귀국하게 하였다. 조선 땅으로 돌아오고 싶었던 송병준에게 날개를 달아 준 꼴이나 다름이 없다.

송병준은 일본군 사단장인 오타니 기쿠소 육군소장의 통역관 신분으로 귀국해 일본군 장교 숙소로 쓰이는 일본식 여관에 거처를 정했다. 그는 지체 없이 윤병시·유학주 등 보안회 간부들과 접촉하기 시작했다.

"여러분의 장래는 내가 보장하겠소."

송병준의 설득에는 신뢰감이 실려 있다. 그럴 수밖에 없다. 그의 지근에 일본 공사 하야시 곤스케가 있었고, 오타니 기쿠소 육군소장의 후원이 있다. 게다가 숙소까지 일본군 장교들이 머무는 곳이다. 가뜩이나 일본인들의 득세가 강해지던 시절이라

송병준의 출현은 신선한 자극제가 되고도 남았다.

하야시 공사는 송병준의 활동에 대단히 만족해한다. 조선 사회를 친일화하는 과정이 순조롭게 진행된다면 제2차 한일협약을 체결하는 일도 순조로워질 수가 있다. 한 가지 시름을 덜었다고 자신하는 하야시 공사의 교활함이 이번에는 조선 땅에 즐비한 황무지의 개간권을 확보하는 일에 쏠린다.

조선 땅의 황무지는 전 국토의 4분의 1에 해당할 정도였고, 여기에는 상당한 넓이의 평지도 포함되어 있다. 이 황무지를 개간하여 농토로 만든다면 조선 국토의 운영권을 손아귀에 넣는 일과 무엇이 다르겠는가. 물론 이 일에는 일본인 토지업자들이 개입되어 있었다.

"저 많은 황무지를 우리 일본 사람에게 빌려 준다면 빠른 시일 안에 농토로 개간하여 농사를 지어 보이겠소."

"저 돌밭을……?"

"상전벽해라는 말이 있지를 않소. 우리가 저 땅을 개간하여 얼마간 농사를 짓고 나서 고스란히 돌려드리겠소이다. 조선에 있는 땅덩인데 빌려 준다 한들 바다로 변할 까닭이 없지를 않소이까!"

간교한 일본인들의 감언이설에 조선 조정은 넋이 나간다. 아무 쓸모 없이 버려진 땅이 옥토로 변한다는데 싫어할 사람이 있겠는가. 이른바 근대화된 농업에 대한 개념조차 없던 대한제국 정부는 황무지 개간권을 일본인에게 허가하면서 50년 동안 무상으로 한다는 실로 어처구니없는 합의점에 접근하는 지경에 이르게 된다.

"말이 되는가! 전 국토의 4분의 1이나 되는 황무지 개간권을 50년 무상으로 왜인들에게 넘겨주다니. 이젠 땅덩이까지 내줄 참인가!"

황무지도 엄연한 국토의 일부다. 무려 전 국토의 4분의 1이나 되는 황무지를 일본인에게 무상으로 빌려 주다니, 그것도 50년 동안이라면 조선의 민초들은 무엇을 먹고 사는가. 분노라기보다 모욕감에 젖으면서 피를 토하는 사람, 미친 듯이 울부짖는 사람들이 늘어난다. 이 음모에 저항하는 지사들이 배일통문을 전국의 유림에게 돌리자, 많은 조정의 신료들과 유생들은 황무지의 개간권을 요구한 일본 공사관과 정상배의 파렴치한 행위를 격렬하게 비난하고 성토하는 상소를 올렸다.

"생각이 짧았음이야."

자성의 분위기가 달아오르면서 대한제국 정부에서는 외부대신 이지용의 이름으로 일본의 황무지 개간권에 관한 일체의 요구를 거부한다는 공식 성명을 발표하게 된다.

그런 와중에서도 송병준의 활약은 하야시 공사를 심히 만족하게 한다.

"아무래도 새로운 단체를 만들어서 기존 단체를 흡수해야 할 것 같소이다.”

“그 새로운 단체가 우리 일본국 정부의 정책을 지지한다면 모든 경비는 우리 공사관에서 부담하겠소.”

“심려치 마시오. 반드시 성공할 것이오이다!”

송병준은 보안회의 주축들과 의논하여 ‘유신회維新會’라는 새로운 단체를 발족했다. 그리고 며칠 후, 단체의 이름을 다시 ‘일진회’로 변경하고 4대 강령을 발표했다. 강령의 내용은 문장의 배열이나 표현하는 바가 약간 다를 뿐 일본의 조선침략 정책과 조금도 다를 바가 없었다. 일진회의 행동 강령은 하야시 공사가 노리는 친일노선 바로 그것이었다.

“허허허, 됐어요. 송 선생의 노고는 절대로 잊지 않을 것이오. 아니지요, 우리 일본국 정부에서 그에 합당한 보상이 있을 것이오.”

조선인으로 구성된 외곽 단체가 일본국의 정책을 지지하고 나서만 준다면 백만 원군에 비하여 무엇이 다르겠는가.

‘때가 무르익질 않았나.’

하야시 공사는 회심의 미소를 흘리면서 다짐을 거듭하였다. 이토 히로부미가 특명전권대사의 소임을 띠고 방한했을 때에 제기되었어야 했던 또 하나의 조약, 즉 「한일의정서」를 매듭지을 수 있는 호기가 무르익어 가고 있음이라고 믿은 때문이다.

하야시 공사는 외부서리 윤치호를 공사관으로 부른다.

「한일의정서」가 체결되면서 여론이 악화일로로 치닫게 되자 이지용은 외부대신 자리에서 물러났다. 그 후임으로 윤치호가 외부서리로 기용되어 있었다. 윤치호는 갑신정변에 가담했다가 상해로 망명했고, 서재필·이상재 등과 독립협회를 조직했던 인물이다.

하야시 공사는 능글맞게 웃으며 윤치호에게 한 건의 문서를 내밀었다.

"각하, 서둘러 조인해 주셔야 할 외교문섭니다."

윤치호는 협정서 초안을 살펴보면서 가슴 두근거리는 전율감에 몸을 떨고 있다. 그러나 하야시 공사는 숨 쉴 틈도 주지 않고 다그친다.

"이 문건은 이토 각하께서 조선 황제에게 직접 올리고자 했던 것이오. 그로부터 또 많은 시간이 흘러가지를 않았소. 이젠 잠시도 뒤로 미룰 수 없는 중차대한 문서임을 전 각료들에게 인지시켜 주시기 바랍니다!"

때를 같이하여 조선 주차 일본군 사령부는 한성에서 실전을 방불케 하는 군사훈련을 감행하여 소란을 피우는 한편, 남산에 배치된 대포를 경운궁 쪽으로 포신을 돌리는 등 대한제국을 노골적으로 압박했다. 하야시 공사는 친일 각료들을 회유하거나 닦달하면서 「한일의정서」에 조인할 수밖에 없는 분위기를 만들어 갔다.

"어차피 체결되어야 할 조약이라면……, 구태여 마찰을 빚어 가면서 체결할 게 무에 있느냐는 것이지요. 허허허, 서둘면 서둘수록 양자 간의 피해를 줄일 수가 있다고 봅니다."

대한제국의 조정은 하야시 공사의 간교함을 당해 내지 못한다. 그가 말하면 언제나 그대로 진행되었다는 사실을 너무도 잘 알고 있었기 때문이다. 아니, 대부분의 신료들이 이미 그에게 매수되어 있었던 탓이기도 하였다.

마침내 8월 23일, 대한제국의 재정권과 외교권을 박탈하는 침략 문서인 「한일의정서」가 조인되었다. 「한일의정서」는 모두 3개 조로 되어 있다.

제1조 대한제국 정부는 일본 정부가 추천하는 일본인 1명을 재
       정 고문으로 하여 대한제국 정부에 용빙하고 재무에 관한
       사항은 일체 그 의견을 물어 시행한다.
제2조 대한제국 정부는 일본 정부가 추천하는 일본인 1명을 외
       교 고문으로 용빙하고 외교에 관한 사항은 일체 그 의견
       을 물어 시행한다.
제3조 대한제국 정부는 외국과의 조약 체결, 기타 중요한 외교
       의 중요 안건, 즉 외국인에 대한 특권 양여와 계약 등의
       처리에 관해서는 미리 일본 정부와 상의해야 한다.

말이 되는가. 대한제국이 일본 정부가 추천한 일본인 고문을 용빙傭聘하고 그들에게 재정과 외교에 관한 사항을 물어서 시행한다면 대한제국을 더 이상 주권국가라 할 수 없다. 그러나 일단 조인된 외교문서의 효력을 정지하게 할 수는 없다.

한일협정에 따라 일본국 대장성의 주세국장이던 메가타 다네타로目賀田種太郎가 재정 고문으로, 일본 주재 미국 공사관에 근무하던 미국인 스티븐스가 외부 고문으로 각각 부임해 왔다. 이로써 대한제국의 재정권과 외교권이 모두 일본 정부에 넘어간 꼴이 되었다. 뿐만 아니라, 일본은 조약에도 명시되지 않은 경찰 고문에 일본 경시청의 경시 마루야마 시게도시, 궁내부 고문에 전 조선 주재 일본 공사 가토 마스오, 군부 고문에 노즈 시즈다케 중좌를 각각 임명케 했다.

「한일의정서」의 구체적인 내용이 알려지면서 일본에 대한 조선인의 저항은 날로 거세어졌다. 분노한 백성들은 친일 주구에게 폭탄을 투척하기도 했고, 일본군 통신시설을 절단하고 습격하는 등 항거와 저항이 날로 증폭되고 있었다. 그러나 일본군의 보복도 가차 없었다.

이 무렵 러시아 황제 니콜라이 2세는 발틱 함대로 일본 근해의 재해권을 장악케 하여 만주에 있는 일본군의 보급로를 차단할 작전을 세우고 발트 해의 리바우 항을 출발하게 했다. 그러나 러시아는 영국에 발목을 잡혔다. 영국은 러시아와 터키에 대해 평화 시 군함의 보스프러스 해협 통과를 금지하는 국제협정을 들어 엄중히 경고하여 발틱 함대의 참전을 지연시켰다.

협정을 무시하고 리바우 항을 출발한 발틱 함대는 스코틀랜드 북쪽 도거뱅크 해역에서 영국 트롤선을 일본 어뢰선으로 오인해 발포했다. 영국은 이 사건의 처리를 빌미로 발틱 함대의 동진을 지연시켰다. 또한 러일전쟁에서 중립을 지킨다는 명목으로 발틱 함대에 대한 연료 공급과 영국령 식민지에서의 기항을 거부했다.

발틱 함대가 대한제국으로 가기 위해서는 아프리카 해안, 희망봉, 스리랑카, 싱가포르, 홍콩 등을 거쳐야 했는데 그곳들은 공교롭게도 모두가 영국의 식민지였다. 따라서 발틱 함대는 프랑스와 독일의 식민지 항구에서 석탄 보급을 받을 수밖에 없었다.

또한 영국은 발틱 함대의 위치를 시시각각 일본에 알려 주었다. 일본 대본영에서는 리바우 항을 떠난 발틱 함대가 인도를 돌아서 조선해협에 도착하는 시기를 1905년 1월 상순쯤으로 상정하고 일본 연합함대에 실전과도 같은 훈련을 명했다.

일본국 연합함대는 조선의 진해만을 기지로 쓰고 있었다. 사령관 도고 헤이하치로東鄕平八郎 해군대장은 충무공 이순신 장군을 마음으로부터 흠모하는 사람으로, 격전에 대비한 그의 계획은 비상하기까지 하였다. 게다가 그의 곁에는 미국 태평양 함대의 기함旗艦에 관전무관으로 승선하여 실전과도 같은 연습에 참여하였던 아키야마 사네유키 중좌가 그림자처럼 붙어 있다.

"함포사격의 포술을 익혀야 합니다, 각하."

당연하지를 않던가. 함포사격은 전속으로 달리면서 쏘아야 하고, 전속으로 달리는 적함에 명중하여야 한다. 발사하는 군함의 속도와 날아가는 포탄의 속도, 그리고 움직이는 적함의 속도가 정밀하게 계산되어야 명중할 수 있는 고도의 기술이 연마되지 않고서는 해전에서의 승리를 장담할 수가 없다. 아키야마 사네유키 중좌는 해전의 귀재라고 평가되는 수재나 다름이 없다. 그는 미국 함대의 관전 임무를 마치고 다시 프랑스에 유학하여 유럽 함대의 정보를 수집하고 귀국하였다.

일본군 연합함대 사령관 도고 헤이하치로는 아키야마 사네유키 중좌의 능력을 높이 평가하여 기함 미카사三笠를 비롯한 전 함대의 작전을 관장하게 할 정도로 그를 신임하였다. 일본군 연합함대의 함포사격 훈련은 실전을 방불케 하였다. 세계 최강을 자랑하는 러시아의 발틱 함대를 괴멸하지 않고는 전쟁을 끝마칠 수가 없기 때문이다.

일본국 연합함대의 연간 사용량인 3만여 발의 포탄을 단 10일간에 소진할 만큼 혹독한 실전 훈련을 실시했다. 연합함대 사격술의 수준은 하루가 다르게 향상되어 갈 수밖에 없었다.

러일전쟁은 막바지로 치닫고 있었다. 비록 승기는 일본 쪽으로 기울고 있었지만 그 손실은 이루 형언할 수가 없을 정도였다.

여순의 203고지에서는 3만여 명의 전사자를 내고 있었고, 봉천 등지의 육전에서도 천문학적인 손실을 빚어내고 있었다. 이 포기할 수 없는 전쟁에 투입되는 막대한 전비 부담이 신생 일본제국의 재정 상태를 파국 직전으로 몰아가고 있었다. 일본은 외국에서 빌린 차관으로 전비를 부담하고 있었어도 이 전쟁을 자의로 끝마칠 수가 없었기에 만약 러시아군의 저항이 길어지기라도 한다면 일본도 승전을 장담할 수 없는 급박한 상황이었다.

일본국은 다각적인 외교 통로를 동원해 러시아와의 휴전을 탐색하는 등 전쟁을 종결시키기 위해 은밀한 외교전까지 수행해야 하는 최악의 사정에 직면해 있다. 따라서 조선에 대한 착취와 억압은 날로 더해질 수밖에 없었다.

마침내 운명의 해인 1905년의 새날이 밝았다.

「한일의정서」가 체결되면서부터 대한제국의 상황은 악화일로에 내몰리고 있었다. 황제가 있어도 국권을 행사할 수 없었고, 정부가 있어도 국익을 도모할 수가 없었다. 한성 일원의 경찰권은 어느 사이엔가 일본군 헌병대로 넘어가 있었고, 화폐 조례법의 공포로 일본 화폐의 무제한 통용이 허가되면서 대한제국 경제는 파탄 지경에 빠져들게 되었다.

대한제국 경제를 대표하는 종로의 상권이 무너지면서 일본 상인들이 종로의 상권을 장악하게 되었다. 종로 상인들은 맨주먹으로 일어나 일본 상인들의 종로 진출 금지를 경무청에 요구하는 대대적인 시위를 벌였다. 이에 따라 경무청은 종로에 상점을 열었던 일본인 상인들로 하여금 일단 철수하도록 했다.

1월 13일, 제물포 앞바다에 거대한 증기선 캘릭 호가 정박했다. 왁자지껄한 구경꾼들 사이로 헌병들이 도열해 길을 만들었다. 멕시코로 떠나는 조선인들이 무거운 발걸음을 옮겨 놓고 있었다. 여기저기서 울리는 헌병들의 호루라기 소리는 그들의 가슴에 피멍을 들게 했다. 캘릭 호가 부두에 정박할 수 없었기에 조선의 무지렁이 노무자들은 부두에서 거룻배로 캘릭 호까지 가야 했다.

환송하러 나온 사람들은 떠나는 사람들을 붙들고 놓아 주려 하지 않았다.

"가지 마라! 가지 마."

한 노파가 중년의 아들 팔을 붙들고 늘어졌다. 아들은 하염없이 흐르는 눈물을 소매로 훔치며 먼 하늘만 바라보았다. 그의 형인 듯 보이는 남자가 노파를 달랬다.

"어머니, 이러시면 안 됩니다. 어디 죽으러 갑니까? 돈 벌겠다고 가는 거 아닙니까."

노파는 아예 퍼질러 앉아 아들의 다리를 붙잡고 늘어졌다.

"이놈아, 내가 너를 어찌 키웠는데……, 안 된다. 굶어 죽더라도 여기서 같이 죽자. 가면 안 된다. 안 돼!"

아들은 끝내 북받쳐 오르는 눈물을 참지 못했다. 노파와 아들은 눈물과 콧물이 범벅이 된 채 떨어질 줄을 몰랐다.

그들 옆을 문흥식이 지나고 있다. 뒤엉킨 사람들 사이를 헤치면서 문흥식은 목 놓아 아버지를 불렀다.

"아버지이……!"

그러나 문흥식의 목소리는 웅성대는 소리와 울음소리에 묻혀 멀리 퍼져 나가지 못했다. 목이 터져라 아버지를 불러 대는 문흥식의 눈은 이내 눈물로 범벅이 되었다.

얼마 전 목포에 있는 처 황씨가 포천으로 문흥식을 찾아왔었다. 황씨로부터 아버지가 이민선을 타게 되었다는 소식을 듣고 대경실색했다.

"그럴 리가, 그럴 리가 없소."

황씨는 왜 자기 말을 못 믿느냐며 답답해했다.

"어머니께서 목포까지 오셔서 알려 주셨으니 틀림없어요. 아버님께서 돈을 보내 주셔서 빚도 다 갚고 땅도 좀 사셨답니다."

문흥식은 억장이 무너지는 설움 속에 며칠을 보내다가 스승 면암 선생께 사정을 고하고 인천으로 달려왔다. 멕시코로 떠나는 사람들 대부분이 부둣가에서 숙식을 해결하며 떠날 날을 기다리고 있다는 사실을 알아낸 문흥식은 발이 부르트도록 돌아다니며 수소문을 했으나 아버지의 소식을 들을 수가 없었다.

문흥식은 거룻배가 떠나는 선창으로 달렸다. 떠나려는 사람

들과 말리는 사람들의 아우성은 파도 소리까지 집어삼킬 만큼
처절했다. 행렬의 끄트머리까지에 다다른 문홍식은 막 떠나는
거룻배에서 아버지 문갑수를 발견했다. 문홍식은 거칠게 사람
들을 밀치며 튕겨지듯 앞으로 나갔다.

"아버지이, 아버지이……!"

문갑수는 사람들의 틈에 끼어 사방을 두리번거린다. 분명히
아들의 목소리여서다.

"아버지!"

문갑수는 조금씩 멀어지는 선창 쪽으로 몸을 돌렸다. 그제야
아들 문홍식이 달려오는 것이 보였다. 문홍식은 두 손을 번쩍 들
면서 피눈물이 섞인 절규를 토한다.

"아버지, 아버지, 가시면 안 돼요. 어서 내리세요. 아버지, 어
서요!"

문갑수도 목 놓아 아들의 이름을 불렀다.

"홍식아, 홍식아……!"

문갑수를 태운 거룻배는 속절없이 육지에서 멀어지고 있다.
문홍식은 미친 듯이 선창 끝까지 달려 나갔다.

"안 돼. 배 세워, 세우라니까!"

문홍식은 발버둥치면서 점점 멀어져 가는 거룻배를 바라보
았다.

"아버지이, 아버지이……!"

두 사람 사이에 놓인 짙푸른 바다는 점점 넓어졌다. 문갑수는 거룻배에 서서 한 손으로는 연방 눈물을 훔치며 다른 손은 깃발처럼 흔들어 댔다. 문갑수를 태운 거룻배는 아들 홍식의 피눈물을 외면한 채 바다를 헤쳐 나갈 뿐이었다.

김은영도 이창준의 부축을 받으며 아버지 칠성을 찾아 부두를 헤매었다. 마음대로 움직여 주지 않는 몸 때문에 김은영은 피가 마르는 것 같았다. 무슨 사람들이 이리도 많은지, 이리 밀리고 저리 밀리면서 몇 번이나 쓰러질 뻔했다. 두 사람은 거의 부둥켜안다시피 한 채였다.

김은영의 이마에 식은땀이 맺혔다. 그러나 김은영은 고통 따위는 아랑곳하지 않았다. 연방 주위를 살피며 아버지를 외쳐 불렀다.

"아버지……, 아버지!"

그때 이창준이 김은영을 흔들면서 소리쳤다.

"은영이! 저기야, 저기 계셔!"

이창준은 김은영을 이끌며 행렬의 뒤쪽으로 향했다. 김은영은 아버지를 놓칠까 봐 이를 악물고 이창준에게 매달렸다. 잠시 후, 김은영의 눈에 고개를 푹 숙인 채 걷고 있는 아버지 김칠성의 모습이 들어왔다. 김은영은 목이 터져라 아버지를 불렀다.

"아버지, 아버지……!"

김칠성은 잠에서 깨어난 사람처럼 천천히 고개를 돌리며 주위를 둘러보다가 손을 내저으며 자기를 부르고 있는 딸 은영과 눈이 마주쳤다. 김칠성의 눈에서 참고 참았던 설움의 눈물이 한꺼번에 쏟아져 흘렀다. 김칠성은 고개를 돌리며 딸 은영을 외면하려 했으나 걸음을 멈추고 말았다. 뒤따라오던 사람들이 김칠성을 밀치며 쌍소리를 해 댔기 때문이다. 김칠성의 귀에는 아무 소리도 들리지 않았다. 밀치면 밀치는 대로 발을 내딛다가 고개를 돌리곤 하였다. 사람들 사이로 허우적거리며 딸 은영이 다가오는 모습이 흐린 눈에 가득했다.

김은영은 쓰러지듯 달려와 아버지 칠성의 품에 안겼다.

"아버지, 가시면 안 돼요."

이창준도 김칠성의 거친 손을 꼭 잡았다.

"가시지 마십시오."

김칠성은 먼 데를 바라보며 눈물만 지을 뿐이다. 김은영도 이창준도, 가지 말란 말밖에는 다른 할 말이 없었다.

마침내 김칠성은 사랑하는 딸 은영을 가슴에서 밀어내었다.

"이런 꼴 보이지 않으려고 식구들 몰래 나왔건만……, 이 애비를, 이 못난 애비를 용서하려무나."

김은영은 다시 아버지의 가슴에 안기며 울부짖었다.

"아버지, 가지 마세요. 가시면 돌아오시지 못해요."

김칠성은 눈물을 참으며 딸 은영의 등을 토닥거렸다.

"빚 한 푼도 남기지 않고 다 갚았다. 이 못난 애비 대신 어머니를 잘 부탁한다.”

그리고 김칠성은 눈물겹게 속내를 털어놓는다.

“이 철없는 것아! 돈이 없으면 어찌 살아. 그리고 이 애비는 죽으러 가는 게 아니야. 몇 년만 더 뼈 빠지게 일하면 다시 곡물상을 열 돈 정도는 마련할 수 있다질 않니.”

“그렇지 않아요. 아버지는……, 아버지는 노예로 팔려 가는 거라구요!”

김칠성은 딸 은영의 비명 같은 항변을 들으면서도 오히려 입가에 웃음을 담았다. 철없는 어린아이의 투정쯤으로 여기고 있었기 때문인지도 모른다.

“이 사람, 창준이라 했던가…….”

“예.”

김칠성은 글썽거리는 눈으로 이창준의 눈빛을 살폈다. 그리고 두 사람의 손을 포개 쥐게 하고는 힘주어 말했다.

“다시 만날 수가 있을 것일세. 우린 다시 만나야 하질 않겠나? 그때까지 우리 은영이, 은영이 모녀를 자네가 보살펴 주길 바라네. 난 자네만 믿네…….”

김칠성은 목이 메는지 말을 잇지 못하고 잠깐 멈췄다. 그리고 크게 숨을 내쉬더니 숨결에 힘을 모아 말을 이었다.

“알겠나, 이 사람아!”

“예. 하지만…….”

이창준의 대답이 채 끝나기도 전에 김칠성은 두 사람을 밀치며 인파 속으로 섞여들었다. 이창준과 김은영은 인파 속으로 묻혀 가는 칠성의 뒷모습에 시선을 모았다. 김은영의 울부짖음은 그대로 피눈물이었다.

"아버지, 아버지, 안 돼요. 가시면 안 된다니까요……!"

헤어지는 사람들의 악다구니와 눈물이 범벅이 되어 들끓는 와중에도 거룻배는 서서히 모선을 향해 떠나간다.

멀리 연안에 정박한 미국 기선 캘릭 호가 뿜어내는 기적 소리가 들렸다. 가족을 떠나보내는 사람들의 가슴에는 원한으로 남는 녹슨 소리였다.

같은 시각, 제물포의 군용 부두로 소형 수송선들이 연이어 들어왔다. 군복을 빳빳하게 다려 입고 총을 윤이 나게 닦은 일본 병사들이 대열을 맞추어 절도 있는 동작으로 수송선에서 내린다. 추가로 투입되는 조선 주차 일본군들이었다.

그 뒤로 계급이 없는 군복 차림에 모자를 눌러쓴 여인이 천천히 내렸다. 수송선 밖에 대기하고 있던 헌병 두 사람이 여인에게 달려가 거수경례를 했다. 여인이 모자를 벗자 킨 머리카락이 흘러내렸다. 배정자였다.

"정중히 모시라는 분부가 계셨습니다."

"수고가 많아요."

배정자는 머리카락을 휘날리며 헌병과 나란히 걸어갔다. 군용 부두 입구에 헌병 사이드카 두 대가 서 있었다. 마쓰모토 대위가 운전석에서 내리며 배정자에게 경례를 했다.

"먼 길에 노고가 크셨습니다."

배정자는 감개가 새로운지 주위를 둘러보며 말했다.

"이토 각하께서는 어디에 계시나?"

"손탁 호텔에 계십니다."

배정자가 머리카락을 쓸어 올리면서 사이드카에 올랐다. 만리타국으로 떠나가는 사람들과 떠나보내려는 사람들의 울부짖는 듯한 아우성 소리가 바닷바람에 실려 들려오고 있었다. 배정자는 사람들이 북적이는 부두 쪽을 턱으로 가리켰다.

"1천 명은 족히 되겠지……?"

"그렇습니다. 1천3백 명이라고 들었습니다."

"오사카 장사치들의 상술인데 오죽하겠나."

배정자는 오바 도시오를 오사카 장사치로 거명하면서 비아냥거렸다.

"하야시 공사님의 적극적인 협력이 있었던 것으로 압니다."

마쓰모토 대위는 사이드카의 기어를 풀면서 일본국 공사관의 공로가 있었음도 과시하였다. 배정자는 마쓰모토 대위의 무책임한 말투를 나무랄까 하다가 참았다.

사이드카가 출발하자 바다 냄새가 확 밀려왔다. 사이드카는 흙먼지를 날리며 제물포역으로 향했다. 배정자는 바람에 날리는 머리카락을 쓰다듬어 올리며 빠르게 스쳐 지나가는 풍경에 눈을 돌린다. 제법 서양식 2층 건물이 늘어서 있었어도 주변의 초가와는 어울리지 않는 살풍경일 뿐이었다.

손탁 호텔 입구에 세워진 가스등에 불이 들어왔다.

인력거 한 대가 달려와 멈추자 하기와라 참사관이 달려 나왔다. 인력거 휘장이 걷히면서 화려한 양장 차림의 배정자가 내렸다. 돈암동 사저에 들러서 오는 모양이었다. 하기와라는 정중하게 허리를 굽히면서 말했다.

"각하께서 기다리고 계십니다."

배정자는 손탁 호텔을 둘러보며 새삼 감회에 젖어든다. 조선 사교계의 중심 무대인 손탁 호텔의 '정동클럽'은 배정자의 독무대나 다름이 없었다. 각국의 외교관들과 조정 대신들 사이를 누비면서 종횡무진 화제를 이끌어 가던 나날들……, 배정자는 만주의 전쟁터를 전전하면서도 화려했던 손탁 호텔의 독무대를 무척 그리워했었다.

가스등에 비친 손탁 호텔의 분위기는 예전과 다를 게 없었다. 배정자는 호텔로 들어서며 속으로 말했다.

'내가 돌아왔어!'

배정자는 낯익은 호텔 곳곳을 찬찬히 살피면서 빨간 카펫이 깔린 계단을 올라갔다. 양아버지 이토 히로부미가 머무는 특실이 2층에 있었기 때문이다. 배정자는 특실 앞에 이르자 핸드백에서 거울을 꺼내 화장을 고쳤다. 다시 옷매무새를 추스르고 나서야 하기와라 참사관에게 눈짓을 보냈다. 하기와라는 조심스럽게 문을 두드렸다.

"들어와."

하기와라가 문을 열자 배정자는 가벼운 발걸음으로 안으로 들었다.

서류를 살피던 이토 히로부미는 무표정한 얼굴로 고개를 들었다. 화려하게 정장 차림을 한 배정자가 바로 눈앞으로 다가서고 있다.

"아니 너, 사다코……!"

이토 히로부미는 자리에서 벌떡 일어나 두 팔을 활짝 벌렸다.

"아버지!"

배정자는 왈칵 이토 히로부미의 가슴으로 안겨 들었다. 민망해진 하기와라 참사관은 뒷걸음질을 하며 방 밖으로 나간다.

"오, 사다코. 몽매에도 보고 싶었다. 허허허."

배정자는 이토 히로부미의 목에 팔을 두르며 젖은 눈을 들었다.

"저도요, 저도요, 아버지."

이토 히로부미는 배정자의 가느다란 허리를 힘차게 끌어당겼다. 배정자는 오랜만에 만나는 정인의 가슴에 얼굴을 묻었다.

"섭섭해요. 어쩜 제가 오는 것도 모르고 계실 수가 있어요?"

이토 히로부미는 배정자의 머리카락을 쓰다듬으며 말했다.

"사다코, 내 너를 잊을 턱이 있겠느냐. 하나, 지금은 전시가 아니냐. 우리 일본국의 사활을 걸고 싸우고 있다는 사실을 알아야지."

"아무리 그래도……."

"만주에서 네 활약이 대단했다는 보고는 받고 있었다. 그만하면 되었다 싶어서 너를 불렀어."

배정자는 응석이 섞인 투정을 부렸다.

"이젠 정말 편하게 쉬도록 해 주시겠어요?"

"허허허, 그건 아니지. 더 고생하라고 부른 것이야."

"아버지!"

"바로 이곳이 네 전쟁터가 아니냐. 조선이 내 손아귀에 들어오고서야 너의 전쟁도 끝날 것이야."

"……!"

배정자는 전율했다. 이토 히로부미는 가난에 찌들었던 일본이라는 작은 나라를 오늘과 같은 부강한 근대국가로 만든 선봉장이다. 배정자는 부르르 떨 듯 이토 히로부미에게 몸을 바짝 붙였다.

"너무 두려워 마라. 내가 너를 보살피고 있질 않느냐?"

배정자는 이토 히로부미의 품에서 움직이지 못한다. 그의 지극한 사랑과 자애로움에 감격하고 있음이 아니겠는가. 생각해 보면 안다. 오늘의 배정자는 이토 히로부미 없이는 존재할 수가 없다. 그가 없었다면 낯모를 사내들의 품안을 떠도는 창녀가 되었을지도 모른다.

이토 히로부미는 배정자의 발탁을 내심 자랑스럽게 여기면서도 그것을 내색하는 일이 없었다. 때로는 아버지의 자애로움으로, 또 어느 때는 다정한 정인의 모습으로 배정자의 열정을 추스르는가 하면, 순식간에 카리스마를 휘두르는 무서운 상전으로 돌변하기도 했다. 배정자의 총명은 이 같은 이토 히로부미의 변화무쌍한 지도와 가르침을 빈틈없이 받아들임으로써 그로 하여금 만족감을 느끼게 했었다.

"아버지, 만주에서의 전황을 보고드리겠어요."

"허허허. 사다코의 총명을 누가 따를꼬. 서둘 것 없어. 곧 하세가와 대장과 하야시 공사가 올 테니까."

"아버지!"

"사다코의 무사귀환을 축하하는 건배가 있어야 하지를 않겠느냐. 응, 허허허."

배정자는 이토 히로부미의 가슴팍으로 다시 뛰어들었다. 그는 배정자의 귀환을 알고 있었으면서도, 아니 환영만찬을 준비하고 있었으면서도 내색하지 않았다. 배정자가 그의 도량에 감탄하여 이토 히로부미의 분신임을 자처하게 된 까닭도 바로 이런 대범함에서 기인되고 있었다.

조선 주차 일본군 사령관 하세가와 요시미치 대장이 도착했다. 곧이어 일본 공사 하야시 곤스케도 도착했다. 네 사람은 별실로 옮겼다. 차려진 양식 식탁에 둘러앉은 네 사람은 포도주가 담긴 크리스털 잔을 들었다.

"대공을 세우고 무사히 돌아온 다야마 사다코를 위한 건배를 당연히 내가 제의해야 되지를 않겠나. 자, 건배합시다."

네 개의 크리스털 잔이 부딪쳐서 울리는 해맑은 소리는 실로폰이 빚어내는 음악과 같았다.

식사를 마친 네 사람은 특실의 응접실로 다시 자리를 옮겼다. 러일전쟁의 전황이 유언비어처럼 꼬이고 있던 조선의 사정이다. 하세가와 대장도 하야시 공사도 정확한 전세를 알지 못했다. 그렇게도 궁금해하던 만주에서의 전황은 과연 어떻게 돌아가고 있는지, 두 사람은 자리를 옮겨 앉으면서 숨소리를 죽일 수밖에 없었다.

이토 히로부미가 끄음, 신음 같은 한숨을 토하자 하세가와 대장이 잠깐 뜸을 들이다가 조심스럽게 입을 열었다.

"말씀 여쭙기 송구합니다만, 여순의 203고지에서 수많은 전사자를 내면서도 승기를 잡지 못하고 있다는 것이 사실입니까?"

이토 히로부미는 고개를 끄덕였다. 그리고 잠시 후 참담한 어조로 입을 열기 시작했다.

"처음부터 어려운 전쟁이 될 것이라고 짐작은 했지만……, 이토록 어려울 거라고는 미처 생각지를 못했어.”

하야시 공사는 두 사람의 대화에 감히 끼어들 엄두조차 내지를 못했다.

“그렇다면 이 전쟁이 장기화될 수밖에 없지를 않습니까?”

이토 히로부미는 갑자기 눈을 부릅뜨며 언성을 높였다.

“그건 안 돼! 여기서 더 장기화되면 큰일 나!”

“……!”

하야시 공사는 다급하게 자세를 고쳐 앉으며 입술을 물었다. 전세가 그토록 심각한지를 모르고 있었기 때문이다. 강적 러시아를 맞아 서전을 승리로 장식한 후 승승장구해 가고 있는 줄로만 알았었다. 다만 만주 전선이 넓어서 시간이 걸리는 것이라고……, 그러나 결국은 승리할 것이라고 믿어 의심치 않았던 하야시 곤스케가 아니었던가.

이토 히로부미는 잠시 허공으로 시선을 옮겼다가 더 참담한 말을 입에 담았다.

“우리에게 더 이상 전쟁을 치를 전비가 없다는 사실을 하세가와 대장도 알고 있지를 않나?”

하세가와 대장도 침통하기는 마찬가지였다.

“짐작은 하고 있었지만, 상황이 이렇게까지 될 줄은 대본영★ 本營(일본국 작전사령부)에서도 미처 예상치 못했다는 얘기가 되질 않습니까, 각하!”

요동반도 남단에 있는 여순항은 러시아 남진정책의 보루나 다름이 없다. 청나라에 대한 압력과 일본과 서구 열강에 대한 견제를 동시에 충족하기 위해 러시아는 여순항이 내려다보이는 203고지에 철옹의 요새를 구축하고 포대를 설치했다. 일본이 러일전쟁의 서전에서 여순항을 봉쇄하는 데는 성공했으나 여순항에 정박 중이던 러시아 함대를 괴멸시키지 못한 것도 따지고 보면 203고지에 설치된 포대 때문이었다.

만주를 거쳐 중원으로 진입하기 위해서나, 중원으로 가는 교두보를 확보하기 위해서라도 요동반도를 점령해야 하는 것은 절체절명의 과제였다. 일본은 어떤 희생을 치르고라도 203고지를 점령해야만 여순항을 장악할 수가 있다. 그러나 철옹성 같은 203고지는 일본군의 파상적인 공세에도 끄떡하지 않았다. 날이 지날수록 203고지 아래에는 일본군의 시체만 쌓여 가고 있었다. 3만여 명의 전사자를 내고 있다면 무려 3개 사단이 전멸한 것이나 다름이 없다.

이토 히로부미는 소파에서 일어서며 목소리를 내리깔았다.

"이 전쟁은 처음부터 무리가 아니었나. 무리라는 것을 알면서도 시작하지 않을 수가 없었어."

하야시 공사는 마른침을 꿀꺽 삼키며 이토 히로부미의 표정을 살폈다.

"이 전쟁에서 지면 일본은 끝장이야."

이토 히로부미는 한참을 말없이 서성거리다가 어렵게 다시 입을 열었다.

"미국의 루스벨트 대통령에게까지 러시아와의 종전협상을 부탁해 놓고 있어."

종전협상이라는 말에 깜짝 놀란 하야시 공사가 비로소 입을 열었다.

"루스벨트도 서양인인데 우리 일본의 편을 들어주겠습니까?"

"어렵겠지. 하나 무슨 수를 써서라도 그렇게 하도록 해야 해. 미국이 러시아의 만주 진출에 불만을 가지고 있다는 점이 우리에게 유리한 점이고, 루스벨트와 하버드 대학을 같이 다닌 친구들까지, 동원할 수 있는 모든 수단을 동원해서라도 이번 전쟁을 무사히 마쳐야 해. 그것도 단시일 안에 말이야."

이토 히로부미는 잠시 사이를 두었다가, 창가로 가서 섰다. 그리고 비장한 어조로 가슴에 묻어 둔 회한을 토로하기 시작했다.

"나는 지난 50년 동안 일본이라는 배를 만들기 위해 전력을 쏟아부었어. 무척 힘들고 어려운 일이었지. 부서진 돛대를 고쳐서 바로 세우고, 찢어진 돛은 기워서 달았어."

이토 히로부미는 고개를 돌려 하세가와 대장을 바라보면서 자신감을 회복하고 있었다.

"작고 볼품없는 배였어도 일본이라는 배는 훌륭하게 바다에 떠올랐어."

하세가와 대장은 잘 알고 있다는 듯 이토 히로부미를 불렀다.

"각하!"

이토 히로부미는 창턱에 손을 짚으며 깊은 회한에 잠겨 간다.

"노도와 풍랑이 너무 심하질 않았나. 배가 뜨던 그날부터 오늘에 이르는 동안 나는 단 하루도 편한 잠을 이룬 날이 없었어……."

농민의 아들로 태어나 명치유신의 현장에서 잔뼈가 굵은 이토 히로부미였다. 사족土族 출신의 사무라이들과 당당하게 겨루면서 새로운 일본제국의 총리대신 지위까지 올랐던 입지전적인 그가 아니던가. 이토 히로부미는 일본이라는 새로운 제국을 자신의 분신처럼, 아니 자신의 모든 것이라고 믿고 있었다.

"아무리 폭풍이 불고 노도가 일어도, 이제 간신히 떠오른 일본이라는 배를 버릴 수는 없지 않은가. 암, 버릴 수가 없지. 어떤 어려움이 있어도 버려서는 안 돼!"

하세가와 대장과 하야시 공사는 이토 히로부미의 온몸에서 풍겨 나는 애국심에 머리를 숙이지 않을 수 없었다.

이토 히로부미는 뚜벅뚜벅 걸어와서 다시 소파에 앉았다. 그리고 하야시 곤스케를 지그시 쏘아보며 입을 열었다.

"하야시 공사!"

"예, 각하."

"잊어서는 안 돼. 이 전쟁을 승리로 이끌면 조선이라는 나라를 수중에 넣는 일은 아주 간단해. 무슨 말인지 알겠는가?”

“명심하고 있습니다, 각하.”

“지금 중요한 건 전쟁이야, 전쟁! 이 나라의 모든 것을 동원해서라도 승전하는 데 도움이 되도록 해야 돼.”

하야시 공사는 이토 히로부미의 눈빛에서 헤어나질 못했다.

“진충보국盡忠報國으로 각하의 의지에 보답하겠습니다.”

비로소 이토 히로부미의 얼굴에 만족한 웃음이 실린다. 하세가와 대장과 하야시 공사는 숨통이 열리는 듯한 안도를 맛본다. 그러나 그것도 잠시뿐, 이토 히로부미가 다시 입을 연다.

“하세가와 대장!”

“예, 각하.”

이토 히로부미는 하세가와 대장의 표정을 살피며 묻는다. 염려스러워하는 눈빛이 완연하였다.

“붓이 칼보다 강했던 조선이라는 나라가 장장 5백 년을 이어올 수 있었던 원인이 어디에 있다고 보는가?”

“아, 각하. 그 점은 이미 말씀하신 것이 아닙니까. 최익현 같은 선비들이 목숨을 내건 직언을 서슴지 않았고, 불의에 굴하지 않는 실행으로 정도를 걸었기 때문입니다.”

이토 히로부미는 하세가와 대장의 속내를 읽고 있었다. 그 또한 무장이라면 문신들의 위세에 눌려 맥을 못 추는 조선의 무장들을 무능한 것으로 매도하고 있었을 것임이 분명하지를 않던가.

"내가 하세가와 대장에게 일러두고 싶은 말은, 언젠가는 최익현 같은 조선의 선비들로 인해 조선 주재 일본군 사령부가 큰 곤욕을 치르게 될 것이라는 점일세."

"……!"

하세가와 대장은 주먹을 불끈 쥐었다. 말이 되는가, 일본군 사령부가 어찌하여 조선 선비들 따위에게 곤욕을 치르게 된다는 말인가.

"허허허, 두고 보면 알 것이야."

이토 히로부미는 불만으로 가득 찬 하세가와 대장의 얼굴에 잔잔한 미소를 보냈다. 일본제국의 조선 정책을 차질 없이 수행하기 위해서는 이토 히로부미의 속내를 읽지 않고서는 불가능하다. 그러나 조선 정책의 구체적인 실행을 위해서는 하세가와 대장의 지원이 있어야만 가능하다.

하야시 공사는 어느 한쪽으로 치우지지 않으면서 양쪽 모두에게 신임을 얻고 싶었다. 오직 그것만이 지금 자신에게 주어진 막중한 소임을 무사히 마칠 수가 있을 것이기 때문이다.

치욕의 을사년

열네 살 원식元植은 할아버지 최익현을 그대로 옮겨 놓은 것 같은 언동으로 어른들의 혀를 차게 하곤 했다.

"할머니, 사랑에 좀 나가 보소서."

"사랑에는 왜?"

아무래도 원식의 얼굴이 심상치 않다. 한씨가 조용히 몸을 일으키자 며느리 임씨가 재빠르게 부액했다. 원식은 할머니와 어머니를 인도하여 툇마루로 나섰다. 사랑으로 이어지는 중문 앞에 이르자 송진 냄새가 코를 찔렀다. 마당에서 일렁거리는 관솔불 때문이었다.

마당에는 젊은 문도들이 멍석 위에 꿇어앉아 있었고, 면암 최익현은 그들이 내려다보이는 문가에 나와 앉아 있었다. 스승과 제자들이 마주 앉은 넓지 않은 공간에는 관솔불 못지않은 열기가 후끈거렸다.

"어서 읽지 않고……!"

면암 최익현의 짤막한 채근이 있자 문흥식이 댓돌 앞으로 다가서면서 「시무책 4조」가 적힌 상소문 두루마리를 펼쳐 들었다. 낭랑하면서도 힘에 넘치는 문흥식의 목소리가 온 마당에 울려 퍼지기 시작한다.

폐하, 우리 조선을 침탈하려는 왜국은 마치 여우가 사람을 홀리듯 아양을 떨며 미혹시키고, 동맹을 깨고 조약을 저버리며 폐하의 수족을 붙잡아 매며, 조선 백성의 입과 혀에 재갈을 물려 놓고 있사옵니다. 이에 신 최익현은 네 가지 시무책을 진언하고자 하옵니다. 폐하! 신 최익현은 폐하의 은원이 계심을 받들었으니 비록 지금 죽는다 해도 아무 한스러울 것은 없으나, 나라의 기강이 무너진 틈을 타고 왜적이 창궐하는 것이 통한에 사무칠 따름이옵니다.

면암 최익현의 진면목을 보여 주는 나라 사랑의 심회는 젊은 문도들의 가슴에 촉촉이 스며들고 있었다. 그 처연한 광경을 지켜보고 있는 한씨의 얼굴에 눈물이 주룩 흘러내렸다. 칠십 평생을 함께하면서 지내 온 세월이었으면서도 지아비 최익현의 결연한 의지를 볼 때마다 눈시울을 적시곤 했었다. 그러나 오늘의 감동은 전날과 달랐다.

첫째, 폐하께서는 진실로 폐하의 본뜻을 밝히시어 이 땅의 선량한 백성들에게 나라의 사정을 바로 알리시고, 그들로 하여금 크게 분발하게 하여야 할 것이옵니다. 둘째, 나라를 팔아서 사욕을 챙긴 친일 대신들에게 중벌을 내리시어 목숨과 재물을 빼앗긴 백성들의 원통함을 풀어 주셔야 할 것이옵니다. 셋째, 왜적의 기만으로 체결된 한일의정서를 파기하지 않으신다면 미구에 우리 조선의 땅덩이를 왜적들이 차지하게 될 것이옵니다. 넷째, 백성들의 고혈을 짜내는 모든 악법을 하루속히 폐지하셔야 하옵니다. 폐하, 그 모든 것이 이루어지고서야 이 나라 조선은 다시 일어설 수가 있을 것이옵니다. 통촉하소서!

결의에 찼던 문흥식의 목소리에 물기가 젖어들고 있다. 마당에 꿇어앉은 문도들의 흐느끼는 소리가 들렸다. 더러는 주먹을 들어 땅을 치는 젊은이들도 있었다. 대체 조정의 중신들은 무엇을 하고 있는가. 면암 최익현이 아는 이치를 그들이 모를 까닭이 없다. 배우고 익힌 바를 몸소 실행에 옮기고서야 선비의 면목이 선다는 간단한 이치가 실행되지 않는 것은 선비의 도리가 무너지고 있기 때문이다.

면암 최익현은 눈을 감고 있었다. 문도들의 울분이 가라앉기를 기다리고 있음일 것이었다. 관솔불이 바람에 흔들리면서 문도들의 얼굴에 불빛을 어른거리게 한다.

면암 최익현은 눈을 떴다. 그리고 입을 열었다.

"시해를 도성으로 보내 폐하께 이 상소문을 올렸느니라. 어찌 폐하뿐이겠느냐. 왜적들도 또한 모두 보았을 것이 아니겠느냐. 이에 날이 밝는 대로 나 또한 도성으로 갈 것이니라. 몸을 던져서라도 어리석은 백성들을 깨우치고, 그리하여 나라를 구할 수만 있다면 무엇을 더 망설일 일이더냐. 내 이번에는 기필코 폐하의 비답을 받고야 돌아올 것이니라. 왜적들이 나를 막는다면 내가 먼저 몸을 던질 것이요, 왜적들이 내 목숨을 원한다면 기꺼이 내줄 것이니라!"

"선생님!"

문흥식이 무릎을 꿇으며 울부짖듯 소리치자, 젊은 문도들은 두 손을 앞으로 모으고 울음 같은 포효를 토해 냈다.

밤은 깊어 가고 있다. 어디선가 부엉이 소리가 들렸다.

서울의 도심에서도 밤이면 부엉이 소리를 들을 수가 있다. 숲이 많은 곳이기 때문일 것이리라. 만리재를 오르는 길섶 골목에 이창준의 임시거처가 있다. 김은영은 이창준의 방으로 들어서면서부터 어쩌면 마지막 밤이 될지도 모른다는 생각이 들 만큼 시름에 젖어 있다.

"은영아, 얼마간 만나지 못할지도 몰라……."

떠날 생각이 분명하다. 그러나 무슨 일로 떠나야 하는지, 행선지가 어딘지는 전혀 입에 담지를 않는다. 큰일을 앞에 둔 이창준은 자신의 속내를 드러내는 일이 없다. 그러나 김은영은 어쩐지 이번만은 말리고 싶다. 무슨 일인지는 몰라도 불길한 예감이 들어서다.

"창준 씨, 꼭 가야 하나요?"

김은영의 목소리는 이미 물기에 젖어 있다. 이창준의 곁을 떠나서는 잠시도 살 수가 없을 것만 같은 옭죔이 있어서다. 이창준은 조용히 정인의 두 손을 당겨서 잡는다.

"누군가 반드시 해야 할 일이야. 내가 아니라면 은영이라도 해야 할 일이라니까."

"그렇긴 해요. 하지만…… 너무 무모하고 위험해요."

김은영의 만류는 눈물겹기까지 하다. 이창준이 계획한 일이 무엇인지 아직은 모른다. 그러나 김은영이 무모하고 위험하다고 단정하는데도 이창준의 결기는 변함없이 흘러나온다.

"그렇지가 않아. 때로는 무모하게 여겨지는 일들이 오히려 잘되기도 해. 걱정하지 마. 난 자신 있는 일에 나서고 있어."

이창준의 말투는 언제나 자신감에 젖어 있다. 행동하는 것을 전제로 생각하는 이창준의 논리는 면암 최익현의 가르침을 그대로 실행하고 있는 것이라고 김은영은 늘 생각하고 있었다.

"약한 모습 안 보이기로 하질 않았어."

김은영은 고개를 들며 새하얗게 웃었다. 이창준은 김은영의 어깨를 끌어안았다. 김은영은 이창준의 품에 살포시 안긴 채 그의 심장이 고동치는 소리를 들었다.

"내가 하려는 일은 이 나라와 백성이 살아 있다는 걸 보여 주기 위함이야. 내가 가고자 하는 길은 어느 지도에도 나와 있지 않아. 그러나 내가 지나가면 나와 생각을 같이하는 사람들은 그 길로 나설 거야. 내 뒤를 따라 그 길을 걸을 사람들을 생각해 봐. 그 사람들의 뜨거운 마음을 말이야."

"창준 씨……!"

김은영은 저도 모르게 쏟아져 흐르는 눈물을 참아 낼 수가 없다. 이창준 역시 보지 않아도 김은영의 깊은 수렁과도 같은 슬픔을 알 수 있다.

"은영에겐 내가 몹쓸 사람이 되고 말았어. 그 아름답고 순수한 마음을 끝까지 곁에서 지켜 주지 못하는 게 늘 미안했어. 하지만…… 은영이도 헤아리고 있을 것이라고 나는 언제나 믿고 있었어."

김은영은 이창준의 가슴에 세차게 얼굴을 밀어 넣는다.

"미안해요. 저는 창준 씨가 자랑스러워요. 나보다 남을 먼저 생각하는 마음……, 창준 씨의 그 마음이 이 땅에 사는 모든 사람들에게 전해질 것이라고 굳게 믿어요. 입에서 입으로……, 마음에서 마음으로 전해져서 우리가 겪고 있는 이 치욕에서 벗어날 수 있을 거라고 저는 믿어요."

“고맙다.”

이창준은 두 손으로 김은영의 볼을 감쌌다. 그녀의 젖은 눈동자와 붉은 뺨을 이창준은 머릿속에 각인시켰다.

새벽, 이창준은 부엉이 소리에 눈을 떴다. 그는 창호를 통해 스며드는 달빛에 비친 김은영의 잠든 모습을 내려다보면서 소리 나지 않게 옷을 입었다. 부엉이 소리가 연이어 들려왔다. 이창준은 무릎을 꿇고 김은영의 볼에 살짝 입을 맞추었다.

“사랑해…….”

그 한마디를 남기고 이창준은 몸을 일으킨다. 그리고 조용히 문을 열고 밖으로 나간다. 김은영은 입술을 물며 눈을 뜬다. 당장 달려 나가서 마지막 포옹이라도 해야 하나. 아니다, 마음 편하게 보내리라. 이창준의 발소리가 멀어지자 김은영은 자리에서 일어났다. 그리고 문설주에 귀를 댔다. 밖에서 몇 사람이 수군거리는 소리가 들려왔다.

김은영은 떨리는 손을 모아 빌었다.

“부디 몸조심하세요.”

김은영이 흔들리는 마음을 가다듬으면서 염천교에 나섰을 때 하늘은 진눈깨비를 뿌리기 시작하였다. 길 건너 남대문역(지금의 서울역) 광장에는 수많은 사람들이 모여들고 있었다. 대부분이 일장기를 든 일본인들이었다. 어느 고관이 도착하는가, 아니면 누가 떠날 모양인가. 아니나 다를까, 집총을 한 일본군 병사들이

절도 있게 달려와 요소요소에 배치된다. 그리고 또 얼마의 시간
이 흐르자 이번에는 일본군 헌병들이 몰려들면서 삼엄한 경비의
강도를 더욱 높이기 시작한다.

"누가 오시나 보죠?"

"이토 각하께서 귀국하신답니다."

성장을 한 일본인 행인들은 아무 거리낌 없는 대화를 주고받
으면서 개찰구로 옮겨 간다. 그들의 뒤를 또 한 무리의 일본인들
이 따르고 있다. 검은 중절모를 푹 눌러쓰고 긴 코트를 입은 이
창준의 모습도 그들을 따르고 있다. 그의 손에도 일장기가 들려
있다. 이창준의 다른 손은 기모노를 입은 여자아이의 손을 잡고
있다. 아이는 천진하게 막대사탕을 빨며 주위를 두리번거린다.
이창준은 이토 히로부미를 환송하러 나온 일본인들에 섞여 검사
대가 설치된 개찰구로 점점 다가갔다.

헌병들은 이토 히로부미가 탈 특별열차와 이어진 일반열차에
타게 될 승객들을 협문으로 이어진 임시개찰구로 통과하게 하면
서 몸수색은 물론 짐까지도 철저하게 뒤졌다. 그에 비해 이창준이
선 일본인 전용 검사대는 환송 분위기를 깨지 않기 위한 조치인지
검사가 상대적으로 허술했고, 헌병들도 여유 있는 모습이었다.

이창준은 차례가 가까워지자 여자아이를 들어 안았다. 이창
준이 검사대로 들어서자 헌병은 이창준을 아래위로 훑어보며 증
명서를 보자고 요구한다. 이창준은 일장기를 아이에게 쥐어 준

다. 그리고 주머니에서 증명서를 꺼내 헌병에게 주면서 아이를 달래듯 말했다.

"유미코, 조금만 참으면 쉬할 수가 있을 거야."

헌병은 증명서를 힐끗 보고는 아이에게 말했다.

"꼬마 아가씨, 화장실은 들어가자마자 왼쪽에 있어요."

이창준은 얼른 아이 대신 고맙다는 인사를 하고 증명서를 건네받았다. 그리고 헌병이 가르쳐 준 방향으로 천천히 걸어 나갔다.

열차의 맨 앞 귀빈용 특별열차 입구에는 친일 대신 이근택, 이완용, 이지용, 권중현이 훈장이 주렁주렁 달린 양복을 차려입은 채 서 있었다. 역 귀빈실에서 이토 히로부미가 하세가와 대장과 하야시 공사를 대동하고 나오자 이들은 열을 맞추어 섰다. 이토 히로부미의 뒤에는 화려한 양장 차림의 배정자가 따르고 있다.

일본인 환송 인파 속에 섞여 있던 이창준은 코트 속으로 손을 밀어 넣으면서 조금씩 이토 히로부미에게로 다가가고 있다.

친일 대신들은 다가오는 이토 히로부미를 향해 일제히 허리를 굽혔다. 이토 히로부미는 만족한 웃음이 담긴 얼굴로 그들과 일일이 악수를 나누며 등을 다독거려 준다. 능란하면서도 자상한 모습이다. 이창준의 걸음이 조금씩 빨라지고 있다. 여기서 일을 그르치면 오늘 같은 호기는 다시 오지 않을지도 모른다.

이토 히로부미는 승강대 앞에서 배정자와 작별 포옹을 하고 있다. 이창준은 가슴이 두근거리는 것을 애써 눌러 참는다. 지금이다. 이창준은 주머니 속에서 만져지는 권총의 방아쇠에 손가락을 걸었다. 그리고 대열의 한발 앞으로 급하게 나섰다.

"오이, 서라!"

일본군 헌병 한 사람이 이창준의 행동을 제지하였다. 이토 히로부미는 승강대를 오르고 있었다. 이창준은 권총을 든 손을 높이 들었다. 총구는 정확하게 이토 히로부미의 가슴팍을 노리고 있었다. 헌병들이 그의 앞으로 우르르 달려 나온다.

탕, 이창준의 권총이 발사되면서 이토 히로부미가 휘청하는 것이 보였다. 이창준은 두 손을 번쩍 들었다. 다시 한 발을 쏘기 위해서다. 바로 그때 그의 가슴팍으로 장총의 개머리판이 날아들었다. 이창준의 몸이 휘청하면서 권총이 허공에 발사되었다. 이창준에게 쏟아지는 뭇매는 무자비하고 잔혹했다. 이창준의 몸뚱이는 순식간에 피투성이로 변했다.

이창준은 혼미해지는 의식 속에서도 이토 히로부미가 휘청거리며 쓰러지는 모습을 상상했다. 어디선가 가물가물 말소리가 들렸다.

"어떻게 됐어. 각하는, 이토 각하는……!"

이창준의 눈앞이 가물거리기 시작했다. 그리고 아무 소리도 들리지 않았다

고종황제는 면암 최익현이 올린 상소문을 읽고 또 읽으면서

도 손에서 놓지 못했다. 그는 끓어오르는 격정이 있어도 아무것도 할 수 없는 자신의 처지가 답답하기만 했다.

"아, 어찌 이리도 무능할 수가 있는가!"

고종황제는 통한에 사무친 한숨을 놓는다. 시종무관장 민영환이 황급히 들어와 고했다.

"폐하, 남대문역에서 이등을 저격하는 불상사가 있었답니다."

고종황제는 소스라치지 않을 수가 없다. 간웅 이토 히로부미를 저격하였다면 쌍수를 들어서 환영할 일이지만, 그 뒷일을 감당하자면 또 무슨 곤혹을 겪어야 할지…….

"이등은……?"

"무사하답니다."

"누구야, 총을 쏜 사람이!"

"저격한 조선 젊은이는 현장에서 잡혔답니다."

고종황제는 넋이 나간 사람처럼 옥체를 굳힌다. 현장에서 잡혔다는 조선 청년은 대체 누구란 말인가. 그는 일본군의 잔혹한 고문에 시달릴 것이 분명하다. 그러나 고종황제는 그 갸륵한 조선 청년을 구명하는데는 아무 힘이 되지를 못한다. 참으로 참담한 노릇이 아닐 수 없다. 상을 주어 상찬해야 할 조선의 우국청년들이 죽음의 구렁텅이로 빠져드는 것을 지켜보면서도 구원의 손길을 보낼 수 없는 것이 답답하기 그지없다.

"그 젊은이의 신상을 알아봐. 그리고 그가 치르는 곤혹도 알아보고……."

고종황제는 더 말을 이어가질 못한다. 아무리 말을 한다 한들 허공을 맴도는 메아리에 불과하지 않겠는가. 언젠가 면암 최익현의 상소문에 적힌 구절이 불현듯 떠오른다.

'전하, 전하에게 나라가 있사옵니까, 인민이 있사옵니까!'

어느 한 곳도 나무랄 수가 없는 구절이다. 고종황제는 몸 둘 곳이 없었다.

한편, 남대문역에서의 저격사건을 수습하고 집무실로 돌아온 하세가와 대장은 번쩍거리는 군홧발로 응접탁자를 걷어차면서 소리친다.

"어느 놈이 사주했는지, 사주한 놈을 찾아야 한다. 알겠나!"

뒤따라 들어온 헌병대장 사이토 중좌는 돌덩이처럼 굳어지면서 소리친다.

"하얏!"

"조선 놈은 말이야, 은혜를 모르는 조선 놈들은……!"

동시에 하세가와 대장은 책상 위에 펼쳐진 면암 최익현의 상소문에 시선이 간다. 그리고 이토 히로부미의 비웃음 섞인 목소리가 상기되었다.

'내가 하세가와 대장에게 일러두고 싶은 말은, 언젠가는 최익현 같은 조선의 선비들로 인해 조선 주재 일본군 사령부가 큰 곤욕을 치르게 될 것이라는 점일세.'

하세가와 대장은 최익현의 상소문을 구겨 들면서 씹어뱉듯 말한다.

"면암이란 자……, 이자는 지금 어디 있나!"

"대안문 앞에서 상소문을 올리고 있을 것으로 봅니다만……."

"……그래?"

하세가와 대장은 온 방 안을 급하게 서성인다. 그리고 뚝 동작을 멈춘다.

"사이토 중좌!"

"핫!"

"그 늙은이에게 본때를 보여 줘야겠다. 대안문 앞으로 달려가 최익현을 헌병대로 체포 연행하도록!"

"각하, 조선 유림들이 지켜보는 앞에서 그를 체포, 연행하는 것은……."

물리적인 충돌이 있을지도 모른다는 우려를 사이토 중좌는 우회적으로 지적하고 있었다. 뜻밖에 하세가와 대장은 유연한 태도를 보였다.

"헛, 문제는 조선 유림의 동요가 있기 전에 그 망할 놈의 늙은 이를 사이토 중좌의 방까지 데려다 놓으면 될 것이 아닌가!"

"핫, 지체 없이 시행하겠습니다."

헌병대장 사이토 중좌는 절도 있는 동작으로 하세가와 대장의 면전에서 물러났다. 복도에 나와 선 사이토 중좌는 십년감수를 면했다는 생각으로 한숨을 토해 냈다. 일본군의 강압만으로는 면암 최익현의 체포가 불가능하다는 것을 사이토 중좌는 알고 있었다. 그런 과정에서 필연적으로 야기되는 물리적 충돌을 수습할 방도가 없기 때문이다.

사이토 중좌는 조선 주차 일본군 사령부를 나왔으나 다음 일을 어찌해야 할지 구체적인 방향이 떠오르지 않았다. 그를 태운 사이드카가 속력을 높였다. 사이토 중좌는 눈앞을 스쳐 가는 조선 풍경을 살피면서 한숨을 쏟는다. 조선 선비의 대명사나 다름이 없는 면암 최익현을 일본군 헌병대로 연행하는 일은 그를 에워싸고 있는 젊은 문도들과 분리하지 않고서는 불가능한 일이다. 그 불가능한 일을 실행해야 하는 것이 자신에게 떨어진 발등의 불이다.

사이토 중좌는 마쓰모토 대위를 불러 면암 최익현을 헌병대로 연행할 것을 명하면서도 그를 에워싼 유림들과의 마찰을 피할 것을 몇 번이고 다짐하였다.

짐작한 대로 면암 최익현은 젊은 문도들을 이끌고 대안문 앞에 꿇어앉아 있었다. 고종황제에게 올린 상소문의 비답이 내려지기를 기다리고 있음이다.

'이번에는 떠나지 않으리라. 배알을 청해서라도 조선 유림의 생각을 직언하리라!'

문흥식을 비롯한 정시해 등 젊은 문도들도 스승의 결기를 읽고 있었기에 당당할 수가 있었다. 그러나 아무리 소리치며 기다려도 굳게 닫힌 대안문은 열리지 않았다. 궐문을 지키는 문직 병사도 내심 면암 최익현의 충정에 경의를 표하고 있었지만 그들로서도 속수무책인 일이다.

마쓰모토 대위가 운전하는 사이드카가 면암 최익현이 정좌하고 있는 거적 앞에서 멈추어 섰다. 매캐한 석유 냄새를 풍기면서 마쓰모토 대위가 최익현 앞으로 다가선다. 그는 면암 최익현의 주위를 감싸고 있는 젊은 문도들과 그들 뒤에 병풍처럼 둘러선 유림들을 찬찬히 살펴보면서 다시 한 발을 최익현 가까이로 옮긴다.

윤민호와 박상인이 마쓰모토 대위의 앞을 막아섰다. 문흥식은 들고 있는 두루마리를 접으면서 호통을 쳤다.

"다가오지 마라, 무엄하지 않은가!"

"사이토 헌병대장의 명령이다. 물러서라!"

지난번, 최익현에게 폭행을 가했다가 사이토 중좌에게 매질을 당한 때문인지, 마쓰모토 대위의 목청은 높으면서도 조심하는 기색이 완연했다.

"너희가 상관할 일이 아니다. 대감에게 직접 전해야 한다!"

마쓰모토 대위는 윤민호와 박상인을 밀치며 소리쳤다. 정시해 등 연좌하고 있던 젊은이들이 최익현 앞으로 달려 나가 마쓰모토 대위를 막아섰다.

문흥식은 스승 최익현을 바라보았다. 허리를 꼿꼿하게 세운

채 눈을 감고 있던 면암 최익현이 담담하게 말했다.

"길을 내어 주어라!"

정시해가 최익현 앞으로 와서 무릎을 꿇었다.

"선생님!"

면암 최익현은 언성을 높여서 그를 꾸짖는다.

"무엇이 두려워서 머뭇거리는 게야!"

정시해는 잠시 멈칫거리다가 청년들에게 자리를 비켜 주라고 손짓하였다.

마쓰모토 대위는 면암 최익현에게 성큼 다가왔다.

"대감을 헌병대로 뫼시겠습니다."

면암 최익현은 천천히 눈을 뜨고 마쓰모토 대위를 쏘아보며 말했다.

"이렇게 딱한 사람이 있나? 무슨 죄목으로 나를 너희 헌병대로 데려가?"

면암 최익현의 표정은 오히려 여유롭게 보였다. 마쓰모토 대위는 긴장하지 않을 수 없었다.

"대감……. 연행이 아니라, 정중히 모시랍시는 분부십니다."

"분부라니, 누가?"

"헌병대장 사이토 중좌십니다."

면암 최익현은 마치 이런 일을 기다리고 있었던 사람처럼 흔쾌히 대답했다.

“오, 그래. 기꺼이 내가 응할 것이니 어서 가서 자비(가마, 승교 따위의 탈것)를 마련해 오너라.”

마쓰모토 대위는 뒤에 있는 헌병들에게 손짓을 하며 말했다.

“인력거를 대령하겠습니다.”

“조선의 대관더러 왜인들이나 타는 인력거를 타라니, 어서 자비를 대령하라는데도!”

마쓰모토 대위는 속이 끓었지만, 자비를 구해 오지 않고서는 최익현의 연행이 불가능하다고 생각했다. 그는 둘러선 헌병들에게 소리쳤다.

“어이, 속히 조선 자비를 구해 와라!”

헌병들에게 에워싸여 있던 윤민호와 박상인이 최익현의 앞으로 다가서며 비명 같은 소리를 토해 냈다.

“가시면 아니 되옵니다, 선생님!”

면암 최익현은 서서히 몸을 일으키며 웃었다.

“아니야, 그 녀석의 상관이 어떻게 생겼는지를 봐두는 것도 우리에게 도움이 되질 않겠느냐. 허허허.”

“대감, 저들의 술책에 말려들지 마오소서!”

뒤에 섰던 유림들이 달려 나오면서 울부짖듯 소리쳤다. 면암 최익현은 조용한 목소리로 그들을 타일렀다.

“내가 왜병들의 진의를 모른대서야 말이 되느냐. 저들이 나를 데려간다 해도 너희가 내 행방을 아는데 무슨 걱정이야. 내 저들의 사령관을 만나서 당장 돌아가라 이를 것이니라. 이 땅에서 물러가는 것이 곧 너희가 살길임을 분명히 가르칠 것이니 심려하지 말고 기다리라.”

이윽고 일본군 헌병 몇 사람이 자비를 구해 들고 달려왔다.

“타시오!”

마쓰모토 대위가 서둘렀다. 더 망설일 것도 없이 면암 최익현은 태연한 모습으로 자비에 올랐다.

“대감, 아니 되오이다. 가시면 아니 됩니다!”

장년의 유림 한 사람이 달려 나오면서 소리쳤으나 면암 최익현이 탄 자비는 일본군 헌병들에 의해 들려진다.

“함께 가세!”

문흥식의 일갈에 따라 젊은 문도들이 움직이기 시작했다. 조선 젊은이들의 얼굴에는 사생을 결단하려는 비장감이 돌고 있었다.

김은영은 일본군 헌병대 사령부의 위병소 근처를 서성이고 있었다. 그녀는 남대문역에서 피투성이가 된 이창준이 일본군 헌병들에게 끌려가는 광경을 지켜보았었다. 이창준이 따라나서지 말라고 신신당부했지만 그럴 수가 없었다. 처참한 몰골로 연행되는 이창준을 보고 나니 자신의 안위는 생각할 겨를이 없었다.

위병들은 차단기까지 내리고 중무장을 한 채 삼엄한 경비를 펴고 있었다. 어디선가 소란한 소리가 들렸다. 김은영은 까치발로 헌병대 현관 쪽을 두리번거렸다.

"잘못 들었나?"

헌병 하나가 인상을 쓰며 김은영에게 다가왔다. 김은영은 지레 겁을 먹고 뒤로 슬슬 물러나며 주위를 살폈다. 누군가의 도움이 너무나도 절실했다.

철통같았던 차단기가 열린다. 마쓰모토 대위가 운전하는 사이드카가 열려진 차단기를 통과했다. 그리고 잠시 후, 면암 최익현을 태운 자비가 다가오는 것이 보였다. 아, 하늘이 무심치 않다는 것은 이런 경우를 말하는 모양이다. 까닭이야 모르면 어떤가, 면암 최익현의 출현은 김은영의 온몸을 들뜨게 하고도 남는다.

"선생님!"

김은영은 면암 최익현이 탄 자비를 향해 힘껏 내달렸다. 헌병들이 김은영을 제지했다. 김은영은 헌병들의 가슴팍을 밀어내면서 면암 최익현 앞으로 나아갔다.

"선생님!"

면암 최익현은 자비를 세우라 하고, 자비에서 내려섰다.

"오랜만이로구나. 그런데 여기에 네가 어쩐 일이냐?"

김은영은 면암 최익현에게 바짝 다가서면서 낮은 소리로 고했다.

"선생님, 창준 씨가 여기로 잡혀 왔습니다."

면암 최익현은 가만히 고개를 끄덕이며 반문한다.

"창준이가, 무슨 연유로?"

김은영은 면암 최익현에게 바짝 붙어 서며 속삭이듯 말했다.

"남대문역에서 이등박문을 저격하였사오나……."

김은영은 더 말을 이어가지 못했다. 면암 최익현은 놀란 가슴을 짓눌러 진정하면서 김은영의 등을 다독이며 조그맣게 말했다.

"네 심려가 무척 크겠구나. 내 알아볼 만큼은 알아볼 것이니, 너는 돌아가서 하회下回를 기다리도록 해라."

김은영은 눈시울을 적시며 울먹였다.

"고맙습니다, 선생님."

마쓰모토 대위가 거친 몸놀림으로 다가오는 것이 보이자 최익현은 김은영을 살며시 밀었다.

"어서 돌아가라는데도……!"

면암 최익현은 김은영에게 가라는 손짓을 하며 마쓰모토 대위를 따라 헌병대로 들어갔다.

"……선생님!"

김은영은 한꺼번에 북받치는 감정을 눈물로 쏟아 내며 발길을 돌렸다. 문흥식과 박상인이 그녀의 앞을 막아섰다. 김은영은 쏟아져 흐르는 눈물을 주체할 수가 없었다.

면암 최익현은 헌병대에서 조선의 요인들을 회유, 협박하기 위해 특별히 만든 별실로 안내되었다. 별실은 서양식으로 호화롭게 꾸며진 응접실이었다. 면암 최익현은 방의 모양새를 보고 쓰임새를 짐작했다.

‘얼마나 많은 대신들이 이곳을 거쳐 왜적의 주구가 되었을꼬……’

면암 최익현은 쓸쓸했다. 마쓰모토 대위가 최익현의 등 뒤에서 얼음처럼 차갑게 말했다.

“곧 대장님께서 드실 것이오.”

마쓰모토 대위가 방을 나가자마자 찢어질 듯한 비명 소리가 들렸다.

“……아악!”

면암 최익현은 흠칫 놀란다. 그리고 눈을 감는다. 이창준의 비명 소리일 것이란 생각 때문이다. 그리고 김은영의 얼굴이 스치듯 지나간다. 면암 최익현은 일본군 헌병들의 간악한 계책에 소름이 끼쳤다. 저 비명 소리를 들려주기 위해 자신을 예까지 데려왔다는 말인가. 이창준의 연이은 비명 소리가 최익현의 귀를 헤집고 들어와 박힌다.

면암 최익현의 눈에 물기가 어렸다. 별실과 바로 붙은 옆방에 고문실이 있었다. 이창준은 벌거벗겨진 채 거꾸로 매달려 있다. 허벅지에 감긴 붕대는 검붉은 피로 물들어 있었고, 상처에서 아래로 흐른 피는 창준의 몸과 얼굴을 참혹하게 물들이면서 바닥에 뚝뚝 떨어지고 있다. 팔을 걷어붙인 고문 담당은 채찍으로 이창준을 사정없이 후려쳤다.

“아아악!”

이창준은 비명을 삼키려고 이를 악물었다. 그러나 계속해서 살을 파고드는 채찍을 이겨 낼 수가 없었다.

면암 최익현은 자리에서 벌떡 일어났다. 당장 옆방으로 달려가 피투성이가 된 이창준을 어루만져 주고 싶었다. 그때 마쓰모토 대위가 벌컥 문을 열고 들어섰다. 면암 최익현은 분노로 이글거리는 눈으로 마쓰모토 대위를 노려보았다. 마쓰모토 대위는 교활하게 빙긋 웃으면서 말했다.

"대장님 드십니다."

사이토 중좌가 들어서며 호들갑을 떨었다.

"아이구, 최익현 대감, 오래 기다리셨습니다. 허허허."

면암 최익현은 불문곡직하고 물었다.

"네가 장곡천이란 왜군의 두목이냐?"

사이토 중좌는 거창하게 몸을 흔들면서 송구해했다.

"아, 아닙니다. 그분은 조선 주차 일본군 사령관이십니다."

면암 최익현의 눈빛에 예리한 칼처럼 날이 선다.

"하면, 자네는?"

사이토 중좌는 면암 최익현이 뿜어내는 형형한 눈빛에 주눅이 들었다.

"시생은 헌병대장 사이토라고 합니다만……."

면암 최익현은 어이없다는 어조로 사이토 중좌를 나무란다.

"이런 딱한 변이 있나. 당장 가서 장곡천이라는 너희 두목을 불러오렷다!”

사이토 중좌의 얼굴에 분노의 기색이 솟아올랐다. 면암 최익현은 그의 분노를 전혀 고려치 않은 채 호통을 계속했다.

“이놈아, 내가 이 나라 조선의 고관인데 어찌 너 따위와 마주 앉겠느냐. 당장 그 장곡천인가 하는 네놈들의 두목을 데려오라는데도!”

사이토 중좌는 황당하기 그지없다. 그는 쥐어짜는 듯한 목소리로 말했다.

“대감, 그것이 아니고……, 대감을 이리로 모신 것은…….”

면암 최익현은 사이토의 무례를 더는 두고 볼 수가 없었다.

“허어, 웬 말이 그리 많아. 네 상전을 데려오면 오히려 네가 편할 것이고……, 또 나에 대한 책임도 모면할 수가 있을 것이 아니더냐!”

사이토 중좌는 더 할 말이 없다. 면암 최익현이 입에 담고 있는 말은 한 치의 어긋남도 없는 지적이 아니던가. 그때 이창준의 비명 소리가 다시 귀청을 울렸다.

“으아악!”

사이토 중좌는 슬쩍 최익현의 눈치를 살폈다. 그러나 면암 최익현은 눈썹 하나 까딱하지 않았다.

“이놈아, 조선 주차 일본군 사령관쯤은 되어야 나하고 얘기가 될 것이 아니냐! 당장 가서 장곡천을 불러오라는데 뭘 하고 있어!”

사이토 중좌는 몸을 일으키지 않을 수가 없었다.

"잠시만 기다려 주십시오."

사이토 중좌는 힘없이 방을 나갔다. 마쓰모토 대위가 일그러진 얼굴로 상전을 따라 나갔다.

"으아아악……!"

이창준은 마지막 비명 소리를 토하며 정신을 잃었다. 이창준의 발을 묶은 줄을 잡고 있던 헌병이 줄을 풀어 이창준을 패대기치듯 시멘트 바닥에 내동댕이 쳐지게 한다. 고문을 담당했던 장교는 아직도 분통이 덜 풀렸는지 몇 차례 이창준의 몸에 채찍을 휘둘렀다. 몸에 채찍이 닿을 때마다 이창준의 몸이 꿈틀거렸다.

"참아야 한다. 견뎌 내야 할 것이니라."

면암 최익현은 상복을 입었던 이창준의 모습을 떠올리며 중얼거렸다. 나라의 명운을 짊어지고 나가야 할 조선의 젊은이들이 저렇게 매질을 당하면서 죽어가야 하다니. 면암 최익현은 그들의 앞길을 열어 주지 못하는 것이 아쉽고 답답했다.

문이 열리면서 하세가와 대장이 들어섰다. 따라온 사이토 중좌는 문 옆에서 멈추었다. 하세가와 대장은 담담한 표정으로 고개를 숙였다.

"대감, 먼발치에서 잠시 뵌 일은 있습니다만……, 제가 조선 주차 일본군 사령관 하세가와 요시미치 대장입니다."

면암 최익현은 씁쓸한 웃음을 입가에 담으며 입을 열었다.

"두목이라 그런지 예절을 차릴 줄 아는군……. 또 위엄도 있어 보이구……."

면암 최익현이 말을 그치기도 전에 이창준의 비명이 다시 들렸다. 순간 면암 최익현의 얼굴에 경련이 일었다. 하세가와 대장의 면전이기 때문일 것이었다.

"나하고 얘기를 하려거든……, 옆방의 젊은이를 석방하게."

하세가와 대장은 완강하게 고개를 가로저으면서 말했다.

"그렇게 할 수는 없습니다."

"없다? 죽어가기에 하는 소리야!"

하세가와 대장은 불같은 시선으로 면암 최익현을 쏘아보면서 말했다. 노여움이 담긴 거친 목소리였다.

"저자는 이토 각하를 암살하려 했던 국사범입니다. 대감 같으면 국사범을 함부로 방면을 하겠습니까?"

면암 최익현은 가가대소를 섞어 가면서 하세가와 대장의 간담을 서늘하게 하였다.

"허허허. 한 집안에 도둑이 들면 온 가족이 모두 힘을 합쳐서 도둑을 물리쳐야 하는 것처럼, 나라에 큰 도둑이 들면 목숨을 버려서라도 격토擊討하는 것이 백성 된 자의 도리가 아닌가?"

하세가와 대장은 눈을 치켜뜨며 따지듯 반문한다.

"도둑! 지금 도둑이라고 하셨소이까?"

면암 최익현은 언성을 높이며 하세가와 대장을 다시 꾸짖었다.

“암, 도둑이지. 무엄하게도 이 나라의 황제폐하를 협박하고, 조정의 신료들을 회유하여 국토를 유린하는 너희가 큰 도둑이 아니면 무엇이라는 것이야!”

하세가와 대장은 면암 최익현의 말을 맞받아 언성을 높이면서 대든다.

“대감, 말을 삼가시오! 모두가 한일의정서의 합의에 의한 것이 아니오이까!”

면암 최익현의 노성일갈에는 서릿발이 실려 있었다.

“어린아이의 팔목을 비틀어서 맺은 약속은 지키지 않아도 무방하지 않겠나!”

하세가와 대장은 탁자를 세차게 내려치면서 격분한다.

“대감의 언동이 심히 무례하지 않소이까!”

면암 최익현은 온 얼굴에 웃음을 담으면서 하세가와 대장에게 말한다.

“후후훗, 그나마 마음에 찔리는 구석은 있는 모양이군…….”

하세가와 대장은 당장에라도 무슨 일을 저지를 것만 같은 거친 동작으로 면암 최익현의 앞으로 몸을 내밀면서 노성일갈을 토해 낸다.

“대감!”

코앞까지 다가온 하세가와 대장을 면암 최익현은 어린아이 다루듯 조용히 타이른다.

"해법은 아주 간단해. 도둑이 물러가면 나라는 조용해질 것이 아니겠느냐? 이 나라 조선의 젊은이들이 아직은 죽지 않았고……."

하세가와 대장은 손가락으로 옆방을 가리키며 미친 듯 소리친다.

"저자가 천인공로할 짓을 저지른 것도 대감의 충돌질 때문이 아니오이까! 나 하세가와는 대감에게도 책임을 물을 수 있다는 점을 명심하시오!"

면암 최익현은 가소롭다는 듯이 하세가와 대장을 달랜다.

"나 한 사람이야 아무렴 어때. 죽이든지 말든지 하는 것은 너의 뜻일 것이나, 그 다음은 어찌할 텐가? 이천만 조선 동포는 어찌할 것이야. 그 모두를 함께 죽일 수 있는 능력이 자네에게 있는지를 물어보고 싶군……."

하세가와 대장은 분통을 이기지 못한 듯 두 손으로 탁자를 두세 번씩이나 내려치면서 가쁜 숨을 몰아쉰다.

"……!"

면암 최익현은 하세가와 대장의 격노한 몰골을 지켜보면서도 굳이 말을 아끼려 하지 않았다.

"자네에게도 양식이라는 것이 있다면……."

그러나 하세가와 대장은 더 이상 면암 최익현의 말을 들으려 하지 않았다. 언젠가 이토 히로부미가 말하지 않았던가, 임금을 능멸하고서도 살아남을 수 있는 나라가 바로 조선이라고. 지금 그 장본인과 만나고 있음을 실감하여서다.

"오이!"

문가에 서 있던 사이토 중좌가 하세가와 대장에게로 다가와 섰다. 그의 얼굴은 벌겋게 상기되어 있었다.

"핫, 각하!"

하세가와 대장은 자신의 얼굴을 면암 최익현에게 가까이 대며 이를 갈듯 씹어뱉는다.

"당장 최익현을 충청도 정산 사저定山私邸에 연금하라!"

면암 최익현은 몸을 벌떡 일으키며 카랑카랑한 목소리로 호통을 쳤다.

"무엇이라고? 네 이노옴!"

하세가와 대장은 이미 준비하고 있었던 말을 거칠게 쏟아 놓는다.

"정산 사저에는 헌병을 배치한다. 오늘 이후 저 늙은이의 외출은 어떠한 경우도 용인되지 않는다. 알겠나?"

"옛, 분부 받들겠습니다."

사이토 중좌는 지체 없이 밖으로 달려 나갔다.

"이런 못된 것이 있나!"

면암 최익현이 격노하는데도 하세가와 대장은 회심의 미소를 지었다. 그리고 뚜벅뚜벅 최익현의 곁으로 다시 다가서면서 말했다.

"대감, 그렇게 하십시오. 이는 대감을 보호해 드리는 방책입니다. 대감이 잘못되시면 우리 이토 각하께서 저를 문책하실 것입니다. 정산으로 돌아가시거든 제발 좀 조용히 계십시오. 그래야 피차 편하질 않겠습니까?"

면암 최익현은 손을 번쩍 들면서 소리친다.

"차라리 여기서 나를 죽여라!"

"허허허. 죽이다니요, 대감의 옥체를 보전하려는 저 하세가와 대장의 배려를 고맙게 받아 주셔야지요. 허허허!"

사이토 중좌의 뒤를 따라 마쓰모토 대위를 위시한 헌병들이 우르르 들어선다. 하세가와 대장은 느긋하게 뒷짐을 지면서 면암 최익현을 바라보며 부하들에게 명한다.

"정산까지는 길이 멀다. 정중히 모시도록⋯⋯!"

마쓰모토 대위가 한 발 앞으로 나서면서 목청을 돋우어 대답한다.

"옛, 각하!"

마쓰모토 대위는 최익현을 노려보며 피식 웃었다. 언젠가 대안문 앞에서 당했던 수모를 일시에 앙갚음하려는 비웃음이었다.

"어서 끌고 가라!"

헌병들은 면암 최익현의 양옆으로 달려들면서 팔짱을 낀다. 마쓰모토 대위의 목소리에 비견되는 난폭한 행동이었다. 면암 최익현은 그들에게 잡힌 팔을 세차게 뿌리치며 고함을 질렀다.

"이놈들, 어디다 손을 대는 게야! 이 팔, 놓지 못하겠느냐. 당장 놓으렷다!"

"서둘러라. 시간 없다!"

사이토 중좌의 목소리도 거칠어져 있었다. 헌병들은 더욱 난폭하게 최익현에게로 달려들었다. 면암 최익현의 칠십 노구로는 헌병들의 폭력을 당해 낼 길이 없다. 하세가와 대장은 끌려 나가는 최익현의 몰골을 지켜보면서 회심의 미소를 입가에 담았다.

헌병대 사령부 현관에서 헌병들이 쏟아져 나왔다. 위병소 밖에서 기다리고 있던 문흥식, 정시해 등 최익현의 문도들은 차단기를 향해 돌진했다. 현관에서 달려 나온 일본군 헌병들의 무자비한 폭력이 자행되었다. 더러는 총신으로, 더러는 개머리판으로 조선 청년들의 턱과 가슴팍을 밀고 때렸다. 잠시 후, 헌병들에게 양팔이 부액된 최익현의 모습이 보였다.

"선생님!"

문흥식이 오뚝이처럼 솟아나며 소리치자 마쓰모토 대위의 구둣발이 그의 정강이를 후려쳤다. 문흥식이 무참하게 쓰러지는 것을 본 정시해가 마쓰모토 대위에게 달려들었다. 이번에는 가죽 채찍이 그의 목덜미를 후렸다.

"물러서렷다. 물러서지 못하겠느냐!"

보다 못한 면암 최익현이 큰소리로 일갈했다. 그제야 젊은 문도들은 동작을 멈추었다.

"정산 사저로 거처를 옮기게 되었느니라. 싸울 힘이 있으면 이삿짐을 날라 주는 것이 내게는 더 고마운 일이 될 것이야!"

"선생님!"

정시해가 울부짖듯 소리쳐도 면암 최익현의 표정은 변하지 않았다.

"너희를 믿고 먼저 가서 기다릴 것이니라."

면암 최익현은 자비를 향해 발걸음을 옮겨 놓기 시작했다. 일본군 헌병들은 여전히 그의 양팔을 잡은 부액을 풀지 않았다. 문흥식을 비롯한 젊은 문도들은 강제로 자비에 태워지는 스승의 모습을 오직 눈물로 지켜볼 뿐이었다.

마쓰모토 대위가 탄 사이드카에 시동이 걸리면서 면암 최익현이 탄 자비도 들려진다.

"선생님……!"

문도들은 통분의 울음을 토하면서 한 사람, 한 사람씩 무릎을 꺾기 시작했다. 면암 최익현을 태운 자비는 그들의 앞을 천천히 지나가고 있었다.

면암 최익현은 처참하게 무너진 문도들의 몰골을 애써 외면했다.

서쪽 하늘을 붉게 물들였던 저녁노을도 어둠에 잠기기 시작했다. 땅거미가 스며드는 도성 거리는 적막하기만 했다.

흔들리는 대한제국

러일전쟁은 막바지로 치닫고 있었다.

일본군은 203고지를 비롯한 봉천전투에서 무려 7만여 명의 전사자를 내는 막대한 손실을 입으면서도 그야말로 천신만고 끝에 육전에서의 승리를 이끌어 냈다. 봉천전투에 참가한 일본군의 병력은 오야마 이와오大山巖 사령관 휘하의 25만 명, 러시아 병력은 쿠로파트킨 사령관 휘하의 32만 명이었다. 두 나라는 동원할 수 있는 모든 것을 동원하는 총력전을 감행했다. 일주일 넘게 이어진 이 전투에서 양측은 포탄과 군수물자가 동나고, 병사들은 기진맥진했다. 그러나 결과는 러시아의 패퇴, 일본군의 승리였다.

"천우신조야!"

이토 히로부미는 안도의 한숨을 쉬며 중얼거렸다.

“발틱 함대……, 발틱 함대만……!”

육전에서의 승리는 전 세계에 신생 일본제국의 강력함을 충분히 과시했다. 이 결과를 토대로 일본국에 유리한 정전협정도 무난히 체결할 수 있을 것이 아니겠는가.

세계 최강을 자랑하는 러시아의 발틱 함대가 아프리카 대륙의 남단인 희망봉을 돌아서 일본을 향해 오고 있다. 발틱 함대가 수에즈 운하를 통과할 수 있었다면 일본군은 해전에서의 승리도 장담할 수가 없다. 그 또한 천우신조던가. 영국의 반발로 발틱 함대는 수에즈 운하를 통과하지 못하고 아프리카 남단을 돌아야 하는 최악의 항로를 택해야 했다.

1905년 5월 5일, 러시아의 발틱 함대가 싱가포르 남단을 통과했다는 정보가 있었고, 26일에는 상해 남쪽 해상을 지나고 있다는 정보가 일본 대본영에 전해졌다.

일본 해군의 연합함대 사령관 도고 헤이하치로 대장은 실전을 방불케 하는 연습을 거듭하면서 발틱 함대와의 일전을 기다리고 있었다. 그는 작전참모 아키야마 사네유키 중좌를 불렀다.

“준비는…….”

“만전을 기하고 있습니다.”

아키야마의 얼굴에는 승전을 확신하는 결단이 묻어나 있었다. 도고 사령관은 만족하게 끄덕이며 쌍안경을 들었다. 눈앞에 그려진 두 개의 원에 세계 최강을 자랑하는 발틱 함대의 위용이 보였다.

"제트^{Z}기를 올려라!"

연합함대의 기함 미카사 호의 중앙 마스트에 붉은색 Z기가 펄럭였다. 전투태세로 돌입하라는 명령이었다.

"황국皇國의 흥패興敗가 이 일전에 있다. 모든 병사들은 분투노력하라!"

도고 헤이하치로 사령관의 마지막 명령이 시달되었다. 문자 그대로 일본제국의 흥망이 걸린 일전이었다. 이 해전에서 패한다면 봉천전투에서의 승리도 아무 의미가 없어진다.

마침내 5월 27일 오후, 대마도 해협에서 발틱 함대와 조우한 일본 연합함대는 불과 30분 만에 발틱 함대의 주력함 3척을 대파하고, 그날 일몰 때까지 압도적인 전세를 유지하면서 다음날 미명에 이르기까지 발틱 함대 38척 중 반수 이상을 격침, 대파했다. 그리고 도주하는 5척을 나포하는 대승을 거두었다.

세계가 경악했다. 신생 일본국의 함대가 세계 최강을 자랑하는 러시아의 발틱 함대를 궤멸시키다니……, 그러나 그것은 엄연한 현실이었다. 그동안 일본으로부터 러시아와의 강화회담을 주선해 줄 것을 끊임없이 교섭 받았던 미국의 루스벨트 대통령은 고개를 절레절레 저었다.

"기적이야, 기적이 아니고서야……."

미국은 필리핀 문제를 비롯한 아시아 지역에서의 영향권을 확보하고 싶었다. 내심 그 영향력을 러시아의 도움으로 이루고 싶어 하질 않았던가. 그러나 상황은 반전되었다. 아시아 지역에서의 영향권은 이제 일본의 손아귀에 넘어가 있는 꼴이다.

"각하, 우리 일본은 러시아와의 강화회담을 각하께서 주선해 주실 것을 진작부터 희망해 오지를 않았습니까."

미국 주재 일본 공사 다카히라 고고로는 미국 대통령 루스벨트에게 일본과 러시아의 강화회담을 주선해 줄 것을 요청했다. 물론 그전에도 수없이 요청한 바가 있었으나, 이번에는 그 어조부터가 달랐다. 승전국의 자신감이 묻어 있는 강력한 요청이었다.

"물론이지요. 물론 내가 주선할 것이오."

루스벨트 미국 대통령은 서둘러 러시아 황제의 의향을 타진하는 등 적극적인 개입을 시도했다. 러시아로서도 마다할 일이 아니었다. 전쟁에 패하면 천문학적인 배상금을 물어야 한다. 미국에 의지한다면 얼마간의 이득이 있을 것임을 러시아에서 모른대서야 말이 되질 않는다. 육전과 해전에서 무참하게 패전했어도 러시아가 공식적으로 항복을 하지 않으면 전쟁은 계속된다. 일본국은 다 이긴 전쟁을 조속히 매듭지을 수 있는 전비가 없었다.

7월 7일, 일본은 강화회담을 교섭하는 와중에도 육군 13사단을 남사할린에 상륙시켰다. 다음 날에는 대박을 점령했고, 24일에는 북사할린에 상륙해 러시아군의 부분적인 항복을 받아 냈다. 부족한 전비를 무릅쓰고 사할린 상륙을 감행하는 등 확전을 도모할 수밖에 없었던 것은 러시아와의 강화회담에서 유리한 조건을 쟁취하기 위해서였다.

"전쟁은 일본국의 대승으로 끝납니다."

대한제국의 대신들은 놀라지 않을 수가 없었다. 러시아의 대승으로 전쟁이 끝날 것이며, 전쟁이 끝나면 일본국의 강압적인 오만에서 벗어날 수 있을 것이라고 철통같이 믿고 있었기 때문이다.

"믿을 수가 없어. 그게 어디 말이 되는가……."

고종황제는 완강하게 고개를 저었다. 그 또한 러시아가 승전할 것을 믿고 있었다. 그 믿음이 깨지는 것은 대한제국의 운명과도 무관하지가 않다. 그렇다면……, 고종황제는 몇 날 며칠을 불면에 시달렸다.

"안 되지……, 그래서는 안 되지……."

고종황제는 곧 밀어닥칠 조선의 운명이 심히 염려되었다. 대한제국, 아니 조선왕조 5백년의 역사를 일본제국에 빼앗기는 비극을 자신이 떠맡을지도 모른다는 생각……, 일본국 천황 앞으로 나아가 나라의 영토와 주권과 그리고 백성들의 운명까지를 저들에게 맡기는 비극적인 상황이 자신의 몫으로 돌아오는 것만 같아서 잠을 이루지 못할 지경이다.

"지필묵 대령하렷다."

고종황제가 조용히 말했다. 그러나 배석하고 있는 이재극과 민영환 등에게는 노성일갈로 들렸다. 내시 김한주가 지필묵을 대령했다. 하얀 두루마리 한지를 고종황제 앞에 펼쳐 놓은 김한주는 먹을 갈기 시작했다.

눈을 감고 묵상에 잠겼던 고종황제가 한숨을 쏟으며 붓을 들었다. 이재극과 민영환은 긴장했다.

'일본국 추밀원 의장 이등박문 공작……'

아, 이게 무슨 일인가. 고종황제는 이토 히로부미에게 편지를 쓰고 있다. 대한제국 황제가 일본국의 임금도 아닌 일개 추밀원 의장에게 편지를 쓴대서야 말이 되는가. 이재극과 민영환은 고종황제에게 달려들어 붓을 뺏고, 이미 쓰여지기 시작한 두루마리를 발기발기 찢어 내고 싶은 충동에 젖었으나 몸을 움직이지 못한다.

고종황제는 1백 자가 넘는 장문의 글을 매듭짓고 붓을 내려 놓는다. 그리고 무겁고 긴 한숨을 내쉬었다. 고종황제는 천천히 두루마리를 접어 봉투에 넣는다. 내시 김한주가 봉투를 받아서 풀을 붙여 봉했다.

궁내부대신 이재극이 끝내 참지 못하고 입을 열었다.

"폐하, 이등박문에게 친서를 보내시다니요. ……천만부당한 일임을 통촉하소서!"

고종황제는 참담한 표정으로 입을 열었다. 그것은 탄식이었다.

"다들 질 것이라고 하던 전쟁에서 일본이 이겼다질 않은가."

"그렇기는 하옵니다만……, 어찌 이등 따위에게 폐하의 친서를……."

고종황제는 이재극의 충언을 들으려 하지 않았다. 그는 천천히 몸을 일으켰다.

"이등 공작의 내심을 알지 못하고서는 나라의 앞일을 기약할 수가 없어."

시종무관장 민영환이 허리를 숙이며 말했다.

"아니 되옵니다, 폐하. 이등 그자는 조선침탈의 원흉이옵니다. 유념하소서."

고종황제는 돌아서서 대신들을 등졌다.

"짐이 그의 속내를 알고자 하는 것도 그 때문이야. 경들은 나라의 안위가 걱정되지도 않는가?"

이재극과 민영환은 송구하기 그지없었다. 아니 끓어오르는 분통을 간신히 씹어 삼켰다. 그때 밖에서 김 상궁의 소리가 들렸다.

"폐하, 다야마 사다코 들었사옵니다."

고종황제는 몸을 돌리며 허리를 숙이고 있는 대신들에게 말했다.

"경들은 물러나 있으라."

"예."

고종황제가 좌정하자 내시 김한주가 문을 열었다. 이재극과 민영환은 무거운 발걸음으로 방을 나간다. 이어 화려한 양장 차림의 배정자가 사뿐사뿐 걸어 들어왔다. 배정자의 표정은 밝고 자신감에 차 있었다.

"폐하, 문후 여쭈옵니다."

고종황제는 배정자를 반겼다.

"그래 어서 오너라. 편히 앉으라."

"예, 폐하."

고종황제는 배정자가 앉기를 기다렸다가 조심스럽게 물었다.

"네가 이등 공작과 속내를 주고받을 수 있는 사이라던데……, 그것이 사실이더냐?"

배정자는 잠시 혼미한 생각에 젖어들었다. 자신과 이토 히로부미가 양부와 양녀 관계를 넘어서고 있다는 항간의 풍설이 고종황제의 귀에까지 들어갔다는 말인가.

"……!"

고종황제는 배정자의 반응에 개의치 않고 말을 이었다.

"일본군이 러시아의 함대를 물리쳤다면……, 앞으로의 정세가 어찌 될지, 또 이등 공작이 나와 함께 나라의 일을 허심탄회하게 말할 수 있겠는지를 알고자 함이야."

배정자의 표정은 순식간에 밝아졌다.

"아, 예. 그런 일이라면 얼마든지 폐하의 분부를 받들 수가 있을 것이라 사료되옵니다."

고종황제는 만면에 웃음을 담으며 고개를 끄덕였다.

"고마운지고."

고종황제는 잠시 전에 김한주가 봉했던 편지 봉투를 배정자에게 건넸다.

"너는 이 친서를 이토 공작에게 전하고, 빠른 시일 안에 회답을 받아 와야 할 것이야. 해낼 수가 있겠느냐!"

배정자는 자리에서 일어서면서까지 깊고 정중하게 허리를 숙여 보였다.

"쇤네에게 맡겨 주신다면 신명을 다해 폐하의 명을 받들 것이옵니다."

"고맙구나. 서둘러 떠날 차비를 갖추도록 하라."

고종황제는 내심 기쁨을 감추지 못했다. 아무리 승전국의 추밀원 의장이라도 자신의 내심을 숨김없이 토로한 편지를 읽는다면 감동할 것이라는 지극히 단순한 생각이 고종황제의 뇌리를 채우고 있었기 때문이다.

"네 여비는 내탕금內帑金(임금이 쓸 수 있는 돈)에서 내릴 것이니라."

"성은이 망극하옵니다, 폐하……."

배정자는 들뜨고 있었다. 러일전쟁을 승리로 이끈 이토 히로부미의 자신감 넘치는 모습을 보고 싶었던 참이다. 대한제국의 황제가 내리는 내탕금으로 여비를 쓰면서까지 동경으로 가다니……. 아, 얼마나 변했을까. 배정자는 동경에서의 환희를 가슴에 담으면서 덕수궁을 나왔다.

김은영은 면암 최익현이 충청도 정산 사저로 강제로 끌려갔다는 소식을 들었어도 이창준의 근황 때문에 마음 둘 곳을 찾질 못한다. 아직 일본군 헌병대에 있다면 악독한 고문에 시달릴 것이 분명하다. 또 죽었을지도 모른다. 그러면서도 그의 소식을 알아낼 방도가 없다. 다시 일본군 헌병대의 주변을 서성인다면 자신 또한 무사하지 못할 것이라는 생각 때문에 자나 깨나 노심초사에 시달릴 뿐이다.

김은영은 부엌에 앉아 하염없이 눈물을 쏟아 내고 있다. 방에서는 누워 있는 어머니 때문에 울지도 못한다.

"계시우?"

낯선 여자가 김은영의 집 마당으로 들어서면서 숨넘어가는 소리를 토한다.

"뉘시우?"

장지문이 열리면서 강씨가 마당으로 고개를 내밀었다. 낯선 여자는 강씨를 보자마자 곡소리부터 냈다.

"아이고, 아이고……."

강씨는 멕시코로 떠난 지아비 김칠성의 소식인가 싶어 다급하게 마당으로 내려서면서 물었다.

“대관절 왜 그러시우……, 무슨 소식이라도 있수? 아니 뉘 시우?”

김은영도 눈물을 훔치면서 부엌에서 나온다. 김은영을 발견한 그 여인은 한걸음에 은영에게로 다가선다. 그리고 김은영의 손목을 붙잡고 흔들어 댔다.

“이 일을 어쩌냐, 이 일을 어째!”

김은영은 어리둥절할 수밖에 없다. 아낙이 누구인지를 몰라 서다.

“창준이가 죽었다질 않니, 창준이가!”

김은영의 온몸이 후들거린다. 혼자 힘으로는 도저히 서 있을 수가 없다. 김은영은 스스로 무너지듯 마당에 주저앉는다. 김은영은 떨리는 입술을 겨우 열었다.

“누구세요?”

그제야 여자는 김은영 앞에 웅크리고 앉으며 울음을 터뜨렸다.

“나, 창준이 고모다, 고모…….”

김은영은 저도 모르게 두 손으로 볼록한 배를 감쌌다. 고모의 눈길도 김은영의 배로 옮겨져 있다. 강씨가 황급하게 달려와 고모의 팔을 붙잡았다.

“그게 정말이우. 아니, 이 서방이 정말 죽었단 말이우?”

“왜놈 헌병이 집까지 찾아왔습디다. 내일 아침에 시신을 수습해 가라고요. 그놈이 어떤 아들인데……, 그렇게 죽어요? 5대 독자예요, 5대 독자. 우리 집안도 이제 대가 끊어지게 생겼어요.”

고모는 울음을 삼키듯 은영의 배에 손을 얹으며 울먹거린다.

“그래도 이 아이한테……, 그래도 여기에…….”

이창준의 고모라는 아낙도 말을 이어가질 못한다. 김은영은 하얗게 바래진 시선을 하늘에 던진다. 고모의 울음 섞인 넋두리가 이어진다.

“……애야, 죽은 사람은 죽은 사람이고, 산 사람은 살아야 하질 않겠니? 몸조리 잘해서 꼭 순산해야 한다. 그것만이 창준이를 위한 길이지 않겠니?”

강씨는 고모라는 아낙의 넋두리를 들으면서 하늘이 무너지는 듯한 한숨을 놓는다. 그리고 피눈물이 섞인 탄식을 쏟아 놓는다.

“아이고……, 하늘도 무심하시지. 우리 은영이 어쩌라고……, 저 앞날이 창창한 것을 어찌하라고!”

김은영은 애써 일어서려다 다시 휘청거렸다. 고모가 은영을 붙들어 부액하였다.

“은영아……, 진작에 찾아왔어야 하는 건데……, 무소식이 희소식이려니 하질 않았니. 에이그 못난 놈……, 아무리 나랏일이 먼저기로 제 핏줄 하나 건사 못하고……. 은영아, 미안하구나. 정말로 미안하다.”

강씨가 벌떡 몸을 일으키며 고모에게 험한 소리를 쏟아 낸다.

“미안은 무슨 얼어 죽을 놈의 미안이오! 남의 귀한 딸자식 저런 꼴로 만들어 놓고! 돌아가슈. 썩 돌아가요!"

고모는 눈물로 범벅이 된 얼굴을 들며 대들 듯 말했다.

"……너무 그러지 마시우. 나도 하나뿐인 조카를 잃은 사람이우. 누군들 이리 염치도 예의도 없이 살고 싶어서 이러는 줄 아시우? 누구 복장 터지는 꼴 보고 싶으시우? 게다가 우리 남편이라는 작자는 시신 수습하러 가지도 말라고 합디다. 헌병들 눈에 찍히면 좋을 거 하나 없다면서요. 그래도 그 작자 몰래 면회는 다녔었는데……."

처절한 넋두리가 아니고 무엇인가. 무지렁이 조선 백성들이 겪어야 하는 서러운 일상이 모두 담겨져 있어서다. 그제야 강씨는 김은영 옆으로 다가와 툇마루에 엉덩이를 걸치면서 갈가리 쏟아지는 눈물을 훔친다.

김은영이 어머니와 고모의 손을 살며시 잡는다.

"어머니 그리고 고모님……, 창준 씨가 그리된 거 너무도 분하고 원통합니다. 당장에라도 헌병대로 달려가서 폭탄이라도 던지고 싶은 심정이랍니다."

강씨는 딸 은영을 부여잡고 오열한다. 오히려 김은영이 흔들리는 강씨를 위로하면서 흐느낀다.

"엄마, 나 이 아이 꼭 낳을 거야. 꼭 낳아서 보란 듯이 키울 거야……."

"미친년, 어미 속도 모르고……. 어미 죽는 꼴 봐야겠냐!"

“······.”

김은영은 눈물을 훔치면서 몸을 일으킨다. 그리고 휘청휘청 마당을 지나 대문께로 걸어간다.

“어딜 가려고, 얘 은영아······!”

김은영은 실성한 사람과도 같았다. 그녀는 불어오는 바람을 안으며 천천히 걸었다. 이창준······, 아무리 되어 보아도 아까운 이름이다. 이 땅의 청년들에게 용기를 주었던 사람, 면암 최익현도 황성신문의 장지연도 그를 신임하고 신뢰하지 않았던가.

러일전쟁에서 승리한 일본국은 더 간교하고 강력하게 대한제국을 압박해 올 것이었다. 이 격동의 시기를 이끌어 갈 이창준의 카리스마와 같은 지도력을 어디에서 다시 찾을 수가 있다는 말인가. 김은영은 아랫배를 쓰다듬어 본다. 이젠 유일하게 남은 이창준의 핏줄이기 때문이다.

다음 날, 날이 밝기 전부터 김은영은 헌병대 후문에 나와 있었다. 김은영은 혹시나 하는 마음을 버리지 못한 채 후문을 서성거렸다. 날이 밝아지면서 윤민호와 박상인이 슬픔에 가득 찬 얼굴로 나타났다. 두 사람의 모습은 머슴 노릇을 하는 빈한한 농부를 방불케 할 정도로 허술해 보인다. 마치 고용된 일꾼과도 같은 모습이어서 김은영은 왈칵 눈물을 쏟을 정도로 고마워한다.

“여긴 뭐하러 와, 잡히면 어떡하려고······.”

박상인이 다가와 위로의 말을 건넸다.

“누님, 우리 걱정 말고 힘내세요. 수류탄 가지고 있어요.”

김은영은 흠칫 놀라며 주위를 살핀다. 윤민호가 수류탄까지 가지고 있다면 또 어떤 불상사가 터져 오를지 몰라서다.

잠시 후, 철제 후문에 달린 쪽문이 끼익 쇳소리를 내며 열렸다. 헌병 하나가 쪽문으로 고개를 내밀었다. 김은영은 재빠르게 쪽문으로 다가갔다.

“이창준 씨 시신을 수습하러 왔습니다.”

헌병은 김은영을 아래위로 훑어보면서 말한다.

“나중에 오시오.”

그러고는 쪽문을 닫으려고 했다.

“나중이라니요?”

“나중에 오라니까!”

헌병은 힘껏 쪽문을 닫아 버렸다. 그 나중은 오후를 지나도 오지 않았다. 벌써 해는 서산으로 기울고 있었고, 후문 경비등에 불이 들어오기 시작했다. 김은영은 기우는 저녁 해를 보며 중얼거렸다.

“죽었다면 왜 이리 늦겠어요. 아직 살아 있을지도 몰라요.”

윤민호와 박상인은 김은영에게서 고개를 돌리고 후문을 바라보았다. 뭔가 야료가 있을 것만 같아서다. 마침내 윤민호가 씩씩거리며 철제문으로 걸어가서는 문을 발로 차면서 소리친다.

“죽은 사람 가지고 왜 이래! 빨리 내놓지 못해!”

바로 그때 쪽문이 열리면서 총을 든 헌병들이 나왔다. 윤민호와 박상인은 슬며시 뒤로 물러선다. 위생복을 입은 두 사람이 들것을 들고 뒤를 따랐다. 들것 위에 흰 천으로 덮어씌운 시체가 있었다. 그들은 들것을 내려놓는다.

"서명하시오!"

헌병 한 사람이 김은영에게 서류철을 내민다. '시신인수서'였다. 김은영는 사망자와의 관계 난에 떨리는 손으로 처妻라고 적었다. 서류철을 돌려받은 일본군 헌병은 아무 말 없이 철문 안으로 사라진다.

김은영이 들것으로 다가선다. 털썩 무릎이 꺾인다. 그녀는 치밀어 오르는 오열을 참으며 파르르 떨리는 손으로 하얀 천을 걷는다. 싸느란 한기와 함께 이창준의 모습이 드러났다. 이창준의 얼굴은 여기저기 터지고 찢기고 멍들어 있었다. 그러나 입가에는 미소가 남아 있는 듯하였다.

"창준 씨……, 창준 씨!"

김은영은 믿을 수 없다는 듯 시신을 이리저리 흔들어 보면서 흐느끼기 시작한다. 그러나 귀에 익은 이창준의 대답은 들려오지 않았다.

"왜 웃고 있어요……. 왜요!"

김은영은 양손으로 창준의 얼굴을 감싸 쥐고 흔들어 본다. 윤민호와 박상인은 김은영의 설움을 이해하고도 남는다. 그러나

무작정 내버려 둘 수만도 없다.

"누님, 그만 되었어요."

윤민호가 김은영의 손을 잡으며 만류해 본다.

"놔! 놓으란 말야!"

두 사람은 너무나 완강하게 뿌리치는 김은영을 더는 붙잡지 못했다. 김은영은 이창준의 시신에 엎드린다.

"창준 씨, 일어나야 해요. 이러면 안 돼요. 우리가 할 일……, 우리가 해야 할 일……, 아직 시작도 못했는데, 창준 씨 이러면 안 돼요. 민호 씨와 상인 씨도 왔어요. 창준 씨 건강한 모습 보겠다고 다들 왔어요. 네? 창준 씨, 창준 씨. 으흐흐흐!"

김은영은 온몸을 흔들며 통곡을 한다. 윤민호와 박상인의 눈에서도 한없이 눈물이 쏟아져 내렸다.

얼마나 시간이 흘렀는지도 모른다. 이젠 눈물도 말라 버린 것만 같다. 윤민호는 이창준을 끌어안고 얼굴을 비비면서 발버둥치는 김은영에게 울먹이며 말했다.

"자, 자 그만, 그만 됐어요. 창준 형님은 죽어서도 우릴 인도할 겁니다. 자, 이제 그만 가자구요. 이젠 편한 곳으로 모셔야 해요."

김은영은 넋을 잃은 얼굴로, 초점이 풀린 시선으로 윤민호를 올려다본다.

"형님도 그러길 원할 겁니다."

김은영은 이창준을 조심스럽게 들것에 다시 눕힌다.

손수레를 빌리러 갔던 박상인이 돌아왔다. 박상인과 윤민호는 이창준의 시신을 손수레에 옮겨 실었다. 박상인은 손수레를 앞에서 끌고, 김은영과 윤민호는 뒤에서 밀었다. 그들은 헌병대 뒷담을 따라 어둠이 깃든 길로 묵묵히 사라져 간다.

온 하늘을 뒤덮었던 붉은 노을도 이제는 서서히 힘을 잃어 가고 있다. 곧 어둠이 밀려들 것이리라.

1905년 9월 5일, 신생 일본제국은 미국 대통령 루스벨트의 중재로 포츠머스 조약을 체결함으로써 러일전쟁을 종결했다. 그리하여 대한제국에 있어서의 정치·경제·군사상의 지배적인 권한을 확보했다. 문제의 포츠머스 조약은 일본의 조선침략을 세계 열강이 묵인한 것이나 다름이 없었다.

포츠머스 조약은 8월 10일, 미국 뉴햄프셔 주 남동부에 있는 포츠머스에서 시작되었다. 루스벨트는 강화회담의 성사를 위해 일본 정부에 금전적인 배상 요구를 포기할 것을 권고했다. 일본은 이를 수락했다. 일본이 막대한 손해를 감수하면서까지 수락을 했던 것은 이미 일본과 미국 사이의 비밀협정에서 약속한 사항이었고, 그 대가로 대한제국에 대한 지배권을 확실하게 보장받으려고 했기 때문이다.

포츠머스 회담이 시작되기 열흘 전, 미국 육군장관 태프트가 대통령 특사 자격으로 필리핀을 시찰하기에 앞서 잠시 일본에 들렀을 때, 총리대신 가쓰라 다로와 회담을 가졌다. 그 회담 석상에서 이른바 가쓰라-태프트 협정이 비밀리에 체결되었다.

그 협정에는 일본은 미국이 필리핀을 통치하는 것을 양해하며, 극동지역의 평화는 일본·미국·영국의 협력에 의해 유지되어야 할 것이며, 미국은 일본의 대한제국 지배를 인정한다는 내용이 담겨 있었다.

일본 외무대신 고무라 주타로와 러시아 전 재무장관 비테가 합의한 포츠머스 조약의 중요 내용에 대한제국에 있어서의 일본의 정치·경제·군사상의 우월권을 인정한다는 대목이 들어 있었다. 이로써 대한제국은 외교적으로 완전히 고립됨은 물론 일본의 그늘에 가려지게 되었다.

동경에 도착한 배정자의 나날은 마치 환상과도 같은 들뜸의 연속이었다. 그녀와 이토 히로부미는 아침에는 동경 근교 들판에서 말을 타고 달렸고, 오후에는 사격장에 들러 권총을 쏘기도 하였다. 그리고 저녁에는 배정자가 묵고 있는 호텔의 스위트룸에서 샴페인이나 와인을 곁들인 서양 요리를 즐기곤 한다. 환희로 가득한 동경의 낮은 활기가 넘쳤고, 밤은 밤대로 요염하게 흥청거렸다. 여기저기서 승전을 축하하는 축포가 터지고 불꽃놀이가 온 하늘을 장식하는 나날이었다.

이토 히로부미와 배정자는 동경 시내가 한눈에 내려다보이는 특급 레스토랑의 별실에서 만찬을 들고 있었다. 두 사람은 십수 명이 앉을 수 있는 긴 테이블의 양 끝에 각각 앉아 반짝이는 은식기에 담겨 나오는 프랑스 요리를 음미하고 있다. 깔끔하게 차려입은 간부 직원들의 빈틈없는 접대가 음식 맛을 더해 주었다.

"얼마 전에 이 레스토랑에 프랑스인 일류 요리사를 데려왔지."

이토 히로부미가 자랑스럽게 말한다. 그의 뒤에 서 있던 호텔 간부가 감격해하는 표정으로 허리를 굽혔다.

"그래요. 정말 이런 요리는 처음이에요."

이토 히로부미가 손가락을 들자 대기하고 있던 간부가 그의 크리스털 잔에 와인을 따랐다. 이토 히로부미는 배정자에게 잔을 들어 보이고는 입을 열었다. 뜸을 들이던 화두였다.

"이건 좀 입맛 떨어지는 얘기지만 말이다……, 대한제국의 황제가 생각보다 어리석지는 않았어."

배정자는 동작을 멈추며 긴장했다. 이토 히로부미는 포크로 새우를 찍어 올리면서 말을 이어간다.

"하지만 이미 때가 늦은 것을 어찌하겠느냐……. 이젠 세계의 열강이 모두 우리 대일본제국의 조선 정책을 지지할 수밖에 없게 된 것을……."

배정자는 온몸에 소름이 끼치는 전율감에 젖는다. 비록 자신이 일본국의 이익을 위해 물불을 가리지 않고 있다고는 해도 몸에는 조선의 피가 흐르고 있음을 부인할 수 없다. 지금이 바로 그런 순간이었다.

"……하오시면?"

이토 히로부미는 새우를 입안에 넣고 음미하듯 씹는다. 조선의 일이 어찌 특급 프랑스 요리의 새우 맛만 하랴는 여유와 오만을 씹고 있는지도 모른다.

"이젠 합병만 남은 셈이지."

"합병……!"

합병이면 어찌 되는가. 조선의 모든 것이 일본국의 일부분이 되고 만다는 것인가. 5백년 조선왕조가 일본국의 식민지가 된다면 어찌 되는가. 아, 조선이라는 나라는 이 지구상에서 없어진다는 얘기다. 배정자는 숨이 막혔다. 손이 떨려서 나이프도 포크도 더는 들 수가 없다.

이토 히로부미는 창백해진 배정자의 몰골을 아랑곳하지 않았다. 그는 와인 한 모금을 마시고는 입맛을 다시며 고개를 끄덕였다.

"괜찮은 맛이군."

이토 히로부미는 다시 한 번 배정자에게 와인을 들어 보라는 손짓을 보내면서 만족한 심회를 쏟아 낸다.

"우리 일본제국이 조선을 합병하게 되면, 미국은 필리핀을 차지하게 되겠지. 국제사회는 이러한 변화에 대해 양해하기로 하질 않았나……."

배정자의 가슴은 콩 튀듯 요동친다. 그렇다면 고종황제가 보낸 어찰에 대한 답신은 어찌 되는가. 배정자는 안간힘을 다해 입을 열어 본다.

"하오시면, 황제폐하께는 답신을 아니 보내실 건가요?"

이토 히로부미는 어이없다는 듯이 웃는다.

"허허허, 그럴 수야 없겠지. 아니 보내서야 되겠느냐. 새로운 국제질서에 대비하여 마음의 준비를 하시라고 충고할 생각이야."

"……."

배정자는 가슴이 답답해진다. 만에 하나라도 그런 답신을 들고 귀국한다면 목숨인들 온전하게 부지할 수가 있을지 걱정스러워서다. 배정자는 다시 한 번 확인해 두고 싶었다.

"아버지, 그건……."

"허허허. 너도 어쩔 수 없이 조선의 피를 받은 사람이었구나. 하긴 그렇지, 제 몸을 태어나게 해 주고 이름을 붙여 준 나란데……. 허허허. 어느 누군들 망하는 것을 즐겨야 하겠느냐만, 사다코 너는……."

"아버지, 그게 아니고……."

"허허허. 즐기지는 않더라도 받아들여야 한다. 국제사회의 준엄한 흐름이기에 하는 소리야."

배정자는 고개를 숙였다. 가난하고 쓸모없던 일본이라는 작은 나라를 세계의 열강으로 올려놓은 이토 히로부미다. 그가 배정자의 감상을 용인할 까닭이 없다. 그러나 이토 히로부미는 낮은 소리로 말했다.

"우리 일본제국이 조선을 합병하게 되면……, 사다코 너에게도 큰 영화가 따를 것이야. 더 당당해지는 것이 좋아."

급기야 배정자의 얼굴에 굵은 눈물방울이 흘러내린다.

다음 날, 배정자는 동경을 떠났다. 물론 고종황제에게 전해야 하는 이토 히로부미의 답신을 받아 들고서였다.

현해탄玄海灘, 글자 그대로 검은 물결이 험난한 해협이다. 조선과 일본은 이 험난한 바닷길을 사이에 두고 지난 수천 년 동안 숱한 우여곡절을 겪어 왔다. 그러나 20세기의 초입으로 들어선 오늘의 사정은 그 어느 때와도 비교할 수 없는 험한 파도가 소용돌이치고 있다.

일본 땅 시모노세키下關를 떠나 부산으로 가는 기선이 녹이 슨 듯한 무적을 물리면서 검은 물결을 헤치고 있다. 그 갑판 위에 머리칼을 날리며 배정자가 서 있다.

'어찌 되려나.'

이토 히로부미의 말대로라면 대한제국의 운명은 풍전등화나 다름이 없다. 고종황제를 비롯한 대한제국의 대소신료들은 세계의 열강들이 무엇을 생각하고 있는지를 알고나 있을까. 생각하면 생각할수록 난감한 노릇이 아닐 수 없다. 게다가 품안에 간직하고 있는 이토 히로부미의 답서는 또 어떤 폭풍을 몰고 올 것인가. 배정자는 불길하게 밀려드는 불안감을 떨쳐 내기가 어렵다. 품에 지닌 답신으로 인해 고종황제의 격노를 살지도 모른다. 적어도 이토 히로부미의 언동에는 그럴 기미가 묻어 있었길 않았는가. 사실이 그렇다면 대한제국의 신료들이 잠자코 있을 까닭이 없다. 결국 배정자는 자신의 운명을 좌우하는 폭탄을 들고 귀국하는 것이나 다를 것이 없었다.

부산항에 상륙한 배정자는 일본군 헌병들에 의해 경부선 열차의 특실로 안내되었다.

증기기관차는 검은 연기를 뿜어 올리면서 기적을 울렸다. 배정자는 가슴에 고동치는 기적 소리에 모든 걸 내맡기리라 다짐한다. 대한제국의 운명이나 자신의 운명이 누구도 알 수 없는 어둠의 질곡으로 빠져들고 있었기 때문이다.

배정자는 고종황제를 배알하는 순간 눈물부터 흘렸다. 이토 히로부미의 답신에 적힌 내용을 알고 있었기 때문이다. 고종황제가 그 답신을 읽기 전에 물러나지 않고서는 불충을 저지를 것만 같아서다.

"폐하, 이만 물러가고자 하옵니다."

"아니 왜, 더 머물지 않고."

고종황제는 어수를 들어 만류하였으나, 배정자는 조용히 일어나 어전을 물러난다.

고종황제는 서운해지는 심기를 달래면서 이토 히로부미가 보낸 답신의 봉투를 연다. 약간 흘림을 곁들인 이토 히로부미의 글씨가 살아서 꿈틀거리고 있다. 어디 글자뿐인가. 도도한 문체 또한 유장하다는 느낌이 든다. 고종황제의 손끝이 떨리기 시작한다. 그리고 용안을 실룩거린다. 문투도 문투려니와 그 내용이 방자하기 그지없어서다. 마침내 고종황제는 이토 히로부미의 친서를 구겨 쥐면서 벌컥 몸을 일으킨다.

"이자가, 이자가 아무리 무엄하기로 이럴 수가 있나!"

고종황제는 구겨 쥔 이토 히로부미의 답서를 흔들면서 옥음을 있는 대로 높인다.

"누구 없느냐! 누구 있거든……, 당장 참정대신을 부르라. 시종무관장도 함께 불러라. 지금 당장……!"

성품이 유순한 고종황제다. 그 성품으로 인해 사람들은 그를 우유부단하다고까지 했다. 그러나 참정대신과 시종무관장을 부르는 고종황제의 노여움은 성난 사자와도 같았다.

참정대신 한규설韓圭卨이 황급히 고종황제의 거처로 들어선다. 이재극과 민영환이 뒤를 따랐으나 몸이 얼어붙는 것을 느꼈다. 이토 히로부미의 답서를 구겨 쥔 고종황제는 노여움에 떨며 온 방 안을 서성거리느라 참정대신이 들어서는 것조차도 알아차리지 못한다.

"폐하……."

참정대신 한규설이 소리치듯 입시를 알리고서야 고종황제의 동작이 멈추었다. 한규설은 물론 이재극과 민영환도 사태를 짐작하고 깊게 허리를 굽혀 송구함을 표시했다. 고종황제는 거칠어진 숨결을 토하면서 뚜벅뚜벅 걸어와서 좌정했다. 세 사람의 중신들은 죄진 사람처럼 몸을 떨고 있을 뿐이다.

"이등 공작, 이자가 아무리 무엄하기로 이럴 수가 있나!"

고종황제는 이토 히로부미의 답서를 신료들을 향해 세차게 던졌다. 한규설이 황급히 몸을 굽혀서 구겨진 답서를 집어 들었다. 그러나 고종황제의 진노 때문에 읽을 엄두도 못 낸다.

"……읽으라. 읽으라지 않았는가!"

고종황제의 노성일갈이 다시 있고서야 참정대신 한규설이 이토 히로부미의 답서를 펼쳐 들었다. 그제야 궁내부대신 이재극과 시종무관장 민영환이 그의 곁으로 엉거주춤 다가선다. 세 사람은 눈빛을 곤두세우면서 이토 히로부미의 오만방자한 답서를 읽어 나간다.

고종황제는 그 순간 다시 몸을 일으켜 온 방 안을 서성이면서 이토 히로부미의 방자함에 분노한다. 한규설은 통곡 직전의 암담한 안색이 되었고, 이재극과 민영환도 넋을 잃는다. 그렇게도 만류했던 일이 이같이 엄청난 결과를 불러들였다. 그때 더 만류하지 못한 것이 이렇듯 후회될 수가 없다.

"폐하!"

참정대신 한규설이 비분에 찬 목소리를 토해 내자, 고종황제는 천천히 어좌에 돌아와 앉는다. 그리고 한규설의 울분에 찬 목소리가 온 방 안을 울리면서 퍼져 나간다.

"폐하, 신 한규설은 울분을 달랠 길이 없사옵니다. 폐하의 은혜를 입은 자가 어찌 이같이 방자한 글로 폐하를 능멸하고자 하는지……, 폐하, 이 금수만도 못한 자를 엄벌로 다스려서 다시는 이 땅에 발붙이지 못하게 하여야 할 줄로 아옵니다, 통촉하소서. 폐하!"

한규설이 누구인가? 무과에 급제한 뒤 여러 관직을 거치면서 형조와 공조의 판서를 역임하였고, 한성부 판윤을 거쳐 포도대장·장위사·의정부 찬성을 역임했다. 1905년에 이르러 내각을 대표하는 참정대신이 된 무반 출신의 강골이 아니던가.

시종무관장 민영환도 울분을 억누르지 못했다.

"폐하……!"

고종황제는 이재극과 민영환이 이토 히로부미에게 친서를 보내는 일 자체를 반대했다는 사실을 아직 생생히 기억하고 있다.

"짐은 이등과 더불어 마음을 터놓고 양국의 장래를 의논하려 하지를 않았던가……. 어찌 짐의 내심을 이토록 짓밟을 수가 있는가. 어찌 이리도 오만방자할 수가 있던가!"

언제나 강경했던 참정대신 한규설도 이때만은 감히 입을 열지 못했다. 고종황제의 낙심과 분노가 너무도 컸기 때문이다.

"……나라의 운명이 풍전등화와 같이 되지를 않았는가. 5백

년 사직은 고사하고 어리석은 백성들은 또 어찌해야 하는가. 저 왜인들의 방자한 소행을 보고서도 고분고분 따라야 하는가.”

고종황제의 옥음이 높아지고 있다. 참정대신 한규설은 용기백배했다. 그는 고종황제의 우유부단함만 고칠 수 있다면 백성들의 울분을 끌어낼 수 있다고 믿고 있다.

“폐하, 왜적과의 일전을 준비하셔야 하옵니다. 폐하께서 일어나시면 백성들 마지막 한 사람까지 떨치고 일어나 왜적을 막아낼 것이옵니다. 통촉하소서!”

“폐하, 당장은 강대국 러시아를 격파한 일본의 군대를 막아낼 힘이 없을 것이오나, 일본 또한 장기간의 전쟁으로 지쳐 있을 게 분명하옵니다. 임진년 왜란이 아직도 원한으로 사무치는데……, 어찌 5백년 사직을 왜적들에게 넘겨줄 수 있겠사옵니까? 이 나라의 모든 힘을 하나로 모을 수가 있다면, 왜적을 물리치고 종묘사직을 지켜 낼 수가 있을 것이옵니다. 통촉하소서.”

아, 참으로 오랜만에 들어 보는 중신들의 결기였다. 고종황제는 만족한 표정으로 두 사람의 충정을 경청하고 있었다. 궁내부대신 이재극이 이들의 결기에 찬물을 끼얹고 나섰다.

“폐하, 전쟁은 아니 되옵니다. 세계가 모두 일본의 전력에 놀라고 있사옵니다. 일본은 이미 청과 러시아를 격파한 군사대국이옵니다. 예전의 왜구가 아니옵니다. 만약 전쟁이 일어나면 이 나라 강토와 어리석은 백성들은 저들의 총칼에 유린될 것이옵니다. 통촉하여 주소서."

참정대신 한규설은 강골답게 이재극을 향해 소리쳤다.

"궁내부대신은 말을 삼가라. 감히 어전에서 그런 망언을 입에 담고도 살기를 바라는가!"

그러나 이재극의 반격은 만만치가 않았다.

"참정대신께서는 전쟁이 일어나면 어찌하시렵니까. 싸워서 이길 만한 대책이라도 있다는 말씀이오이까? 이 나라에 대포가 있소이까, 총이 있소이까. 그렇다고 왜적과 싸울 군대가 있소이까. 대감께서 혼자 나가서 싸우겠다고 한들, 저 방자한 이등박문이 눈이나 깜짝하겠소이까!"

고종황제는 탁자를 탁탁 두드리며 불편한 심기를 드러냈다.

"어허, 그만들 두시오!"

참정대신 한규설은 분통을 참지 못한다.

"폐하! 궁내부대신의 진언이 심히 해괴하옵니다. 저자를 삭탈관직하옵시고……."

고종황제는 다시 탁자를 내리치며 옥음을 높였다.

"그만두라지 않았는가! 물러들 가라. 모두들 물러가라!"

고종황제는 자신의 속내를 드러낸 것을 후회했다. 궁내부대신 이재극의 말에 한 치의 빈틈이 없음도 알고 있었다. 물론 참정대신 한규설의 충정도 고맙기 한량없는 것이지만, 그 모든 것이 공론에 그치고 나면 마음은 더욱 허황해질 것이리라.

"어서 물러들 가시오……, 끔!"

이재극과 민영환이 엉거주춤 몸을 일으키고 있을 때 한규설이 조심스럽게 다시 입을 열었다.

"신 참정대신 한규설, 한 가지 화급한 진언 올리고자 하옵니다. 배정자에 관한 일이옵니다."

고종황제는 마뜩찮은 표정을 지으면서 반문한다.

"배정자라니, 무슨 말인가?"

"폐하, 이등의 무례한 답서를 전해 올린 배정자에게 중벌을 내려 주소서!"

"……!"

고종황제는 흠칫 놀란다. 그러나 현실의 일은 단순하지가 않다. 배정자와 같이 미천한 여인이 궐 안을 자유롭게 드나들고, 고종황제의 총애를 빙자하여 조정을 어지럽히고 있다는 유림들의 반발은 물론, 면암 최익현도 이 사실을 직언상소로 개탄하기까지 하였었다. 이제 또다시 이토 히로부미의 친서로 인해 고종황제가 진노하였다는 사실이 세간에 알려진다면 무슨 일이 일어날지도 모른다.

"폐하, 배정자를 원지에 유배하시어 분노한 유림들의 마음을 어루만져 주소서."

고종황제는 고개를 가로저었다.

"배정자를 유배하라니? 그 아이는 내 명을 받들었을 뿐인데……, 어찌 문책을 할 수가 있는가?"

참정대신 한규설은 목에 힘을 주어 말했다.

"폐하! 신 또한 그 사실은 잘 알고 있사오나, 지금 유배하지 않으시면 더 큰 소란이 있을까 두렵사옵니다. 원하옵건대 결단하여 주소서."

"큰 소란이라……."

고종황제는 다시 몸을 일으켜 창가로 간다. 눈에 넣어도 아프지 않을 배정자가 아니었던가. 그 배정자에게 유배형을 내린다면 자신의 처지는 무엇이 되는가. 황제의 위엄이 다소간 무너지는 지경에 이르러도 배정자만은 곁에 두고 싶은 게 고종황제의 속내다. 아직은 국제정세를 전하는 일에도 그녀를 앞장설 만한 인재가 없지를 않던가.

시종무관장 민영환 역시 한규설의 말에 힘을 실어 주고 나선다.

"그러하옵니다, 폐하. 용단을 내려 주소서!"

고종황제는 답서를 전하던 배정자의 모습을 떠올린다. 이토 히로부미의 답서를 전할 때의 배정자의 모습은 예전 같지 않았었다. 다소곳하고 우수에 가득한 눈매에 물기가 담겨 있었다. 그때 고종황제는 공연한 심부름을 시켜서 배정자의 여린 마음에 상처를 내는 것만 같아서 마음이 아팠는데, 조정 대신들의 입에서 배정자의 유배가 논의될 줄을 어찌 짐작이나 했겠는가.

배정자의 일은 조정 안의 일로만 그치지 않았다.

황성신문사 사장 위암 장지연이 인편으로 보낸 이토 히로부미의 답서 내용을 전해 들은 면암 최익현은 벼룻집을 내리치면서 격노했다.

"이렇게 못난 것들이 있나. 어찌하여 일개 천녀의 신분이 폐하의 친서를 들고 일본으로 가! 게다가 이등박문의 답서까지 받아 오다니……. 이 나라 대신들은 죽었다더냐, 살았다더냐!"

면암 최익현은 벌떡 몸을 일으켰다. 방 안에 있던 아들 최영조와 문흥식, 정시해, 손자 원석까지 함께 일어서며 최익현의 앞을 막아섰다.

"아버님, 고정하소서."

면암 최익현은 두 눈을 부라리며 호통을 쳤다.

"고정이라니, 나라의 숨통이 끊어지고 있음이니라!"

최영조는 고개를 숙이며 옆으로 물러났다. 면암 최익현은 도포 자락을 펄럭이며 방을 나갔다. 모두가 황급하게 최익현을 따라 나설 수밖에 없다. 면암 최익현은 마당에 내려서자마자 곧장 대문으로 향한다. 최영조가 아버지의 뒤를 따르며 간곡히 청한다.

"아버님, 밖에는 헌병들이 지키고 있사옵니다."

면암 최익현은 손수 대문을 열어젖혔다. 대문이 열리자 일본 헌병들이 화들짝 놀라면서 최익현의 앞을 가로막았다. 최익현의 감시를 맡고 있는 헌병소위 하루야마가 앞으로 나섰다.

"대감, 외출은 안 됩니다. 아시질 않습니까?"

면암 최익현은 불같은 호통으로 하루야마 소위를 몰아세운다.

"너희가 나라를 아느냐! 나라의 명운이 걸렸기에 이 늙은 몸을 던지려 함이니라. 당장 물러서렷다!"

하루야마 소위는 최익현에게 두 손을 모으며 애처롭게 말했다.

"대감, 힘없는 저희들의 처지도 헤아려 주셔야지요."

"어허, 이런……!"

면암 최익현은 망연해진 눈길로 하늘을 쳐다보았다. 밀치고 나간다면 어떤 일이 벌어질지도 모를 상황이었다. 최영조가 조심스럽게 다가서며 최익현에게 간곡하게 말했다.

"아버님, 대신들을 책망하는 서찰을 적어 주시면 저희들이 전하겠습니다."

"……"

면암 최익현은 잠시 섰다가 묵묵히 돌아선다. 긴장하고 있던 헌병들은 한숨을 내쉬며 최익현에게 허리를 굽혀 감사를 표했다. 손자 원식은 얼른 대문을 걸어 잠그고 태산교악과도 같은 할아버지의 뒤를 따랐다.

"허어, 어찌 이런 일이……"

면암 최익현은 심란한 마음을 주체할 길이 없다.

'오도 가도 못하는 갇힌 몸이 된 처지를 어찌해야 하는가……, 이처럼 위급한 때에 말이다. 원통하다, 참으로 원통하구나. 마지막 결단을 내려야 할 때가 되었는데도 몸을 움직일 수가 없대서

야……!’

내당 쪽에 서 있던 한씨가 허리를 굽혔다. 팔다리가 묶여 어쩌지 못하는 지아비의 심정이 그대로 한씨의 마음으로 전해져 왔다. 한씨는 핑 도는 눈물을 감추며 황급히 내당으로 들어갔다.

이토 히로부미가 고종황제에게 보낸 방자한 답신은 온 유림을 들끓게 했다. 모두가 고종황제의 우유부단함을 나무라고, 성토하고 싶은 심정이었다.

“배정자를 처단하라!”

배정자의 처단은 곧 이토 히로부미에 대한 조선 정부의 단호한 응징이 될 것이리라. 유림들은 배정자의 유배를 요구하는 강력한 상소를 올렸다. 조정은 그들의 상소를 감당할 길이 없었다. 결국은 고종황제도 끊임없이 이어지는 유림의 상소와 성토를 좌시할 수 없었다.

“폐하, 유림들의 간곡한 진언을 따뜻이 어루만져 주소서.”

고종황제는 더 버텨 나갈 힘도 의지도 없었다. 양복을 입는 사람들이 늘어나고 있다지만, 아직은 유림의 뜻이 조선의 뜻일 수밖에 없다.

“배정자를 절영도에 유배하라!”

“폐하! 성은이 망극하옵니다.”

미안하다, 사다코. 고종황제는 혼자서 중얼거린다. 절영도絕影島는 부산 앞바다에 떠 있는 작은 섬이다. 소식을 접한 배정자는 지그시 입술을 문다. 억울해서다. 자신은 오직 황제의 어명을 받들었을 따름이다. 더구나 황제의 외로운 처지를 도운 것이 어찌하여 유배를 당해야 할 대죄가 된다는 말인가. 배정자는 입가에 비웃음을 담으면서 떠날 차비를 한다.

'다녀오리라!'

소풍 삼아서라도 다녀오리라. 자신이 절영도에 부처되었다는 사실을 이토 히로부미가 안다면 조선 조정은 응분의 대가를 치르면서 자신을 석방할 것이라는 사실을 배정자가 모른대서야 말이 되는가.

배정자는 산발한 모습으로 죄인들이 타는 함거에 오른다. 함거는 남대문역에 멈추어 섰다. 경부선 열차로 옮겨 타기 위해서다. 요녀 배정자의 꼴불견을 구경하기 위해 모여든 많은 사람들의 욕설이 난무했다. 그리고 그녀를 위해할 험악한 분위기가 고조되기도 하였다. 이런 사태를 짐작한 하세가와 대장은 헌병들을 배치하여 배정자의 승차를 돕게 하였다.

배정자가 열차에 오르자 녹이 슨 듯한 기적 소리가 길게 울렸다. 기차가 천천히 움직이기 시작했다.

같은 시각, 경운궁에는 하세가와 요시미치 대장, 하야시 곤스케 일본국 공사가 노기 띤 얼굴로 들어서고 있다. 집총한 일본군 헌병들이 그들을 호위하고 있었으므로 내시와 상궁들은 숨을 죽인 채 구경만 할 뿐이다.

경운궁 회의실에서는 참정대신 한규설, 궁내부대신 이재극, 시종무관장 민영환이 훈장이 달린 서양식 예복 차림으로 앉아 있었다. 물론 하세가와 대장과 하야시 공사의 입궐을 그들은 알고 있었다.

일전을 불사해야 하는가. 아니면 얼러서 돌려보내야 하는가. 하세가와 대장이나 하야시 공사에게는 배정자의 방면이 절체절명의 과제일 것이었다. 아니나 다를까, 회의실 문이 벌컥 열리면서 서슬 퍼런 하세가와 요시미치 대장, 이미 제정신이 아닌 듯한 하야시 곤스케 공사가 들어서고 있다. 그들은 아무 자리나 빈자리를 찾아 앉으면서 탕, 탕, 탁자부터 내리치는 난동을 부린다. 참정대신 한규설이 두 눈을 부릅뜨고 그들을 노려보면서도 헛기침만 토할 뿐이다.

하야시 공사가 카랑카랑하게 날이 선 쇳소리를 토해 낸다.

"이게 어디 말이나 됩니까? 배정자는 황제폐하의 어의를 받들어서 동경엘 갔고, 더구나 그 경비가 내탕금에서 나왔질 않소이까. 이토 각하의 답서 또한 황제폐하의 명에 따라 받아 왔는데 부처付處라니요! 도무지 경우라는 것이 있어야지!"

참정대신 한규설의 격노가 터져 오른다. 아무리 일본국 공사의 위세이기로 조선 정부의 참정대신이 앉은 자리에서 언성을 높일 수가 있는가.

"공사는 말을 삼가라. 그대가 무엇이관데 교린국의 참정대신 앞에서 이리도 무례방자할 수가 있는가!"

"뭐요?"

하야시 공사는 몸을 꿈틀거리면서 한규설을 쏘아본다.

"할 말이 있으면 공손하게 예절을 갖출 줄 알아야지. 어디 와서 함부로 소리부터 지르느냐 이 말이야!"

"……!"

반발하는 기세가 완연하면서도 한규설의 서슬에 눌린 하야시 공사는 입을 열지 못했다. 한규설은 하세가와 대장을 쏘아보면서 부연했다.

"이등 공작이 우리 폐하께 올린 답서도 오만방자한 것이었거늘, 이는 교린국의 군주를 능멸한 것은 물론……."

하세가와 대장이 언성을 높이면서 한규설의 말을 낚아챘다.

"이것 보시오, 참정대신 각하. 이토 각하의 글귀만을 문제 삼는 것은 나무는 보았으되 숲을 보지 못한 단견이 분명한데……, 그럼에도 다야마 사다코를 부처한 것은 이토 각하를 능멸하겠다는 저의가 아닌가!"

참정대신 한규설은 하세가와 대장의 오만도 예사롭게 넘기지 않았다.

"장곡천 대장도 말을 삼가시오. 주둔군 사령관이 감히 조선의 내정을 간섭해도 되는가!"

"뭐라, 내정간섭……?"

“암, 내정간섭이지. 조선의 군주가 오만하고 방자한 조선 계
집 하나에게 죄 주는 일을 놓고, 주둔군 사령관이 감 놔라, 대추
놔라 한다면 그것이 내정간섭이 아니고 무엇인가. 그런 터무니
없는 말을 하려거든 썩 돌아가시오!”

하세가와 대장의 안색이 창백해진다. 그가 쏟아 낼 다음 말이
무엇인지를 하야시 공사는 알고도 남는다. 그는 수습에 필요한
마지막 말을 입에 담았다.

“거두절미하겠소. 당장 배정자를 방면하시오!”

한규설은 탁, 탁자를 내리치며 벌떡 몸을 일으켰다.

“그대들 일본국에서는 군왕의 어명을 신하들이 뒤집을 수가
있는가. 더구나 일본인들의 내정간섭에 어명이 철회된대서야
나라의 체모가 서겠는가. 어림없는 소리, 그만들 물러가시오!”

참정대신 한규설은 큰기침을 남기고 방을 나갔다. 하세가와
대장은 당장에라도 한규설을 따라 나갈 태세를 취했으나, 하야
시 공사의 마지막 협박을 들으면서 울화통을 참는 모습이었다.

“참정대신의 옹고집이야 세상이 다 아는 일이나, 두 분 각하
께 우리 공사관의 마지막 당부를 전하겠으니 적절한 조처를 내
려 주시기 바랍니다.”

“……!”

“곧 이토 각하께서 입경하십니다. 러일전쟁 이후의 양국 관계
를 보다 공고하고 돈독하게 하기 위한 중대한 안건을 가지고 오

십니다. 만일 그때까지 배정자의 부처가 풀리지 않는다면 귀 조선은 스스로 불이익을 자초하게 될 것임을 엄중 경고해 두겠소.”

“공사, 공사는 참정대신 각하의 말뜻을 아직도 헤아리지 못한다는 말씀이오?”

“내 말을 귀담아 들으시오. 나는 귀 정부와 타협을 시도하는 것이 아니라, 귀 정부에 불이익이 있을 것임을 경고하고 있어요!”

“……!”

이재극과 민영환은 마른침을 꿀꺽 삼켰다. 하야시 공사의 말이 예사롭지 않다는 사실을 눈치챘기 때문이다. 하세가와 대장이 몸을 일으키며 가래 끓는 소리를 토해 냈다.

“이토 각하께서 입경하시기 전에 다야마 사다코를 방면하시오. 더 큰 후회를 남기지 않기를 바랄 뿐이오!”

하세가와 대장은 이재극과 민영환을 짓이기듯 쏘아보다가 방을 나갔다. 하야시 공사가 다시 한마디를 뱉어 놓는다.

“다야마 사다코에게 귀양살이를 시켜서 조선 정부가 얻을 게 무엇이오. 알겠거든 즉시 방면하시오!”

하야시 곤스케의 빈틈없는 업무 능력은 이미 소문이 나 있다. 그의 말대로라면 배정자의 부처가 조선 조정에 막중한 손실을 줄지도 모른다. 이재극은 태풍이 들쑤시고 지나간 황량한 들판에 서 있는 듯한 황당함에 젖는다. 민영환의 생각이라 하여 다를 까닭이 있을까. 도대체 배정자의 존재가 무엇이기에 이토록 일본이 집착을 하는 것인가. 하야시가 말하는 더 큰 불이익이란 구체적으로 무엇이란 말인가. 그것이 나라의 명운과 관계 깊은 것이라면 풀어 줄 수밖에 없다. 분노하는 유림들을 다독일 명분을 찾지 않고는 그 일 또한 불가능하다.

현해탄의 검푸른 물결도 육지로 다가오면 잔잔하게 부서지는 파도가 된다.

부산 앞바다에 떠 있는 절영도에는 일본군 함대에 보급되는 석탄 저장고가 있어 일본 땅이나 다름이 없다. 이 절영도에 부처된 배정자는 조선 병사들의 감시를 받기는 했으나 그마저도 형식적일 뿐이다. 그녀를 감시하는 조선 병사들의 수보다 석탄을 관리하고 수비하는 일본군의 수가 월등하게 더 많기 때문이다. 게다가 조선 주차 일본군 사령부의 지휘를 받는 병사들이라면 배정자를 상전으로 대할 수밖에 없다.

귀양지에 부처된 죄인은 필연적으로 신체적인 제약을 받게 되지만, 일본군 병사들의 지원과 편의에 힘입은 배정자에게는 절영도를 벗어날 수 없다는 것이 답답함일 뿐, 달리 힘들 게 없다. 다만 말동무가 없어 심심해서 미칠 노릇이다.

"서울에 기별하여 조카를 불러 주었으면 좋겠다."

"곧 조처하겠습니다."

배정자는 돈암동 집에서 함께 기거하였던 조카 정순을 절영도로 불러들였다. 말벗이라도 되어 준다면 부처지에서의 적막함을 덜어 낼 수가 있지를 않겠는가.

"잘 왔다. 이름만 귀양살이지 부족한 게 있어야지……."

배정자는 조카 정순을 데리고 남쪽 해변으로 산책을 나가는 날이 잦아진다. 절영도 앞바다가 바로 현해탄이다. 운명의 물결에 떠밀려 일본과 조선을 오가며 수없이 건넜던 검은 해협, 배정자는 그 바닷가에 자리를 펴고 앉았다. 정순도 피크닉 상자를 내려놓고 팔을 벌려 깊게 숨을 들이마신다.

"이모, 바다 냄새는 언제 맡아도 좋아요. 그렇죠?"

배정자는 풋 하고 웃는다.

"이것아, 여긴 유배지야. 넌 속도 참 편하구나."

정순은 배정자의 푸념을 들으면서도 마음이 상하지 않는다. 서울 살림에 시달리던 일과 비교한다면 절영도는 천국이나 다름이 없어서다. 멀리 수평선에 시선을 던지면서 쏟아 내는 배정자의 한숨 소리가 잔잔하게 부서지는 파도 소리보다 크게 들린다.

"이모, 누구 기다리는 사람 있죠? 그렇죠?"

"글쎄, 알아맞혀 보렴."

"음……, 이토 각하?"

"이토 각하? 왜 그렇다고 생각하는데?"

"그야 뻔하지 뭐. 그날이 이모님 방면되는 날이니까."

배정자는 입가에 잔잔한 웃음을 담으면서도 아무 대답도 하지를 않는다. 오늘의 배정자가 있기까지에는 이토 히로부미의 사랑과 후원이 절대적이었다. 보잘것없던 한낱 조선의 계집아이를 다그치고 가르쳐서 어엿한 숙녀로 길러 냈고, 거기에 국제적인 감각과 식견까지를 겸비하게 하여 명사의 반열에까지 올려놓지를 않았던가. 고종황제가 그녀를 신임하고, 엄비가 손발처럼 부리게 된 탓으로 배정자는 때로 조선의 대신들에게 호통을 치기까지 하였다. 실로 천지개벽이나 다름없는 세월이 아니고 무엇인가.

배정자는 이토 히로부미를 위한 일이라면 목숨도 던질 수가 있었다. 그러나 아무리 그래도 조선의 민중들에게는 이토 히로부미의 존재가 증오의 대상일 수밖에 없다. 조선의 숨통을 조이는 원흉이기 때문이다. 때로는 무지렁이같이 무력하게 보이는 조선의 민중일지라도 나라의 명운에 종지부가 찍히는 것을 보고서 구경만 한대서야 말이 되는가. 조선인의 분노가 이토 히로부미를 향한다면 무슨 일이 일어날지 장담하기 어렵다. 이미 이창준이라는 청년에 의해 저격이 시도된 일도 있었지를 않았는가.

배정자는 이토 히로부미를 향한 그 엄청난 항거가 너무 두려워 숨소리마저 죽일 때가 있다. 더구나 이번 방한은 조선왕조의 마지막 숨통을 조이기 위한 그 나름의 장도일 수도 있다.

'배정자를 방면하라!'

이토 히로부미가 조선 땅을 밟으면서 내뱉을 제일성일 수도 있다. 아니 이미 일본국 공사관에 그의 명이 당도해 있을 수도 있다. 그리하여 자신이 방면된다고 하더라도 이토 히로부미를 향한 조선 민중의 증오는 극도에 이를 것이 분명하지를 않던가. 배정자의 불안은 날로 도를 더해 가고 있다.

“저기 봐. 이모…….”

아득히 먼 수평선 위에 검은 점 하나가 나타난다. 검은 연기를 뿜어내는 기선이 분명하다. 배정자는 저도 모르게 몸을 일으키며 수평선을 바라본다. 이토 히로부미가 온다면 저 배를 탔을지도 모른다. 배정자의 가슴에 엄청나게 큰 고동 소리가 울리기 시작한다.

〈하권으로 계속〉